アンデッドガール・マーダーファルス
1

青崎有吾

講談社
タイガ

目次
CONTENTS

イラスト——大暮維人
デザイン——坂野公一（welle design）

序章

鬼殺し

百嘶《はな》す　うち化物は　待ってゐる

（江戸の川柳）

血しぶきと呼ぶには粘《ねば》りけの多すぎる真っ赤な塊《かたまり》が、そこいら中へ散って弾けた。

相手は足をもつれさせ、頭部をぐらぐらと不安定に揺らした。鼠《ねずみ》と獅子《しし》と鰐《わに》が混じったような醜《みにく》い顔が悶絶《もんぜつ》している。獣《けもの》くさい息。泡だった唾《つば》。うめき声。骨がひしゃげて半ば飛び出た眼球は、玩具《がんぐ》めいてあちこち動く。

けっこう頑丈だなあ、と男は思った。

頭と背を覆う黒い鱗《うろこ》のせいだろうか。まったくもってなんだかよくわからぬ生き物だ。腹を狙ったほうがいいかね。そうしよう。

視界の隅《すみ》で三筋の光が尾を引いた。かぎ爪。男はひょいと後ろに退く。窮鼠《きゅうそ》は猫を嚙《か》むどころか、ひっかくことすらできなかった。

――どす。

巨体が宙に浮き、数秒遅れて足元がたわんだ。

藤色の内臓が咲き乱れ、血染めの床に彩《いろど》りを添える。耳障《みみざわ》りな断末魔《だんまつま》を上げながら、爪の生えた手がもがき苦しむ。なんだかよくわからぬその生き物は仰向けになったままびくびくと痙攣《けいれん》し、やがて完全に動かなくなった。

それを見取ってから、男はゆっくりと右手を上げた。

舞台袖で銅鑼《どら》が一つ鳴り、金網越しの観客席からは下衆《げす》な歓声が沸き上がった。

「さあさあ、いかがでしたでしょうか！　ご覧いただきましたのは我が一座の大目玉、泣く子も黙る〝鬼殺し〟の、手に汗握る拳闘劇でございました。血湧《わ》き立ち肉躍る、金棒いらずの恐ろしさ！　さあさ、拍手をお願いいたします……」

講釈師が喋《しゃべ》くるのをよそに、男は舞台下手へ退散した。

まっさきにつかんだのは氷水を入れておいた木桶である。頭からかぶると、冷たい雫《しずく》が頬《ほお》やシャツにこびりついた血を洗い流し、喉元で波打っていた興奮がすうっと引いてゆくのを感じた。とりあえず、今日も無事に終わったわけだ。

「お疲れさん」

壁に寄りかかって煙管《キセル》をふかしていた座長が、手ぬぐいを差し出してくる。

「なかなかよかったが、もうちっと相手にも華を持たせたほうが客に受けるな。苦戦するとか逃げ回るとか、時間を稼いで……」

「江戸っ子だもんで、そそっかしいんです」

男は青みがかった髪の毛を拭《ふ》きながら答えた。

「相手といえば、今日のあれはなんだったんです？」

「精螻蛄《しょうけら》だよ、でっけえ爪が三本生えてたろ。秩父《ちちぶ》で『怪奇一掃《かいきいっそう》』の取りこぼしが見つかったらしくてな、格安で買い入れた」

「お上《かみ》の目もあるでしょうに、毎度毎度よく用意できますね」

「そりゃ、抜け道はいくらでもあるさ……芸人の質はともかく、飼ってる怪物の数ならうちは東京一だ」

「質が悪くてわるうござんしたね」

「何言ってんだ、おまえは芸人じゃないだろう」

小太りの座長は煙管を口から離し、汚れた黄色い歯を見せた。

「おまえは怪物側だよ」

男は応えず、ぶらぶらと手を振って舞台裏へ姿を消した。その脇で、吊《つ》り下《さ》げ式のランプにぶつかり続けていた羽虫が、力尽きて床の上に落ちた。

楽屋へ続く階段を下りながら、上機嫌な鼻歌を奏《かな》でる。鼻歌は即興であり、したがって適当であり、ひどくでたらめだ。一歩進むたび上がったり下がったりする節を追いかけて、踏み板の軋《きし》みが不快な合いの手を入れる。

ふんふふふんふふうん、ギイ。ふっふふふんふふん、ギギイ。男は、どこをどう踏んでもしつこく音を鳴らすこの年老いた階段のことが気に入っていた。いかにも場末の見世物小屋にふさわしい。

ふっふふふふふうん、ギイ。ふうふふふふふうん、ギギイ。両拳《りょうこぶし》に巻いた、赤い汚れのついた細長い布を、左から順に外していく。先ほどの凄惨《せいさん》な拳闘を物語るものは、それを最後に男の体の内外から一つもなくなった。布を丸めてポケットに突っ込んだころ、彼の意識は舞台に上がる前ひっかけていた麦酒《ばくしゅ》の瓶《びん》へとすっかり移っていた。まだ半分ほど残っているはずだ。何もかも、忘れるほどは酔えまいが、今宵《こよい》の憂《う》さを晴らすくらいは。詠《よ》み人知らず。

ひときわ盛大な軋みとともに階段を下りきる。静まり返った狭い通路を抜けて、板で間仕切りしただけの自分の部屋に入った。窓からは男の髪とよく似た色の月明かりが差している。傾いた衣装箪笥《だんす》と、積み上げられた古雑誌の束《たば》と、おお、あったあった、とっ散らかったテーブルの上に愛《いと》しき麦酒の小瓶。そして——

「見事な舞台だったな、〝鬼殺し〟」

そしてその後ろには、見知らぬ女の姿があった。

男は反射的に身構えた。

相手はこの見世物小屋の関係者ではなかった。一目見たら二度と忘れられぬような面子《メンツ》のそろった一座だが、こんな美人には見覚えがない。

女は、たすき掛けの着物に西欧風の前掛けという女中めいた恰好《かっこう》で、埃《ほこり》と紫煙にまみれたこの町にはまったく似合わぬような——あるいは、ここよりももっとひどい場所で余分な感情をなくしきったような——清楚《せいそ》で冷たい眼差《まなざ》しをしていた。櫛《くし》の通った長い黒髪が美麗である。右手では何やら布を巻いた物干し竿のようなものを持っており、左手では唐草模様の風呂敷包みを一つ、たいそう大事そうに抱えていた。どこぞの華族の屋敷から夜逃げしてきたようにも見えた。

「……どなたです」

「おまえを贔屓《ひいき》にしている者さ」

女は答えた。見た目や口調よりもずっと幼い声だ。

「どうしても直接話がしたくてな。ぶしつけで悪いが待たせてもらっていた」

「出待ちってやつですか」

「まあそんなところだ」

「歌舞伎《かぶき》や寄席《よせ》ならともかく、見世物小屋の出待ちってのは聞いたことがありません」

「ならおまえが第一号だ。よかったな〝鬼殺し〟」

女は男のことを芸名で呼んだ。それを知っているということは、確かに客の一人ではあるようだ。ひょっとすると今夜の客席にも交じっていたかもしれない。だがいったい、どこから舞台裏に入ったのだろう？　裏口にはガサ入れ対策で座長が雇い入れた、力士崩れの用心棒どもがいたはずだが。

「あたくしの舞台をご覧に？」

「ああ、今日初めて見させてもらった。いや実際、予想以上だったよ。あの化物をああも簡単に殺すとは驚いた。こんな芸は他じゃお目にかかれまい、噂《うわさ》を信じて東京くんだりまで来た甲斐《かい》があったというものだ」

嬉々《きき》として喋る女の唇がほんの少しも動かぬことに、男はようやく気づいた。さりげなく部屋を見回したが、別の人間が隠れている様子はない。

「変わった芸をお持ちのようですが、うちに入りたきゃ座長を通してもらえますかね」

「なんだって?」

「ですから、働きたいなら座長のほうに……」

「ふはっ」

女は急に吹き出した。いや、正確に言えば吹き出したような声を上げた。ふふ、ふふふ、と声だけで笑う間も彼女の顔にいっさいの変化はなかった。まばたきさえせず、ガラス玉のように空虚な目がいぶかしむ男をじっと見つめる。

「ふふふ……はあ。いや、すまない。しかし面白いことを言うと思ってな。確かに私が見世物になれば、ここで一番人気は間違いない。阿鼻叫喚《あびきょうかん》の客席が目に浮かぶようだ」

「一番人気は困りますね」

「なぜ?」

「今の一番人気はあたくしですから、取られちゃ立つ瀬がなくなります」

「ふふ、それは悪かった。ますます面白い奴《やつ》だな」

「そりゃどうも」

相槌《あいづち》は打ったものの、言うほど人気は出ないだろうと思われた。口を動かさずに喋れるとは確かに見世物向きの気味悪い芸だが、ちょいとばかり地味である——怪物を目の前で殴り殺すのに比べれば。

男は瓶を手に取り、ぐいと麦酒を呷《あお》る。

「飲みます?」

「いやけっこう。私は飲みたくても飲めないんだ」

「禁酒中ですか。ご立派で、長生きしますよ」

「おまえ、本当に面白いなあ」

「どうもあなたの笑いどころがわからない」

「『長生き』がツボに入ったのさ……だが、おまえは逆かな？〝鬼殺し〟」

女がふいに言ってきたのと、男が最後の一口を飲み込んだのは同時だった。

「おまえの寿命はそう長くなさそうだ」

「……そりゃあ、あんなことを毎日やってますから、いつかは化物に食い殺されるかもしれませんね。まあ、それもまた芸の道というやつでして」

「待て待て、どこまで私を笑わせる気だ。おまえは勝ち続けてもじきに死ぬ。それにあれは芸じゃない——少なくとも、見せかけやまやかしじゃない」

男は黙って瓶を置く。

顔を下から覗《のぞ》き込《こ》まれているような、どうにもいやな心持ちがした。

「私は目が肥えているからね、そういうのは見ただけでわかるんだ。おまえはちょっとばかり乱暴に混ざりすぎているな？　それに濃度もかなりのものだ。それだけ粗《あら》い仕上がりだと正気を保つのも一苦労だろう。劇場で毎日のように力を使っているならなおさらだ……おまえ、近いうちに呑まれて死ぬぞ」

「………………」

「死にたくはないだろう？」

「あなた、本当にどなたです？」

「言っただろう。おまえを贔屓にしている者だよ」

女の声には先ほどの皮肉っぽさが失われていた。男は女を正面から見た。女も男を見返した。そこで初めて、微動だにしなかった彼女の黒い瞳がわずかに揺れた。

　窓の外から、風の音が聞こえてくる。

「私はね〝鬼殺し〟、おまえに取引を持ってきたんだ。なに、決して損はさせやしない。お互いにとってうまい話さ。私はおまえの寿命を延ばすすべを持っている。私の頼みを聞くとおまえが約束してくれるなら、礼としてすぐにでも、おまえを苦しみから解放してやろう」

「……頼み？」

「ああ」

女は左手で抱えていた荷物を、そっとテーブルの上に置いた。結び目がほどかれ、剝《は》がれた風呂敷の四隅がはらりと卓上に重なる。

薄暗い月明かりの下でその中身があらわになると、男は息を呑《の》んだ。幻聴か現実か、風の音が強まって、耳鳴りのようにすぐ近くでごうごうと唸《うな》った。

言葉を出せないでいる男に向かって、声は平然と続けた。

「私を殺してくれ」

第一章 吸血鬼

吸血鬼どもの断食の結果は
血が味わう飲まれたいという渇きになるだろう
血が味わう流れ出たいという渇きになるだろう
血が味わう曠野《こうや》のなかにほとばしりたいという渇きになるだろう

（ブルトン、シャール、エリュアール共著
『作業中徐行せよ』より「白いページ」）

1

一八九八年、フランス――

パリからおよそ四百キロ東、スイスとの国境を間近に臨む街ジーヴルは、フランス東部鉄道の終着地点である。寒さ厳しい冬の気候と川沿いに続く牧草地、どれ一つとして例外のないくすんだ赤屋根の家々。地理や規模から考えればよくある東部の片田舎《かたいなか》と変わらぬこの街は、しかし実際のところ過疎や貧窮とは無縁であり、ちょっとした地方都市として栄えていた。それは近代化に先駆け発展した時計工業と、伝統的に受け継いでいるチーズ産業の賜物《たまもの》であり、そしてまた、街外れに住む一風変わった資産家が各分野に対し行っている、莫大《ばくだい》な援助金のおかげでもあった。

その資産家の名は、ジャン・ドゥーシュ・ゴダール卿《きょう》という。

ジーヴルの東側には深い森林地帯が広がっているが、鳥の目を借りて空からその森を俯《ふ》瞰《かん》すれば、ぽつりと開けた空間に崩れかけの尖塔《せんとう》が飛び出しているのがわかるだろう。十四世紀に建造されたという古城である。くだんのゴダール卿は、家族と一緒にこの廃墟《はいきょ》同然の城に暮らしている。

敵を阻《はば》むために役立っていた城郭《じょうかく》は木々に呑み込まれ、誇り高く聳《そび》えていた円形の望楼《ドンジョン》も今や土台だけの吹きさらし。唯一建物として威厳《いげん》を保ち続けているのは中心部に残った居館だけだが、その館でさえも石壁のあちこちには、継ぎ目を這《は》うようにして蔦《つた》が無遠慮な触手を伸ばしている。かつての貴族の名を冠したけばけばしい城名はすでにジーヴル市民たちの記憶から失われており、見れば見るほど恐怖心が煽《あお》り立《た》てられるような外観から、今この城はヴァーグ・ド・フォリ城――〝波打つ狂気の城〟と呼ばれていた。

人が寄りつかないこの城になぜ金持ちの一家が暮らしているのかといえば、理由は単純明快で、つまりはそのまま「人が寄りつかないから」である。彼とその家族らにとっては多少不便な住宅事情よりも、人目につかず、獣の棲《す》む森が近くにあり、そして何より街の光が届かない場所にあるという立地条件のほうがはるかに重要なのだった。

ちなみにゴダール卿の名誉のために言っておけば、彼は決して人間嫌いの偏屈家《へんくつか》というわけではない。むしろ人好きで紳士的な性格である。

彼が偏屈な場所に住まざるをえないのは趣味嗜好《しこう》の問題ではなく――ひとえに、種族的な特徴の問題であった。

「ラウール、狩りは終わりだ。そろそろ帰るぞ」

深夜一時半。城の南にある森の中で、ジャン・ドゥーシュ・ゴダール卿は息子に向かって声をかけた。木の根元で何かを観察していたセーター姿の少年が立ち上がり、両手をズボンのポケットに突っ込んだまま歩いてくる。次男のラウールである。

「何見てたんだ？」

「エセオリミキ」

「エセオリ？　知らない草だな」

「キノコだよ。それより、結局銃で仕留めなかったの？」

ラウールは父親が肩にかけている下ろしたての猟銃と、そのかたわらに倒れているアカシカの死体とを見比べた。

「撃っても当たらんのだからしかたなかろう。素手のほうがいい」

「だったら最初から持ってこなきゃいいのに」

「市長がわざわざ送ってきたんだ、一度くらいは試しておかないとな」

ゴダール卿は首を折られた牡鹿《おじか》の腹に手をかける。二百キロはゆうにあろうかという獣の死体が、見た目には逞《たくま》しそうに見えぬ彼の片腕によって、いとも簡単に担ぎ上げられた。二人はそのまま森の出口へ歩きだす。

「それに、銃とかカメラとか、こういう道具を使うのはよいアピールになる。人類に歩み寄っているという」

「そんなの意味ある？」

「あるさ。イメージは大事だ」

「でも、向こうにはきっと伝わってないよ」

街の方角へ目を向け、ラウールは丸っこい童顔をさらに膨《ふく》らませた。

「この前だって、ハンターが一人襲ってきたし」

「ああ、あれは……」

ゴダール卿は口を濁《にご》した。

四日前に起きた小事件。襲われたのは卿自身である。今日と同じように西の森を歩いていたとき、突然相手が木陰から飛び出してきた。年老いて充血した目の前時代的な「駆除業者」で、両手に銀の杭《くい》と木槌《きづち》を構えていたのにはあきれてしまうほどだった。なんの苦もなく返り討ちにしたのだが、裁判所に申し出て正当防衛であると証明するには少々面倒な手続きを要した。

「確かに今は風向きが悪いが……だからこそ、イメージが大事なんだ」

ゴダール卿は自分に言い聞かせるように、もう一度繰り返した。

向かい風が吹き始めたのは二ヵ月ほど前、トランシルヴァニアでかの〝伯爵〟が討たれて以来のことだ。そのニュースが広まってから先、ヨーロッパ全土に駆逐《くちく》ブームが再燃しつつある。同族たちが人類といさかいを起こしたという噂はあとを絶たず、本来なら狙われる立場ではないゴダール卿と家族たちも肩身の狭い思いをせざるをえなくなっていた。

森を出て、家族の待つ古城へ向かう。吹き抜ける木枯《こが》らしが草を薙《な》ぎ、ラウールは大きく一震えする。

「寒いや」

「セーター着てるのにか？」

「寒いものは寒いよ」

「人間に比べれば、我々の感じる寒さなど大したことないようだぞ」

「こんな冷え込む夜に森を歩いてる人間なんていないってば」

「おまえは変わってるなあ」

「父さんや母さんに比べればましさ」

何を言ってもふてくされたように反論する十五歳の息子へ、父親は苦笑を投げ返した。母に似たのか普段は部屋で読書にふけり、たまに外出したかと思えば森で植物の観察ばかりしているこの息子は、確かに種族の中では変わっている。長男のクロードに比べれば能力も体格も劣《おと》るし、性格だって消極的すぎる。しかしそのほうが、むしろこれからの世の中には適応しやすいのではないかと思えた。

自分たちが怪物として跋扈《ばっこ》した時代は、もう終わろうとしている。

貴族的に振る舞い、同族間で派閥を争うような日々はとうに過ぎた。夜ごとに生き血を求め、人間を襲って回る日々もすでに失《う》せた。産業革命から百年とちょっと、文明と領土を拡大した人類はヨーロッパ各地に生息する怪物を完全に排除しつつある。ケンタウロスやらセイレーンやらグリフィンやら、もともと希少だった種族はここ二世紀の間に絶滅し、魔術や幽霊と同じ空想の中だけの存在と化した。自分たちの仲間は相変わらずあちらこちらで猛威を振るっているが、その範囲もじきに狭くなっていくだろうというのがゴダール卿の考えだった。

次の世紀では、誰しもが人類とうまくやる必要があるのだ。望むと望まざるとにかかわらず。

城内に帰り着くと、ゴダール卿は玄関ホールに鹿の死骸を横たわらせた。広いホールには蠟燭《ろうそく》が一つ灯《とも》っているきりだったが、日光を苦手とする彼らにとってはそれだけで充分な光源となる。

「早くジゼルのところに運ぼうよ」

「待ってろ、これを倉庫にしまってくる」

ゴダール卿は猟銃を肩にかけ直し、ホールの隅に作られた扉のほうへ向かった。ポケットに手を突っ込んだままのラウールはまだ寒そうにしながら鹿の上に座り、

「そういえば、倉庫に銀を置いとくのやめてくれないかな」

「銀?」

「四日前の、襲ってきた奴から取り上げた武器だよ。危ないのにどうして家の中に置いとくの?　それもイメージ戦略?」

「違う。放っておいて他のハンターの手に渡るよりは、自分で管理していたほうがよほど安全だろう?　来週フローレンに渡す予定だ。ほら知ってるだろ、あの製鉄業者。彼なら

信用できる」

「でも、家の中にあるって思うとなんかピリピリして」

「神経質すぎだろう。シャルロッテがいたずらしないよう、鍵もかけてあるのだし……」

しかし、息子から倉庫のほうへ向き直ったとたん、ゴダール卿の言葉は途切れてしまった。代わりに、驚いたように目が剝《む》かれた。

「どうしたの?」

「鍵が……」

鍵が、壊されていた。

玄関ホールの隅に設けられた小さな倉庫は、正確にいえば武器庫の役割も兼ねている。使用人が使う庭仕事の道具や城内の整備用具がしまってあるのに加え、危険物が城に持ち込まれた場合はその保管場所としても使われていた。

といっても高い再生能力を持つゴダール卿たちのこと、危険物とは銃や刃物のことではなく、彼らの弱点である銀製品のことである。持ち込まれるのはごく稀《まれ》であるし、近くにあっても触りさえしなければ問題ないのだが、まだ幼い末娘にも配慮して念のためドアには南京錠《なんきんじょう》がかけてあり、自分と執事《しつじ》以外は開けられぬようになっていた。

そのかけ金の片側が、無理やりねじったように引きちぎられているのだ。錠前はただ扉にぶらさがっているだけで、鍵がかかっていないのと同じ状態だった。つい三十分前、猟銃を持ち出したときにはしっかりと鍵をかけたはずで、こんな異変はなかったのに。

「なんだ……？」

誰にともなくつぶやき、ゴダール卿は倉庫の扉を押し開いた。いつもと変わらない埃っぽい小部屋だ。壁に立てかけられた箒《ほうき》、古いペンキの缶、束になったシャベル。一番奥の棚には金槌《かなづち》や救急箱といった日用品に交ざって、四日前の襲撃者から回収した純銀製の杭が置いてあるはずだった。

だが視覚で探すよりも先に、人間の数倍ある嗅覚《きゅうかく》が、倉庫の中の道具類とは明らかに異質な鉄のにおいを嗅ぎ取った。床に目を落としたとき、壊れた鍵がはるか彼方《かなた》にかすむような段違いの異状を見つけた。

板張りの床には、奥の棚にあったはずの銀の杭が転がっていた。長さは二十センチほど。直径は十センチ弱。かなり太くて大きなサイズだが、もともとそれが放っているはずの冷酷でどぎつい輝きは、他のものによってほとんど覆い隠されている。

杭には先端から半ばまで、べっとりと鮮血がこびりついていた。

ゴダール卿は銃を乱暴に放り、床にしゃがみ込んだ。血と銀の境目あたりには、誰かが素手で触れたような指のあとが、関節の線まではっきりと見て取れた。無意識のうちにそれをなぞるように手を伸ばしてしまい、直前で焼けるような熱さを感じて慌てて引っこめる。銀の表面上では、付着した血が火にかけすぎたスープのようにプツプツと沸き立っていた。

――付着しているのは、人間や、他の動物の血ならばこうはならない。我々の血だ。

「ラウール！」

ホールの中央に舞い戻りながら、ゴダール卿は叫んだ。

「私の後ろにいろ、離れるな！」

「ど、どうして？」

「いいから離れるな、絶対にだ！　クロード！　シャルロッテ！　……ハンナ！」

彼は半地下の居住部分へと階段を駆け下りる。冷たい石造りの廊下に、長男と末娘と妻の名を呼ぶ城主の、バリトンの効いた声がこだました。

何かが起きたのだ。自分が森へ行っている間、何者かが城に侵入して倉庫の鍵を壊し、銀の杭を持ち出して……。

地下へ続く廊下を曲がったとき、手前の部屋から短髪の青年が顔を出して、危うくぶつかりそうになった。長男のクロードだった。

「どうしたの父さん？」

同時に廊下の奥から、初老の執事アルフレッドがランタンを持って現れる。

「旦那様、どうされました？」

「クロード、無事か？」

「無事って？　無事さ、見りゃわかるだろ……何かあったの？」

ゴダール卿は執事のほうを向き、

「アルフレッド、城に侵入者があったようだ。何か異変に気づかなかったか？」

「侵入者……？　いえ、私は何も存じませんが。ずっと執務室におりましたもので」

「シャルロッテはどこにいる？」

「お嬢様ですか。さあ、どこにいらっしゃるやら……」

「ジゼルと洗濯部屋にいるよ。さっきからずっとうるさいんだよな」

クロードが言う。耳を澄ますと、確かに地上階のほうから幼い娘と世話役メイドの楽しげな声が漏れ聞こえた。ゴダール卿はさらに廊下を進み、自分と妻の私室へ急いだ。子供たちは三人とも無事のようだ。となれば、想像したくないが、まさか――

ドアの前に辿《たど》り着《つ》く。先に反応したのはここでも嗅覚だった。倉庫と同じ鉄に似たにおい。そして、何かが焦《こ》げるような悪臭。

「父さん」

家族や使用人たちもようやく異状を察したらしい。言いつけどおり後ろをついてきたラウールが、怯《おび》えた声を出した。

「待ってろ。ここにいろ」

ゴダール卿は音を立てぬよう、慎重に扉を開いた。室内は蠟燭が明るく灯っていた。ソファー、本棚、作りかけのチェストと工具箱。ドアの正面にはこちらに背を向けた肘《ひじ》掛《か》け椅子が置いてあり、その背もたれから見慣れたブロンドの長い髪が覗いていた。

血のにおいは、何倍にも強まっている。

「……ハンナ？」

いつもみたく、読書中にうたた寝してしまったのだろうと思った。呼びかければその髪が動いて、柔和な美しい笑みが迎えてくれるはずだった。読んでいた詩集の話を聞かされ、修理中の家具の話を聞かされ、そのあと彼女はまた作業に没頭して、城の中に木槌の音が響き渡る。ゴダール卿はそんな日常を願って声をかけた。

返事はなかった。

一歩ずつ部屋の中に入ると、何か硬いものが靴の先に当たった。肘掛け椅子から絨毯《じゅうたん》へ注意を移してみると、コルクの蓋《ふた》がはめられたガラス製の瓶が転がっていた。酒を入れるスキットルのような平たい形をしている。さらにその数歩先には、赤く汚れたフードつきのコートがくしゃくしゃに丸められていた。

父さん、とまた声がかかる。今度はクロードだろうか。返事する余裕はもはやなかった。

警戒を最大限に強めつつ、ゴダール卿は肘掛け椅子の正面に回り——妻の姿を視界に捉《とら》えたところで、とうとう獣にも似た絶叫を上げた。

彼の妻ハンナ・ゴダールは、肘掛け椅子に身を預けたまま絶命していた。

血に濡《ぬ》れた胸の中心には、杭で穿《うが》たれた見るも無残《むざん》な深い傷痕《きずあと》が、焼けただれた皮膚とともにはっきりと残されていた。

2

吸血城　深夜の惨劇

ゴダール卿夫人殺害さる

十一月四日の深夜。国境近くの街ジーヴルの東、吸血鬼ジャン・ドゥーシュ・ゴダール卿とその家族が暮らすヴァーグ・ド・フォリ城の一室で、彼の妻で同じく吸血鬼のハンナ・ゴダール夫人が殺害されているのが発見された。夫人は睡眠中を襲われたものと思われ、城の倉庫に保管してあった純銀製の太い杭によって胸を貫《つらぬ》かれたうえ、体中に聖水を撒《ま》かれていた。死体の近くには、出所不明の血まみれのコートとガラスの瓶が残されていた。ゴダール卿は死体発見直後、自ら城の敷地内をくまなく捜索したが、犯人らしき者やその行方を追うための手がかりを発見するには至らなかったという。夫人以外、ゴダール卿自身と三人の子供（いずれも成人前の吸血鬼）は無事であり、夫人ただ一人を狙った犯行である可能性が高い。

犯人はヴァンパイアハンターか　問われる宣誓書問題

ジャン・ドゥーシュ・ゴダール卿は、一八七二年に〈人間の生き血を吸わない〉という宣誓書にサインし政府から人権を得た、史上六人目となる「人類親和派」の吸血鬼である。以来彼はジーヴルの片隅で静かに暮らしており、彼の家族も宣誓を堅く遵守している。

ジーヴル市警はこの事件についてブザンソン市警と協力態勢を取り、一般にヴァンパイアハンターと称される怪物駆除業者の犯行と見て現在も捜査を続けている。しかし、「親和派」に属する吸血鬼がこういった形で殺害された事件は歴史上初であり、ハンナ夫人を「吸血鬼」として扱うか「人類」として扱うかは法学者の間でも意見が分かれるところである——

「だからさ、これは警告なんだよ」

そんな言葉が聞こえて、新聞記者アニー・ケルベルは記事を挟んだ手帳から顔を上げた。すぐ横で、暇を持て余した二人の同業者がぼそぼそと議論を交《か》わしているところだった。葉巻をくゆらせた馬面の男に、太っちょの男が得意げに話している。

「身を引かなければ次はおまえたちも……ってやつだ。夫人しか殺されなかったのはそういうわけさ」

「身を引くって、何から？」

「もちろん親和派からさ。何せドラキュラの事件から先、討伐ブームに火がついてるからな。怪物に人権をやるなんてとんでもないっていう過激なハンターも中にはいるだろ」

「『ロイズ』のエージェントのしわざって噂もあるけど」

「あいつらがこんな凝《こ》った殺し方するかよ、銀の杭に清めの聖水だぜ？　ま、どこの誰がやったにせよ、俺は無罪にしてやりたいね」

太っちょの男は窓の塞《ふさ》がれた居館へ目をやり、吐き捨てるように言った。

「いくら親和派でも、やっぱり吸血鬼ってのは信用できない」

その意見には賛同しかねたが、アニーにも彼が感じている恐怖心は理解できた。

吸血鬼。

言わずと知れた怪物の王。

強靱《きょうじん》な肉体と鋭敏な五感を併せ持ち、人や動物の生き血を糧《かて》とし、日光を避《さ》けて闇夜に生きる。強く気高く恐ろしく――三拍子そろったその性質は、人類の亜種がほとんど滅んだ現代においても変わらず恐怖の象徴である。

何より彼らを特別たらしめているのは、その不滅性の高さだろう。血を吸うから不死身なのか、不死身だから血を吸うのか、それはわからないがとにかく吸血鬼はちょっとやそっとじゃ死ぬことがない。通常の交尾以外でも人間に自分たちの血を混ぜて仲間を作ることができ、平均して寿命は四百年ほど。成人まで達するとほとんど老化はせず、再生能力も並外れているため怪我《けが》をしてもすぐ治る。

試行錯誤の数百年の間には、直射日光以外で彼らを倒す方法がないものかと、あらゆる方法が虱潰《しらみつぶ》し的に試された。ニンニクが効くといわれた時代もあったし、十字架をかざすだけで充分と教会が請け合った時代もあった。また、杭を心臓に打ち込めば殺せるといわれた時代もあった。

結局のところ現在では、ただ二つの物質だけが効果的な対抗手段として知られている。吸血鬼の皮膚に触れると発熱し、再生能力を無効化させる純銀。カトリック教会が一二六〇年に開発した、銀と同じ特性を持つ聖水。ヴァンパイアハンターと呼ばれる駆除業者たちは、銃弾や矢尻、刀剣や盾などさまざまに加工した銀製品を持ち、教会からさずかった聖水入りの瓶を護符代わりとして、今日も仕事に明け暮れていた。

二ヵ月前のあの事件も、そんな成果の一つだった。

九月初め、ヴァン・ヘルシングという研究者と数人の協力者の手によって、トランシルヴァニアを根城にしていた古参の吸血鬼・ドラキュラ伯爵が討たれた。

それ自体はめでたいニュースだったが、数百年生きた〝伯爵〟が現世に残していった極めて悪趣味な置き土産——後日明かされた、新聞の一面から三面すべてを使っても挙げ足りぬ身分詐称・誘拐・殺人といった犯罪経歴——はゴシップ好きの市民らにとってもいささか衝撃的に過ぎ、それが反動となって、ヨーロッパ全体の世相がどす黒く傾くこととなってしまった。今回の事件にもかのドラキュラショックが影響しているであろうことは疑いようもない。現に、地方都市のさらに末端たる古城の玄関先にこうして十数名の新聞記者が集まっているのも、吸血鬼関連の事件が注目されているが故《ゆえ》である。

「うーん、じゃ、犯人は過激派のハンターってことか？」

しばらく悩んでから馬面が尋ねると、太っちょの男は二重顎を上下させた。

「だろうな。昔かたぎなハンターのしわざだ。腕利きで、一匹狼《いっぴきおおかみ》で、怪物駆逐に燃えた故の思想的犯行……」

「もしくは、単に仲間の復讐《ふくしゅう》かも」

アニーは澄ました声で、ロマンチックすぎるプロファイリングに口を挟んだ。議論していた両者はあっけにとられたようにこちらを見る。

「警察の発表だと、ゴダール卿は六日前にもヴァンパイアハンターに襲われて、それを返り討ちにして殺してる。それは正当防衛だったけど、犯行に使われた杭はもともとそのハンターの持ち物でしょ？　仲間が復讐に来て、『あいつの使ってた武器で敵《かたき》を討つ！』って思ったのかも」

自説を披露してやったが彼らはそれに耳を貸そうとはせず、代わりに馬面がこう聞いてきた。

「お嬢ちゃん、ここで何してんだい？」

アニーがポケットから名刺を取り出してみせると、同業者二人は顔を見合わせたあと仲よく吹き出した。

「パリの新聞社ってのは人手が不足してるんだな」

太っちょが言い、それきり二人はまた議論に戻った。アニーは無視された形である。

カチンと来たが、まあいい。あとで目にもの見せてやれば。アニーは上司の言葉を思い出す。この手の取材に行く特派員はね、アニー、小さくてすばしっこいほど得なんだよ。かわいらしい女の子だとなおさらね……。特派員のデスクに就いている転職屋《ルールタビーユ》というおかしなあだ名の上司は、毎回突拍子もない奇策を放ちスクープをものにする。

ハンチング帽をかぶり直し、玄関のほうへ注意を戻した。日が暮れてからもうだいぶ経《た》つ。そろそろゴダール卿も姿を現すはずだ。アニーは本社の資料室で目を通した、吸血鬼夫妻の古い写真を脳裏に描いた。髪を後ろへ撫《な》でつけ紳士然としたゴダール卿と、その隣で清楚なドレスに身を包み、異形《いぎょう》の怪物とは思えぬほど柔和に微笑《ほほえ》んだ美女、ハンナ・ゴダール。

齢《よわい》百八十を超えるジャン・ドゥーシュ・ゴダールの生涯はまさしく波瀾万丈だ。ブルゴーニュ地方に吸血鬼一族の長男として生まれるが、父の死後オーストリアへ移住。シュタイアーマルクという土地で吸血怪人《ノスフェラトゥ》の異名を取り長らく恐れられた。しかし吸血鬼同士の抗争により家族を失い、四十年前再びフランスへ。山奥でくすぶっていたとき当時まだ人間であったハンナと出会い、その熱心な説得を受けて「人類親和派」へ転向。宣誓書に名を綴《つづ》ることとなる。それからまた少しずつ財産を増やし、婚姻後に住処《すみか》として選んだのがここヴァーグ・ド・フォリ城である。以来彼はジーヴルの発展に惜しみなく投資し、市長や市議会とも親交のあるいっぱしの資産家だ。

もっとも、その平穏な暮らしも二日前に破られることとなったわけだが――

「出てきたぞ！」

横のほうで誰かが叫んだ。はっとしてそちらを見ると、居館一階の端《はし》から伸びる回廊を黒い人影が歩いているのが見えた。いつの間に用意されていたのやら、回廊の先には四輪馬車が停《と》まっている。張り込むべきは玄関ではなくそちらだったか！

玄関先から一斉に方向転換し、同業者たちは走りだした。慌てない、慌てない、と唱えながらアニーもそれを追う。吐き出す白い息が夜の中に溶けてゆく。

人影はやはりジャン・ドゥーシュ・ゴダール卿だった。頬はややこけ、顎の尖《とが》った壮年の男。真っ黒なスーツを着こなしており、口元の髭《ひげ》にも手入れの行き届いたパリ紳士顔負けの出で立《た》ちだったが、月明かりに照らされた白すぎる肌と薄い唇、冷血を思わせる眼光が、人類との違いを明確に表していた。二十年前の写真からまったく老いていない。しかし眉間《みけん》の皺《しわ》にはここ数日の狼狽《ろうばい》ぶりがはっきりと刻まれており、妻を失った男の人間らしい感情が垣間見《かいまみ》えもした。

そんな彼に記者たちが殺到し、新たな心労を植えつけんとする。

「ゴダール卿、〈エスト〉紙です。今回の事件について見解を一言！」

「〈リュムール〉紙です。東部のハンターギルドに対し何かコメントは?」

「ゴダール卿、こちらを向いてください。写真を一枚……」

「よしてくれ、これから判事に会いに行くんだ。どいてくれ……どけ!」

ある者は睨《にら》みつけられて後ずさったり、またある者は無理に追いかけようとして回廊の柱に激突したりと大わらわだ。自分も行くか? いや、もう少し待ってから……今だ。

「それっ!」

一声叫ぶと、アニー・ケルベルは密集地帯へ突っ込んでいった。姿勢を低くし、持ち前の身軽さで憎き同業者どもの間をすり抜けていく。太っちょと馬面の横を通るとき、先ほどの腹いせにつま先を思いきり踏みつけてやった。何人かのズボンの尻に肘鉄を喰《く》らわせてはねのけると、ようやく取材対象の注意を引ける距離まで迫った。

「ゴダール卿!」

「だからよしてくれと……」

拒《こば》もうとしたゴダール卿は、しかしこちらを向いたとたんその勢いを落とした。無理もない。怒鳴《どな》りつけようとした先に立っていた記者が、ダブルのベルトつきコートに身を包んだ赤毛でそばかす顔で十四歳の小柄な少女だったら、誰だって躊躇《ちゅうちょ》してしまうだろう。それがたとえ吸血鬼でも。

また上司の奇策が成功したわけだ。並んで歩きながらアニーは笑いかけた。

「パリの〈エポック〉紙の特派員、アニー・ケルベルです。少しだけよろしいですか?」

「……パリの記者がなんの用だ」

「警察の発表によると事件の捜査は継続中とのことですが、それは本当でしょうか？」

「継続中？　馬鹿なことを。打ち切られたも同然だ」

ゴダール卿は顔をしかめ、苦々しく言い放った。

「ハンターのしわざだと結論付けただけで、犯人を追っているそぶりもない。これが私たちに対する正当な仕打ちか？　もう二十年以上人の血は飲んでないし、街に工場も建ててやったのに。日曜の夜には家族で教会にだって通ってるんだぞ！」

「卿ご自身の認識では、それは『親和派』の吸血鬼に対する社会的差別ということでしょうか」

「そのとおりだ。パリの記者といったな？　『ゴダール卿は警察の対応に憤慨《ふんがい》している』と記事に書いておいてくれ。『非常に憤慨している』と！」

「ええ、それはもう……」

取材の途中でまた一人同業者が寄ってきたので、アニーはバックステップでつま先に一撃喰らわせた。彼はアーウッと奇声を上げ、ゴダール卿はそちらへ不審な目を向ける。

「お気になさらず。ところで、事件が起きた時間あなたはどこで何を？」

「……次男のラウールと、南の森で狩りをしていた」

「狩り？　ええと、それはつまり、血を吸うために？」

「狩ったのは野生の鹿だ、人間は襲ってない！　妙な誤解はしないでくれ」

釘《くぎ》を刺されたものの、アニーの脳内にはすでにセンセーショナルな小見出しが浮かんでしまっていた。〈妻が毒牙にかかるその瞬間、夫は生き血を求め夜の森に〉——

「さ、もういいだろう。判事に会いに行かないと」

いつの間にか回廊を渡りきり、二人は馬車の前まで来ていた。アニーは扉を開けて乗り込もうとしたゴダール卿を「待ってください」と急いで引き止める。

「最後に一つだけ……先ほど、警察の捜査は打ち切られたも同然だとおっしゃってましたが、ではどうやって真相を究明するおつもりで？」

「……執事に頼んで、新聞に探偵募集の広告を出させた」

「私立探偵ですか。反応は？」

「一組だけ名乗り出たのがあったので依頼するつもりだ。東洋人の二人組で、『怪物専門の探偵』とか呼ばれてるらしい」

思わぬ単語が飛び出たせいで、アニーはペンを取り落としそうになった。

「怪物専門……？　ひょっとして、アヤ・リンドウですか？　ツガル・シンウチとアヤ・リンドウ？」

「ああ、そんな名前だったかな。まったく評判を聞かないし、あまり期待してないがね」

不満そうに言い捨てると、彼は馬車の扉を閉めた。車輪が動きだすとき、「城の周りに有刺鉄線を張ってやる！」と記者たちへ悪態《あくたい》をつくのが聞こえた。

アニーは森へ消えてゆく馬車を見送ったまま、しばらく立ち尽くしていた。その横に

「畜生、逃がしたか」とぜいぜい息を切らしながら、先ほどの太っちょ男が追いつく。

「おい、お嬢ちゃんうまくやったなあ。ゴダール卿はなんて言ってた?」

「探偵に依頼したって……」

「探偵? どこの?」

「大変だ、本社に電報……ルールタビーユさんに知らせなきゃ……」

もう同業者たちのつま先も、センセーショナルな小見出しも関係なかった。東洋人の二人組。怪物専門の探偵。アニーは彼らのことを知っていた。前にも一度会ったことがある。冷静になろうと努めても顔がほころぶのを抑えられない。

あきらめた太っちょが肩をすくめるのをよそに、アニーは独《ひと》りつぶやいた。

「〝鳥籠使い〟が来る……!」

3

「御者《ぎょしゃ》さん、御者さん」

「なんですか旦那」

二頭の愛馬に鞭《むち》をやりながら、御者のマルクは髭面《ひげづら》を後ろへ向けた。連絡用の小窓を開けて、乗客の男が顔を覗かせていた。

「ちょいと揺れすぎやしませんか」

「そりゃ、田舎道ですからね」

応えたとたん、さらなる凹凸に乗り上げたらしく車体が一瞬宙を舞う。はねのけられた枯れ葉の切れ端が、礫《つぶて》のように飛んできて車体の側面に貼りついた。四輪の箱馬車は、普段なら絶対に通らないような森の中を全速力で疾走していた。

「だからってこうガタガタガタガタやられると尻は痛いわ胸は焼けるわ……いえまあ、あたくしなんかは乱暴なのには慣れておりますから一向にかまわないんですが、師匠のほうがもう辛抱たまらん気分が悪い喉まで出かけてるなんておっしゃりますもんで、師匠の口から出るのは愚痴《ぐち》と叱責《しっせき》だけで充分間に合ってますからこれ以上別のもんが出られても扱いに困ります。どうかもう少しばかり、ゆっくり走っていただくわけにはいきませんでしょうか」

「もうすぐ着きます、我慢してくだせぇ」

この揺れの中、よく舌を噛まずに長々喋れるものだ。内心あきれながらマルクはぞんざいに言い返す。

「それに、最初に急いでくれって言ったのは旦那のほうですぜ」

「では、なるべくゆっくり急いでください」

「無茶言わないでくださいよ！」

「もういい、津軽《つがる》」

男の背後から別の声がした。耳に心地よい、涼《すず》やかな少女の声だった。

「おや師匠、ご回復で」

「ご回復じゃあないが、もうすぐ着くというなら我慢しよう。それによくよく考えれば、私は吐《は》きたくても吐きようがないしな」

「おっと、こりゃ一本取られました」

「ふふふふふ」

「はははははは」

いったい何がそんなにおかしいのか、二人の乗客は呑気《のんき》に笑い合う。とてもこれから殺人事件のあった城へ向かう者たちのやりとりだとは思えない。

言いようのない不気味さを感じて、マルクはもう一度小窓のほうを振り返った。男がどいた小窓からは、背筋を伸ばして座っている若いメイドの女が見えた。今の今まで笑い声を上げていたはずのその顔は何事もなかったかのように冷えきっており、それがますます怖かった。

この二人は何者だろう、とマルクは考える。ジーヴルの駅前で彼らを乗せて以降、何度も反復している疑問だった。新聞記者や警察官とは明らかに違うし、それどころかどうやら西洋人ですらなさそうだ。男は馬鹿みたいなつぎはぎコートに冗談みたいな髪の色で、にやにや笑いが鼻につく。メイドの女は美人のくせに無愛想《ぶあいそう》この上なく、視線を向けられるたび凍《こお》りつくような思いがした。どう見ても使用人でしかないこの女のことを、男が師匠、師匠と格式ばった呼び方をしているのも気にかかる。

加えて、二人が持っている荷物もただの旅行者とはかけ離れていた。メイドの女が背負っていた、布を巻いた長い槍《やり》のようなもの。それにコートの男が手に提げていた、レースの覆いがついた鳥籠——

乗せなきゃよかったと、今さらになって後悔が頭をかすめた。マルクの周りは最近ついてないことだらけだ。先週は酒場通いを妻のナタリーに叱られ、禁酒を命じられてしまった。酒しか楽しみがないというのにもう七日も口にできていない。いやまあ、悪いのは自分だし反省もしているのだが。

まもなく頭上の木々がまばらになり、青い半月が視界に入った。駄目押しのように最後の鞭を打った数秒後、馬車は森を抜けて、目の前にヴァーグ・ド・フォリ城の全景が現れた。車輪が外れなくてよかったと一安心しながら、新聞記者たちが捨てていったらしいメモのページや葉巻の切れ端が散らかった玄関の前に、マルクは馬車を停めた。

「旦那、着きましたぜ」

「本当ですか？　尻が痛くてまだ揺れてるような心持ちですが」

「停まってますよ！」

いちいち嫌味なことを言ってきやがる。

客たちが降りる間、マルクは古城を見上げていた。空洞だらけになった城を抜ける北風は怪物のうめき声にどこか似ており、崩れかけの尖塔からは誰かがこちらを覗いているような気がした。零度近い夜の気温も手伝って身震いが止まらない。

「風流だなあ」

しかし鳥籠を持ったコートの男は、馬車から降りるなりやたら嬉《うれ》しそうだ。……どういう神経してるんだか。マルクは御者台を出て男のもとへ向かう。

「旦那、お代をいただけますかい」

「お代？　なんの」

「何って、馬車の乗り賃ですよ。片道分で三フランです」

「高いですねえ」

「長く走りましたからね」

「でも、あんなに揺らされたあとじゃあ割に合わない気がして」

「旦那、さっき『自分は揺れてもかまわない』って言ってたじゃありませんか」

「言いましたっけ？　揺れすぎて敵《かな》わないって言ったんじゃないかなあ」

男は灰色の手袋をつけた手をわざとらしく尻のほうへやって、

「ですから、三フランってのは割に合いませんね」

マルクの頭を、面倒な予感がよぎった。

こういう客にはたまに当たる。大抵高飛車な権力者かギャング気取りの大男で、マルクも腰を低くせざるをえないのだが、今回の乗客は勝手が違う。男の服装は見るからに貧乏くさいし、体格はひょろりとしていて自分でも楽に倒せそうだ。

「旦那、ひょっとして金を払わない気ですかい？」

太い声ですごんでやると、男は慌てたように、

「金を？　馬鹿言っちゃいけない、そんな乗り逃げみたいな真似《まね》はしませんよ」

「ならいいんです。早くお代を……」

「あたくしはただ、返品しようと思っただけで」

「え？」

マルクのすごみは、とたんに呆《ほう》け顔に変わった。今この男、なんと言った？

「なに、簡単な話です。たとえば靴屋で買おうとした靴に穴があいていたとします。それじゃあ役に立ちませんから店員に返すのが普通です。家具屋で選んだ箪笥が傾いていたとします。こんなの持って帰っちゃ母ちゃんに怒られるってんでやっぱり買うのをやめるでしょう。それと同じです。こんなひどい乗り心地の馬車に金を払うのは馬鹿馬鹿しいが幸いまだ勘定の前だ。そこであなたに辻《つじ》馬車を返品したいと思います」

「だ、旦那、ちょっと待ってくださいよ。辻馬車の返品なんてできるわけないでしょう」

「ほう、そりゃまたどうして？」

「家具や靴とは違うんです。気に喰わないから返すってわけにはいきませんよ。だって……だってほら、あっしはもう、旦那たちを運び終えちまったわけですから」

「なるほど。確かにこれでは道理が合わない」

「そうですよ」

「では、あたくしたちを最初の場所に運び戻してください。そうすれば返品になります」

「……ん？」

「いいですか、あなたはあたくしたちを街の中心まで運んで戻す。あたくしたちは馬車を降り、あなたに金を払うのはやめて他の馬車を探すなり歩いて行くなりする。全部もとどおりになるわけですから、これであたくしたちは辻馬車を返品したことになります。ねえ、そうでしょう？」

「え、ええと」

そうなのか？　いや待て何かおかしい気がするぞ。よく考えてみようとするが男が「さあさあさあ」と迫ってきてマルクの答えを焦《あせ》らせる。そのとき、背後で愛馬がブルルと唸る。

「あ、そうです馬です！　もとどおりになんてなりません、馬が疲れます」

「なるほど。それならここでしばらく馬を休ませていけばよろしい。あたくしたちもその間に用事を済ませますから一石二鳥たあこのことです」

「ん……ん？」

「休ませるなら馬も疲れず、拾った場所に戻すならあたくしたちは物理的にまったく移動していないことになります。辻馬車は走った距離に対して料金が発生しますから移動がゼロなら料金もゼロ、充分返品可能という塩梅《あんばい》です。さあ御者さんどうでしょうか」

「ど、どうでしょうかって」

マルクは口ごもった。そう言われると、確かに理屈の上ではそれでいい気がする。だが何かがおかしい。何かがおかしいが何がおかしいのかわからない。何がおかしいのかわからないということは何もおかしくないということじゃないのか？　それさえもよくわからず、要するに何がなんだかわからなかった。そう考えている間にもわからなさは加速してなおさら何もわからなくなり、ああ、駄目だ頭が痛くなってきた。男の言うことは正しいのだろうか？　正しい気がしてきた。理屈では合っているのだからごちゃごちゃ考える必要はないのでは――

「いいかげんにしろ津軽」

突然、先ほどと同じ少女の声が聞こえてマルクは面食らった。背後でトランクを下ろしているメイドは、口を動かすようなそぶりをまったく見せなかった。どうやって喋ったんだろう？

「御者君、落ち着いて考えたまえ。それでは君が往復分の代金を損することになるぞ」

「往復……ああっ！」

声に促され仕掛けに気づいた。行って戻ってタダで済ませるなら、単にこちらの運び損である。

この男、片道だけではなく往復分の金までタダにしようとしていたのか。怒りを通り越してむしろ感服するくらいだった。

「ひどいなあ師匠、もう少しでうまくいったのに」

「ひどいのはおまえのがめつさだ」

「だ、旦那、困りますよ。こんな変なやり方で詐欺《さぎ》にかけちゃ……」

「いや、すみませんね。騙《だま》すつもりはなかったんですけど引っかかったら面白いかなあなんて思ったもんで」

「じゃ、騙すつもりじゃないですか！」

「よせ津軽、これ以上御者君を困らせてやるな。このところ不幸続きみたいだからな……酒場通いを奥さんに叱られて一週間ほど禁酒中」

「え？」

自分を気遣うその台詞《せりふ》で、マルクは逆に混乱を強めることとなった。やはり後ろのメイドは喋るようなそぶりを見せなかったから──だけではもちろんない。

「な、なんでナタリーのことを？」

「奥さんはナタリーというのか。別に不気味がることはない、君の服を見ればわかる」

どう前向きに捉えようとしても、その返答は不気味極まりなかった。マルクは自分の服を見下ろす。腹が色あせたベストにボタンのつけ直されたシャツという、ごく平凡な服装だ。妻や禁酒のことなどどこにも書いていないのに。

「ほら御者君、早く金を請求しないとこいつまた何か言いだすぞ」

「あ……は、はい。じゃあ旦那、三フランを」

「一フランまけてくれません？」

「だ、旦那……」

いや、もうやめよう。これ以上わけのわからないやりとりを続けるとますます泥沼にはまりそうだ。マルクは肩をがくりと落とした。この数分間で信じがたいほどくたびれ果てていた。家で待つナタリーの顔が頭に浮かぶ。ああ、帰りたい。こんな客乗せなきゃよかった。

「も、もういいです旦那。まけます。二フランでけっこうです。ですから、早く支払いを……」

「ええ」

男はにっこり笑って、

「実は今、手持ちがないんです。お金はゴダール卿からもらってください」

4

執事のアルフレッドに調べさせた限り、東洋人の二人組ツガル・シンウチとアヤ・リンドウに関して得られた情報は、ほとんどないに等しかった。

人間が忌避する〝怪物〟絡みの事件を専門に扱う奇矯《ききょう》な探偵。スペインで屍食鬼《グール》を飼っていた教団を壊滅させ、ノルウェーで人魚にかけられた殺人容疑を晴らし、東ヨーロッパでも何か大きな事件に関わったらしい。しかし、どの新聞を開いても具体的な活躍についてはなぜか触れられておらず、ただ「大変有能である」という評価だけが一貫していた。なんだか名前だけが独り歩きしているように思え、報告を受けるたびゴダール卿の胸の内には胡散《うさん》くささが膨らんでいった。

結果的に彼が描いた探偵像は、中国服に身を包んだつり目の二人組である。双子のようにそっくり同じで、長い三つ編みにどじょう髭、呪文を唱えながら怪しい術を使う小柄な男たち。報酬を渡そうとすると片言でこう言うのだ。「阿片《あへん》でよこす、よろし」。

だから、探偵が到着したとの連絡を受けてアルフレッドとともに玄関ホールへ出向き、鳥籠を提げたコートの男と、その後ろにトランクを持って控《ひか》えるメイド服の女に対面したとき、ゴダール卿の心境は複雑であった。そこに立っていた二人はイメージとまったく違ったものだったが、「やあ、どうもどうも」となれなれしく話しかけてくる男の胡散くささは中国服コンビといい勝負だった。

「ゴ、ゴ、ゴダール様、二フランくだせえ……」

おまけに髭面の男が横から顔を出し、消耗しきった様子で懇願《こんがん》してくる始末である。

「な、なんだね君は」

「御者の八《は》っつぁんです」とコートの男。

「あっしはマルクです!」

「マルクだそうです。街のほうから乗せてきてもらったんですが帰りもお願いしたいので、ちょいと休ませてやってもらえますか。どうも神経がまいってるようで」

「誰のせいですか!」

「はあ。まあ、休ませるくらいなら……アルフレッド、居間に通して、それから代金を払ってやれ」

「あ、ありがてえ、ありがてえ」

そんなに親切にしたつもりはないのだが、マルクは半泣き状態で執事のあとをついていく。ゴダール卿はぽかんとしながらそれを見送り、男に向き直った。

「で、あなたは？」

男は軽く会釈し、

「お初にお目にかかります。あたくし日本からはるばるやって参りました、〝鳥籠使い〟真打津軽《しんうちつがる》と申します。名前は真打ですが器《うつわ》は前座というちゃちな男でございます、どうかお見知りおきを」

「は、はあ……ジャン・ドゥーシュ・ゴダールです。どうぞよろしく」

ゼンザとはなんだろう、と思いながらゴダール卿は差し出された彼の手を握る。相手のほうは右手で鳥籠を持っているため、左手での握手となった。

真打津軽は、二十代前半の細身の優男《やさおとこ》だった。どこの生まれなのやら髪や眉の色はくすんで青みがかっており、細めた目元から覗くじっとりした瞳も同じ青。東洋人にはとても見えない。顔の左側には、左目を串刺しにするような形で縦に走る細い一本線の刺青《いれずみ》が入っており、それも同じ青色だった。不可思議な刺青の線は顎から体にかけても続いているようで、襟元に覗く首筋のほうにも見て取れた。口の両端はほころびていたが、初対面の異様な男が投げてくる笑顔からはむしろ不安をかき立てるものしか感じられなかった。

着ている服もやたらと胡散くさい。くたびれた群青色《ぐんじょういろ》のチェスターコートには、わざと選んでいるのではと思うほどちぐはぐな色合いの当て布があちこち縫いつけられている。コートの下のシャツもよれよれで、ネクタイなどはなし。両手につけている手袋は薄いグレーだが、これとてもともと白いのが汚れただけかもしれない。

何より不審だったのは右手に提げている鳥籠だった。おそらく、というか間違いなくこれが〝鳥籠使い〟の所以《ゆえん》なのだろうが、そもそもなぜこんなものを持ち歩いているのだろうか。猫めいた口元に似合わずよほどの愛鳥家なのか。鳥籠はランタンなどと同じく頭頂部に輪っかがついた作りで、その持ち手だけを穴から出してひだのついた白いレースが籠全体にかぶさっており、中身は見えなかった。全体的に陰気な印象の男の中で、その滑《なめ》らかなレースだけが唯一清廉であった。

「……シンウチさんというと、あなたが怪物専門の探偵？」

「ええ。といってもあたくしは弟子の身分でして、実際の探偵業はもっぱら師匠のほうが」

「弟子にした覚えはないぞ津軽。おまえはただの助手だ」

突然、どこからか声が聞こえた。

津軽は「似たようなもんでしょう」とごく普通に言い返している。自分だけの空耳ではない。ホールを見回したが、他に人影はない……とすると、喋ったようなそぶりは見えなかったが、彼の背後に控えているメイドが発言したのだろうか。

真打津軽をにやけすぎとするなら、こちらの女はその逆だ。年齢はやはり二十歳そこそこ。均整の取れた小顔は表情をいっさい緩《ゆる》めることなく、ボブカットの前髪もきっちりと切りそろえてある。カチューシャからエプロンドレス、黒い丈長《たけなが》のワンピースからローヒールの靴にいたるまで英国メイドそのままで、なぜ助手から「師匠」と呼ばれる探偵がそんな服装をし、しかも荷物運びにまで甘んじているのかまったくわからなかった。背中に差している布で巻かれた長いものも気になる。まさか槍や弓ではあるまいが。

「ええと、そちらの方がアヤ・リンドウさん？」

「いかにも。輪堂鴉夜《りんどうあや》です、どうぞよろしく」

彼女ははきはきと声を返したが、その両手はトランクの持ち手をしかと握ったままであり、今度は握手さえできなかった。いや、手だけならまだしも、驚くべきは唇《くちびる》までまったく動かなかったことだ。腹話術というやつだろうか。だが大道芸じゃあるまいし、なぜここでそんな喋り方を？　それとも東洋の女性はみんなこんなふうに喋るのだろうか。

「何か？」と津軽に聞かれ、困惑していたゴダール卿は気まずい笑いを返す。

「あ、いえ……東洋の名前にはうとくて。女性だとは思わなかったもので」

「なるほど、確かに見分けはつけにくいですね。何せ師匠は胸がないから」

「津軽う？　何か言ったか？」

「いえなんでもないです、すみません」

「だが今のはなかなか面白いぞ」

「はははは」

「ふふふふふ」

おどけた調子で二人は笑い合った。といっても、メイドのほうは相変わらず無表情だったが。ゴダール卿はというと、眉をひそめて彼女を見つめることしかできなかった。この人、そこまで胸がないかな？　確かに豊満な体つきとは言いがたいが……。

「まあ、もちろんこんな体でも仕事のほうは問題なくこなせますからご安心ください。奥様を殺した犯人は、私が必ず見つけ出します」

「あ、うむ、そうですね。ぜひよろしくお願いします」

急に真面目《まじめ》な話をされ、ゴダール卿の心は本来の深刻さを取り戻した。ペースが狂う。

「では、さっそく現場に案内していただけますか。あなた方は日中だと活動できないのでしょう？　それなら早く捜査を始めたほうがいい」

「ええ……ですが、その前に荷物を運ばせましょう。今、使用人を」

「おかまいなく。静句《しずく》に運ばせますから」

「シズク？」

そこで、メイドの女が初めて動いた。

背筋を伸ばしたまま音も立てず、前髪とスカートだけをわずかに揺らして横へ滑《すべ》り、折よく戻ってきたアルフレッドに「お部屋に案内していただけますか」と一言尋ねた。

その声はやはり見た目と同じように美しく、けれど冷めた調子で大人びて、淡々としており——それまで聞いていた少女らしい声とは、まるでかけ離れたものだった。

「あ、ちょっと静句さん、あたくしのトランクを忘れてますけど」

「あなたは自分で運んでください」

「つ、冷たい。そしてつれない……」

「静句、津軽のも運んでやれ」

「はい鴉夜様」

少女の声に命令されるとメイドは態度を一変させ、床に置いていたもう一つのトランクを持ち上げた。執事の先導を受け、ホールの奥に消えていく。彼女が横を通ったとき、ゴダール卿は銀に近づいたときのようなピリリと痺《しび》れる感覚を覚えた。そして我に返った。

ちょっと待ってくれ。

「あ、あのメイドは？」

「ああ、紹介が遅れましたね」と津軽。「彼女、馳井静句《はせいしずく》さんといいます」

「シズク……？　では、アヤ・リンドウさんは」

「私ですが」

どこからか、先ほどと同じ少女の声。大きさも聞こえる方向も変わっていない。メイドの女はホールから姿を消しているのに。

「私ですがって、ど、どこに……」

「父さん、探偵ってのはそいつら?」

理解できないでいると、背後から声をかけられた。長男のクロードが玄関ホールに現れ、腕組みしながら近づいてくるところだった。彫りの深い野性的な目は、値踏みするように細められている。

「おや、ご子息ですか。こりゃどうも、〝鳥籠使い〟真打津軽と申します」

「胡散くさい奴だな」

挨拶した津軽に向かい、クロードは父親がずっと言わずにおいたことを直球で告げた。

「こんなのが警察の代わりになるなんて、俺には思えないけどね」

「師匠、胡散くさいなんて言われてますよ」

「言われてるのはおまえだろ、津軽」

「そうそうあんただよ、あん……た?」

うんうんとうなずく途中で、クロードの表情は凍りついた。今俺は、誰の声に賛同したんだ? そう言いたげに父のほうを見る。ゴダール卿も同じ問いを返したかった。

「あの、先ほどのメイド服の女性が輪堂さんではないのですか?」

控えめに尋ねると、津軽は察したように笑った。

「ああ、どうりで話が嚙《か》み合わないと思った。静句さん、よく師匠と間違えられるんですよねえ。何せ無口だから」

「おまえと比べれば人類皆無口だ。ゴダール卿、私たちについて調べてはおられなかったのですか」

「いえ……一通り調べはしたのですが、具体的なことは何もわからず」

「そうですか。ま、無理もないですかね。きっと私に関わった人たちは、他人に話しても信じてもらえないと思ったんでしょう……おい、津軽」

「はいな」と答えて、津軽は右手に持った鳥籠をゴダール卿の視線の高さまで持ち上げた。

「こちらがあたくしの師匠になります」

「改めまして、輪堂鴉夜です」

いかにも面白がるような声で、鳥籠が言った。

5

「この古いお城のどこに住んでるんだろうと思ってましたが、主な部屋は地下にあるんですねえ」

「ええ……日光が防げますから」

「ああ、そりゃそうだ吸血鬼ですもんね。なるほどなるほど」

「ええ……」

地下へと続く石造りの階段を、ゴダール卿と真打津軽は下っていた。津軽のなれなれしさと対照的に、城主の反応はうわの空だ。彼は青髪の男が手に持っている鳥籠から、まだ目を離せずにいた。

きめの細かい純白のレースには、セイヨウキヅタの薄い刺繍《ししゅう》がほどこしてある。裾《すそ》にはフリルがついており、それがサーカスの入場口のように鳥籠の正面で重なり合っていた。しかしその分け目の奥は、やはり見えない。

輪堂鴉夜から二度目の自己紹介を受けたとき、ゴダール卿はようやく気づいた。声を発していたのはあの静句とかいうメイドではない。彼女が津軽の右後ろに立っていたので、こちらが勝手に勘違いしていただけだった。声の主《ぬし》――本物の「怪物専門の探偵」は、鳥籠の中にいる何かだ。このレースの覆いの向こうに、何かがいるのだ。

輪堂鴉夜と名乗る、何かが。

しばらくはあっけにとられたままだった。「現場へ案内してください」と再び急《せ》かされたときもゴダール卿は「はあ」と気の抜けた返事しかできなかったし、横にいたクロードは一言も発さずに、精悍《せいかん》な顔立ちを崩して居間のほうへ戻っていってしまった。

この鳥籠が探偵。この鳥籠が、妻を殺した犯人を見つける？　冗談にしてもシュールすぎるが、どうやら相手は本気らしい。まあいいだろう。鳥籠が人語を話す。それはよかろう。

問題は、中身がなんなのかだ。

全体の形や、レースの端から覗く部分をうかがった限り、鳥籠はごくごくスタンダードな釣り鐘形である。輪っかのついた頂点から放射状に丸みを帯びた柵が伸び、円形の土台にくっついて檻《おり》の形を成しているのだろう。材質はおそらく真鍮《しんちゅう》。土台の直径はせいぜい三十センチほどだし、高さも四十センチかそこらだ。いくら小さな人間でもこんなところに入るわけがない。

とすると、妖精だろうか？　北欧のほうでは今でも稀に見つかるというが。それとも、やはりインコや鸚鵡《おうむ》？　もしくは……。

「気になりますか」

ふいに津軽が尋ねてくる。ゴダール卿の持っているランタンに照らされた彼の笑顔は、陰影がついてますます奇怪だった。

「お見せしたってあたくしはかまわないんですが、何せ師匠は恥ずかしがり屋だもんで」

「勝手に私の属性を決めるな」と、鳥籠の中から鴉夜の声。「ご容赦くださいゴダール卿。ここで覆いを取ってもいいのですが、私の姿を見ると不気味がって何も話してくれなくなる者もいるので。捜査をテンポよく進めるためには、このままのほうがやりやすい」

「は、はあ」

鴉夜は、怖がられないよう気を遣《つか》っているらしい。自身が異形の吸血鬼であるゴダール卿にとって、相手からそんな気遣いを受けるのは百八十年の生涯で初めてのことだった。

たまらず、彼は津軽に囁《ささや》きかける。

「一つだけ教えてください……彼女はいったいなんなのです？　人間なんですか？」

「師匠は、とびきりの美少女です」

津軽の答えはなんの参考にもならなかった。

「冗談はこれくらいにして事件の話をしましょう。この城には、何人が暮らしているんですか」

また鴉夜が話題を急転換した。ゴダール卿は咳払《せきばら》いし、

「家族は、妻を除けば四人です。私と、長男のクロードと次男のラウール、それに末娘のシャルロッテ。クロードには先ほどホールで会いましたね？」

「たぶんラウール君にも会いましたよ」

さらりと津軽が言った。

「……？　ラウールは顔を出していないはずですが……。他には、人間の使用人が二人」

「二人？　お金持ちと聞いてましたけど存外少ないですねえ」

「吸血鬼の家で働こうなどという人間は、あまりいませんから」

「ああ、確かに昼夜逆転はつらい」

「それだけが理由じゃないと思うがな」と鴉夜。「で、使用人の名前は？」

「ジゼルというメイドと、さっき私と一緒にいた執事のアルフレッドです。ジゼルには娘の世話や、大かたの家事を任せています。アルフレッドには主に、城内の整備と私の仕事関係を。彼とはもう二十年以上のつきあいです」

「殺されたハンナさんは、以前人間だったそうですね？」

「ええ。私と婚約してから吸血鬼に……。吸血鬼化の方法についてはご存知ですか？」

「吸血鬼の血を相手に入れるんでしょう」

津軽が答えた。おそらく、ここに来てから彼が初めて発するまともな返答だった。「怪物専門の探偵」というだけあって、ある程度の知識は持っているようだ。

「そのとおりです。血を吸われたら吸血鬼化すると勘違いしている者も多いのですが」

「あたくしもその口でしたが、ちょっと前にも吸血鬼の事件に関わりましてね。そのとき、吸血鬼を研究してるって人から教えてもらったんです。それがまた変わった人で」

津軽は急にまぶたを腫《は》れぼったくし、年寄りのような口調になって見えない誰かと会話するように、

「『え、というわけで、吸血鬼の血をある程度体内に混ぜられると、その人間は吸血鬼化するわけですな』

『そうだったんですかあ？　あたしゃてっきり血を吸われただけで化けるのかと』

『いえ、そういうわけではないんですな。吸血鬼の血が人間の血より強いから、人間に混ざると吸血鬼化する。逆に言うと人間の血は吸血鬼の血より弱いから、うぅ、吸血鬼が吸っても体に異常はない、というわけで。だいたい、もし血を吸われただけでいちいち吸血鬼になってたら、この世はとっくに吸血鬼で溢《あふ》れ返ってますわな』

『そう言われると、うぅん、そうですねえ。じゃ、あいつらが仲間を作るときは血を吸わないってことですか』

『吸いません』

『なぁんだ、あたしゃずっと勘違いしてたよ。もう、なんでもっと早く言ってくれないんですかあなたも人が悪いなあ』

『ええ。ですから今、あなたに向かって謝りました』」

「…………」

「…………」

「…………」

凍りつくような沈黙が流れた。

「……この人今、何を喋っていたのですか？　東洋の言葉に聞こえましたが」

「気にしないでやってください。こいつは手間と時間をかけてつまらないことを言うのが趣味なんです」

「つまらないとはひどいですね師匠、ゴダール卿を笑顔にしようと一生懸命考えたのに」

「日本語で言っても伝わるわけなかろう」

「日本語で言わないと伝わらないじゃないですか」

「私を笑顔に……？　輪堂さん、彼はなんと言っていたんです？　訳してもらえませんか」

「やめときましょう、精神衛生に悪い。ところで部屋はまだですか」

はっとして前を見ると、廊下のかなり奥まで来ていた。

ゴダール卿は「こちらです」とすぐ手前のドアの鍵を開け、事件現場へ探偵と助手を招き入れる。それからランタンの明るさを強めて、部屋全体が見えるようにした。

ドアから右奥にかけて空間が広がる、横長の部屋である。右側と左側の壁は全面天井まで届く本棚になっていて、向かい側の壁には一対の剣が飾られている。その天井近くには明かり取りのための小窓があるが、ゴダール一家にとっては不要なものなので板を打ちつけ塞いであった。そのため室内はじめじめしていたが、掃除が行き届いているため黴《かび》くさくはなかった。

部屋の奥側にはソファーやスツール、低いテーブル。中央に敷かれたマットの上には、釘や工具類と一緒に場違いな作りかけのチェストがでんと鎮座《ちんざ》している。娘の遊び道具である積み木やぬいぐるみもあちこちに散らばっていた。そしてドアの真正面には問題の肘掛け椅子が、三日前と同じくこちらに背を向けて置いてあるのだった。

「いいお部屋だ」

お世辞か本心か、津軽が言う。

「日曜大工がご趣味で？　作りかけの棺桶《かんおけ》みたいなもんが見えますが」

「棺桶じゃありません、チェストですよ……。私ではなく妻の趣味です。ハンナはアンティーク品の修理が好きでしてね。城の廃墟から年代物の家具を発見するたび、ここに運んで修繕していたのです。よく、金槌や木槌の音が屋敷中に響いていたものですが……」

ゴダール卿はランタンを置きながら陰鬱《いんうつ》に顔を伏せた。この先二度とその音を聞くことはないし、あのチェストが完成することもないのだろう。

「ドアの鍵は、事件のあとからずっと？」と、鳥籠から声。

「ええ。現場を保存しておいたほうがよいと思ったので。私以外は開けられません」

「死体はそのままですか」

「いえ、吸血鬼の死体は腐敗が早いので、埋葬してしまいました。家にカメラがあったので、代わりに写真を」

「すばらしい。パリ市警も真っ青な手際《てぎわ》のよさですね」

「好きで撮ったのではありませんよ……自慢できる話ではないですが、吸血鬼として長く生きているとこの手のことには自然と」

「慣れる？」

「……ええ」

「あなたとは仲よくできそうですよ」

なぜか楽しげに言う鴉夜。弟子の態度も師匠の言動もわけがわからない。

ゴダール卿はため息を一つついた。それから、市長のプレゼントがようやく役に立ったと皮肉を感じつつ、胸ポケットから数枚の現像写真を取り出した。

そこには変わり果てた妻の姿が、残酷なほど克明に記録されていた。

だらりと手足を垂らした一つの死体。顔は眠っているように平穏そのものだが、唇から一筋の血が垂れている。胸の中央に穿たれた真円状の傷口からは大量の出血があり、幾筋ものどす黒い河となって下腹部へ広がっていた。死体は部屋着を着たままだったが、胸から下の肌がうっすら透けているのは撒かれた聖水のせいである。部屋着に染《し》みた聖水は下腹部全体に火傷《やけど》を負わせ、その傷が血の大河の隙間を埋めるようにところどころから覗いているのが、ことさら痛々しかった。

写真を受け取った津軽は、自らもしばらく眺めてから鳥籠の前にそれを持っていく。どうやらレースの覆いは、中からは外が透視できるつくりになっているらしい。

「師匠、どうです?」

「吸血鬼は鏡やカメラに写らないというのも迷信だな」

「そういうことじゃなくて」

「胸の傷は直径十センチ弱。杭で穿たれたものであることは間違いなさそうだ。傷の左側のほう、右に比べると出血がやや少ない気がするが、なぜかな」

「死体が右に傾いてたとか」

「写真ではまっすぐ座っているように見えるが……まあこれは置いておこう。顔は穏《おだ》やか。体にもがいた様子はなし。ゴダール卿、ハンナさんは眠ってらしたようですね?」

「ええ、悲鳴が上がらなかったのはそのせいでしょう」

苦しまずに死んだのがせめてもの幸いだ――ゴダール卿はまたうつむいた。

「即死ですかね」

津軽は鳥籠に尋ねる。

「痛みで目を覚ました様子もない。ほぼ即死と見ていいだろう……そうなると、犯人は一撃で心臓まで杭を届かせたことになるな。かなりの怪力だ」

探偵はレースの覆いの中で、独り言のようにつぶやいてから、

「しかしゴダール卿、吸血鬼というのは人間よりも感覚が鋭敏なはずですよね？」

「ええ。睡眠中でも、浅い眠りの間なら敏感です。ですから寝込みを襲ったとしたら、気配を消すことのできる腕利きのハンターのしわざということになります」

「腕利き、ね」

鴉夜はゴダール卿の言葉を受け、何か考えているようだった。

「ハンナさんは睡眠薬を飲まされたのかもしれませんよ」と津軽。

「吸血鬼にその手の薬品は効かんさ」

「あ、そうでしたっけ……薬品といえば、聖水のほうはどうです？　殺害後に撒かれたもんでしょうか」

「だろうな。でなければ火傷の痛みで目を覚ましているはずだ。しかし殺害後といっても、死亡から時間が経てば吸血鬼の細胞は力を失うから、聖水をかけても火傷を負うことはない。したがって撒かれたのは死亡直後だといえる」

吸血鬼の肉体に関する鴉夜の分析は、ゴダール卿も思わずうなずいてしまうほど的確だった。

「杭に清めの聖水たあ、粋《いき》な真似をする犯人ですね」

「行きすぎなようにも思えるがな……ところでゴダール卿、死体の手や足に傷はありましたか？」

「いえ、手足は綺麗《きれい》でした。写真に写っている部分以外に外傷はありません」

「コートなどの遺留品はそのまま残っているようですが、触れていませんね？」

「ええ。城の者は誰も触れていません……警察だって、手に取ろうとさえしなかった」

ゴダール卿の胸に、先日少女記者へぶつけたのと同じ怒りが甦《よみがえ》った。

しょせん市警も判事も、異形の存在である吸血鬼を助けようとはしてくれない。その点目の前の探偵は、少なくともきちんと捜査をする気はあるようだ。まだ信頼できるかどうかはわからないが。

「では、死体を発見した経緯を話していただけますか」

「新聞にも載っていたはずですが」

「もう一度話してください。思い出せる限り詳しく」

「あまり思い出したい記憶ではないのですがね……」

しかたなくゴダール卿は、城に帰ろうとしたところから始めた。次男のラウールと森にいて、鹿を一頭仕留めたこと。玄関ホールに戻ってきたら倉庫の鍵が壊されており、血に濡れた銀の杭を見つけたこと。家族の安否を確かめ、最後にこの部屋に入ったらハンナの死体と対面したこと。

「死体に慣れているとはいっても、家族があんな殺され方をしたのは初めてでした。気づいたら動揺して、叫び声を上げていて……」

「あなたの他にこの部屋に入った者は？」

「私を落ち着けるために、アルフレッドが入ってきました。ですが、死体や部屋にあるものには触れませんでした。息子たちには部屋に入らぬよう私が言いました。ショックを受けると思ったので。そのあとは息子たちをアルフレッドに任せ、私は城内の捜索を」

「ちょっと待ってください。この居館は、音はよく響きますか？」

「そうですね……響くと思います。壁も古いですし、特に地下は音が反響しますから」

「事件があったとき、長男のクロード君と執事のアルフレッド氏は、この部屋のすぐ近くにいたんですね？」

「ええ。アルフレッドは奥の執務室に、クロードは二つ隣の部屋に」

「でも、あなたが呼びかけるまで事件には気づかなかった」

「二人は、この部屋からはなんの物音もしなかったと言っています」

「なるほど。で、捜索の結果は？」

「何も見つけられませんでした。外の森も探し回ったのですが、足跡やにおいの痕跡すら……ですから、あなた方の捜査も無駄に終わるかもしれないのですが」

依頼は駄目でもともとだ。そういう意図を暗に示したつもりだったが、

「しかし、においを嗅ぐだけなら犬にだってできますからね」

鳥籠の声は、挑戦的に返してきた。

「人間は考えるんですよ、ゴダール卿。見て聞いて嗅いで、そして考えるんです。人間が人間たる尊厳のすべては考えることにあると、どこかのフランス人も言っています。論理的思考というのは人間が持ちうる最初の武器であり、また最後の娯楽でもあるんですよ……まあ〝人間〟がどうあるべきかについて私やあなたが語るなんて、実に馬鹿馬鹿しい笑劇《ファルス》ですけどね」

「………………」

「津軽」

彼女は呼びかけ、助手は「はいな」と短く答えた。写真をゴダール卿に返し、代わりにランタンを手にすると、肘掛け椅子のほうへ向かう。

探偵たちの捜査が、始まった。


「止まれ――しゃがめ――ランタンを置け」

鳥籠からの声に従い、津軽はグリーンのカーペットにしゃがみ込んだ。そこに残されていた二つの品が光で照らされる。

「コートと瓶、か。まずはコートを」

津軽は左手でコートを持ち上げた。そして右手に持った鳥籠をその前にかざす。

「前側は血でべっとりだな。背中側を見せろ……もう少し上、フードのほうを。ふむ、サイズはかなり大きい。生地《きじ》も厚手。袖を少し引っ張ってみろ……よろしい、下側へ。ボタンの横に何かついているな。つまんでみろ……小石か。ポケットの中はどうだ？　何もなし？　そうか」

なるほど、これは確かに〝鳥籠使い〟だ。

コートの前で鳥籠をあちこち動かす男を眺めながら、ゴダール卿はそう思った。

「広げろ」「めくれ」「近づけろ」「戻せ」「覗いてみろ」「裏返せ」「持ち上げろ」「もう少し右に」「もっと」「よろしい」

鴉夜が簡潔な指示を出すたび津軽は従順に応じ、胸ポケットを裏返したり、襟をめくったり、よく観察できるようコートを鳥籠に近づけたりする。何も知らない者がこれを見れば、探偵が虫眼鏡《むしめがね》の代わりに鳥籠を駆使して捜査をしているように映るだろう——厳密にいえば、彼は鳥籠を使っているのではなく鳥籠に使われている立場なのだが。

「生地はまだ丈夫だが、あちこち縫い目のほつれが多い。これしか外套《がいとう》がなくて毎日のように着ていたんだろう。前の持ち主はどうやら貧乏人だな」

「犯人は文無《もんな》しですか」と津軽。

「犯人より前の持ち主という意味さ。左側には砂で汚れたあとがあり、右側は日光と雨で色あせている。ポケットの中は空《から》で、全体的に汚れがひどく、両袖にはまくった折り目のあとが。前の持ち主がどこかの道端《みちばた》にコートを捨て、犯人がそれを拾って、自分の身長に合うようサイズを調整して一時的に使ったんだ。返り血を防ぐためにな」

冷静に観察を終えると、鴉夜は「瓶のほうへ」と次の指示を出した。津軽はコートを離し、コルクで蓋のされた平たい瓶を手に取る。

「ごくごく普通の瓶ですね。ガラスが埃で汚れてます」

「袖でこすってみろ」

「はいな……こすりました」

「汚れは落ちたか？」

「だらだら続く小噺《こばなし》みたいなもんです」

「なんだって？」

「一向に落ちません」

「いちいちうまいことを言わんでいい。蓋のほうを見せてくれ……わずかだが血がついてるな。犯人は殺害後この瓶に触れたようだ」

「瓶の中に聖水を入れてたんでしょう」

「よろしい、置け」

津軽は瓶をもとに戻すとランタンを持ち直し、さらに問題の肘掛け椅子のほうへ向かった。すると鴉夜からの指示はますます数が増え、津軽の動きもますます活発になった。鳥籠をカーペットすれすれに動かし、本棚のほうへ持ち上げ、椅子の肘掛け部分に接近させる。自分で動くことのできない探偵は、彼女を師匠と呼ぶ助手の手によってあらゆる場所へ運ばれる。次から次へと、右から左へ。そうかと思えば、上から下へ。

その光景は、正体不明の鳥籠が探偵活動を行うという事実の異質さを、目に見える形としてゴダール卿に実感させた。彼らの一挙一動の何もかもが、これまでゴダール卿が知識として蓄《たくわ》え、あるいは実際に体験してきた犯罪捜査とはまったくかけ離れたものだった。それは捜査というよりほとんど儀式のように思われた。

青髪のにやついた男が一歩動くたび、コートの裾が幽霊のように揺れる。レースの覆いの向こうからは、人間であるかどうかもわからない少女の声が歌うように放たれ続ける。

殺人現場を闊歩《かっぽ》する、二匹の魔物。

「この剣はイミテーションですか？」

壁に飾られた剣を調べているとき、鴉夜がこちらへ話しかけてきた。ゴダール卿は正気づいて、

「いえ、本物です。もともと城にあったもので、息子たちの部屋にも何本か飾ってあります。……我々は怪我をしても数秒で治りますから、わざわざイミテーションにする必要もない」

「抜いてみても？」

「どうぞ」

鴉夜は津軽に命じて二本の剣を交互に抜かせた。使われた形跡は特にないようだった。

続いて彼らは、肘掛け椅子の脇に置かれた小テーブルのほうへ移る。

「ハンナさんは読書中に眠ってしまったようですね。燭台《しょくだい》の脇にヴィヨンの詩集が」

そのようです、とゴダール卿は返した。

「妻は昼食のあと、その椅子にかけて本を読むのが習慣でした。そのままうたた寝することもしょっちゅうでしてね。事件のときもそこを襲われたのだと思います」

津軽は首をかしげて、

「すると犯人は、その時間をわざわざ狙ったんですかね？背を向けて椅子に座って居眠り中ってときほど、襲いかかるのにおあつらえ向きな機会はないですから」

「いい着眼点だがまだわからん。津軽、椅子の下を見せてくれ……カーペットにまで血がべっとりか。ここで殺されたことは間違いなさそうだな」

「そこから疑ってるんですか」

「場所は重要なんだよ、とてもな。椅子の背もたれはどうだ？傷一つない？では、凶器は夫人の体を貫通したのではないわけか」

津軽たちは他にも周りのクッションやぬいぐるみを手当たり次第ひっくり返し、異状のないことを確認した。それからソファーのほうへ回り込み、テーブルの上や修理中のチェストなども軽く見たのち、とうとうゴダール卿の前まで戻ってきた。

「輪堂さん、何かわかりましたか」

「とても面白い事件ですね」

鳥籠は期待とまったくずれたことを言ってから、

「二つほど確認させてください。まず、倉庫にあった銀の杭はハンターから回収したものだそうですが、そのハンターは杭をケースなどに入れていましたか？」

「いえ、そのまま手に構えていましたが。それが何か？」

「大したことではありません。ではもう一つ、あなた方は銀や聖水に触れると火傷してしまうとのことですが、それを回避する方法などはありますか？　たとえば、銀製品に布を巻くなど」

「回避、ですか。厚く巻けば防げるとは思いますが……だとしても私は、進んで銀に触れようとは思いませんね。倉庫でも、杭に手を近づけただけで火傷しそうになりましたし」

「その火傷には、吸血鬼の再生能力は……」

「当然効きません。普通の人間の火傷よりもひどいくらいで、軽いものでも治るまで一週間ほどかかります。ですから、倒したハンターから武器を回収する作業も、アルフレッドにやらせました」

「あの執事さんですか。確か倉庫の鍵を持っていたのはあなたと執事さんだけでしたね？」

「そうです」

「なるほど。ありがとうございます」

「……あの、それで何かわかったのですか？」

ゴダール卿は重ねて尋ねる。鴉夜は「そこなんですがね」と煮え切らないつぶやきを返

してから、

「おい津軽」

「はい師匠」

「外部から犯人がやって来たと仮定して、犯行の流れを説明してみろ」

「お安いご用で」

うなずくと、津軽は何度か咳払いをした。それから唐突に活気づき、よく舌を嚙まぬものだと感心するほどの勢いで喋くり始めた。

「城の近くで犯行の機会を狙っていた犯人はゴダール卿が城を出るのを確認してから玄関ホールに忍び込み倉庫の鍵を壊して銀の杭を持ち出します。抜き足差し足この部屋まで来て中をこっそり覗いてみれば椅子に夫人の後ろ髪。しめたと思い近寄って銀の杭を心臓にドスッ！」

自分で自分の胸を突き刺すジェスチャーをする。悪趣味だ。

「哀《あわ》れ、眠っていたハンナさんはそのまま即死、返り血に備えて着ておいたコートに血がビシャア！　だがまだまだ続く鬼畜の所業、犯人はガラスの瓶を取り出し聖水を夫人の体にドボドボドボ、昔ながらの清めの儀式を行います。さあ仕事は終わったずらかろうってんでコートと瓶を捨ててその場を逃走、倉庫に血のついた杭を放って城を出ます。ゴダール卿たちは南側の森にいたそうですからおそらく街へ続く西側の森か、そうでなけりゃスイス国境のほうへスイスイッと逃げたのかもわかりません。以上です」

「ご苦労。ゴダール卿、今の説明をどう思われます？」

「語り口がふざけすぎてる」

ゴダール卿が津軽を睨みつけると、鳥籠は愉快そうにくすくすと声を立てた。

「申し訳ありません、あとでよく叱っておきます。それ以外では？」

「……犯行の流れは、私もそんなところだろうと思いますが」

「そうですか。しかし私には、この犯行の流れがどうしても納得できないんです」

「え？」

「確かにこの事件は、犯人が城の外からやって来たように見えます。現に警察も新聞も、ヴァンパイアハンターのしわざだと結論付けていました。ですがそうだと仮定した場合、疑問がいくつも生じるんです。大きく分けると全部で七つ」

「七つも……？」

予想外の答えに、ゴダール卿は鳥籠を見つめた。当然レースの覆いに変化はなく、中の鴉夜が何を考えているかもわからない。

「津軽、指を立てろ」

「はいな」

笑顔で応え、津軽は左手の指を一本立てた。鳥籠の中の鴉夜はそれに合わせて語りだした。

「まず一つ目。なぜハンナさんが起きた様子がないのか。彼女はあなたや息子さんたちと同じ吸血鬼でした。睡眠中とはいえ、人間の数倍音やにおいに敏感だったわけですから、外部からの襲撃者が近づいてくるのに気づかなかったというのは妙です」

「それは……ですから、相手が手練《てだ》れのハンターだったからでしょう？」

　わかりきっているじゃないかと思いながら反論すると、鴉夜は「ほう」とうなずくように言い、

「では二つ目。なぜ犯人は太陽が出ている昼間ではなく、わざわざ夜中に侵入したのか。吸血鬼が日中に力が弱まるなんていうことは子供でも知っている常識です。手練れのハンターならなおさらですね。ハンナさんを殺そうとするなら昼間を狙ったほうが絶対確実だし、より安全でしょう。なのになぜ、他の吸血鬼も活動している真夜中を狙ったのでしょうか」

「昼の間は我々も戸締まりを徹底していますから、あきらめたのでしょう。玄関や裏口には、何重にも鍵をかけますし……」

「なるほど。犯人はその鍵を破るすべを持っていなかった、と。倉庫の南京錠をねじ切ることはできたのに？」

「………」

　今度は反論できなかった。

「三つ目」と鴉夜は続ける。津軽は同時に三本目の指を立てる。

「なぜ犯人は、聖水を入れていた瓶を現場に置いていったのか。返り血を防ぐのに使った

コートはともかくとして、瓶は荷物になるものでもないし、目立つ場所に落ちていましたから偶然落としたとも思えません。わざわざ置いてゆくのは不自然と言わざるをえない。四つ目。なぜ犯人は、倉庫の中に銀の杭があると知っていたのか。犯人が城の中を荒し回った様子はありません。最初から、玄関ホールの隅にある小さい物置みたいな倉庫に園芸用品や掃除道具と一緒に銀製品がしまわれていると、予想がついていたわけです。普通そんな場所に銀製品があると考えるでしょうか？　加えて言えば、ハンナさんのいる部屋やうたた寝のタイミングを正確に当てることができたのも納得いきません。それともゴダール卿、あなたは誰かに城の内部事情についてべらべら喋ったことがあるんですか？」

「まさか。そのようなことは決して……」

「では、おかしいですね」

鴉夜は冷酷に断じてから、

「五つ目。なぜ犯人は、夫人の体から一度刺した杭を抜いたうえ、もとの倉庫に戻していったのか。凶器だって他のものと同じように、その場に捨てて逃げてしまったほうがずっと楽なはずです。逃げるときに玄関ホールを横切ったとしても、わざわざ倉庫に戻すのは手間以外の何物でもない。そしてこのことは三つ目の疑問をさらに強めます。なぜ銀の杭はもとに戻そうと思ったのに、自分が持っていた瓶は現場に捨てていったんでしょう？」

気がつくとゴダール卿は、鴉夜の言葉に聞き入っていた。

到着したばかりの探偵から、今まで気づきもしなかった事件の違和感が次々語られるから――だけではない。その指摘を淡々と行っているのが、中身の見えない喋る鳥籠であるという怪奇。不条理の塊のような存在から、精緻な分析が繰り出されるという矛盾。

そんな説明のつかない不気味さに、体が麻痺《まひ》していた。

「さて、最も注目したいのは六つ目の疑問ですが……」

「師匠、困りました」

「どうした津軽」

「片手で師匠を持ってるもんですから、もう立てる指がありません」

「では舌でも出しておけ」

「んべぇ」

弟子はそこでも指示に従った。殺人現場にいるはずなのに、視界に入る男の姿はどんどん道化めいてくる。ゴダール卿は頬を引きつらせた。六つ目を終えて七つ目になったらどうするのだろう、今度は片足でも上げるつもりだろうか。

「そ、それで輪堂さん、六つ目の疑問というのは？」

「ええ。それは、ごく重要かつごく常識的なことで……」

「パパ？」

突然、背後から小さな子供の声がした。といってもそれは鴉夜の声ではない。もっと幼《おさな》げで、もっとゴダール卿が聞き慣れている声だ。

振り返ると、ドア枠に隠れるようにして、四歳の少女が顔を覗かせていた。母と同じ金色の長い髪と、かわいらしさが凝縮されたビスクドールそっくりの容姿。しかし彼女も吸血鬼だけあって、頬に赤みは差しておらず肌は人形よりも白い。口元をすぼめ、翡翠《ひすい》色の瞳で不安そうに部屋の中をうかがっている。

「おお、シャル」

「娘さんですか」と鴉夜。

「ええ、末娘のシャルロッテです。シャル、こちらは事件を調査しにいらした探偵さんで……」

ゴダール卿が紹介するよりも先に、津軽は体をシャルロッテのほうへ向けた。

青髪で刺青でつぎはぎだらけのコートを着て謎めいた鳥籠を持って挨拶するように灰色の指を五本立ててにやにや笑いながらベロを出している異様な男と目線があった瞬間、純真な少女は短い悲鳴を上げて廊下を逃げ去っていった。

「ひゃあっ！」

6

柱時計が十二回鳴り、ヴァーグ・ド・フォリ城に深夜零時を知らせる。

ジャン・ドゥーシュ・ゴダール卿は長テーブルの最も奥、一番の上座に着いていて、スープ皿に注がれた血液を味わっていた。普段から飲んでいる鹿の血であるが、今夜のそれは砂のように味けない。彼は赤ワインをテイスティングするようにスプーンの中で血を揺らしながら、昼食のために集まった食卓の面々へ目をやった。

場所は居館一階のダイニング。暖炉に申し訳程度の火が灯された中、吸血鬼たちは真紅の液体を飲み、それ以外の者はローストチキンとスープを食すという、なんともちぐはぐな光景が展開されている。

ゴダール卿の右側の席に座っているのは、短髪の長男クロードとセーターを着た次男ラウール。兄と並ぶと、弟の童顔や低い身長はなおさら際立って見えた。ラウールのさらに隣には子供用の高い椅子に座ったシャルロッテの姿があり、テーブルに赤い雫を垂らしながらスプーンを口へ運んでいる。

その後ろに立ち、こぼれた血を拭いてやっているのはメイドのジゼルだ。彼女は太眉が目立つ田舎っぽい女で、料理から配膳、紅茶の用意に末娘の世話まで、食卓のすべてを一人でまかなっていた。

シャルロッテの隣、下座側の席には、髭面の御者・マルクがちゃっかり着席している。彼だけ我慢させるわけにもと思い招いてやったのだが、吸血鬼たちと椅子を並べて明らかに肩身が狭そうだ。その向かいの席には執事のアルフレッドが座り、気難しそうな痩《や》せた顔でレタスを咀嚼《そしゃく》していた。

今見回した者たちは、誰もが楽しくなさそうだったし、誰もが食事に集中できていなかった。クロードたちは血のスープをかき混ぜながら、マルクたちはチキンをフォークでつつき回しながら、同席した珍客たちのほうに気を取られていた。

「あ、すみませんメイドさんお茶いただけます？　いや紅茶じゃなくて緑茶。熱いやつ。え、ない？　じゃあお湯をください」

コートも手袋も脱がぬままラウールの向かいに座り、一人だけ上機嫌に鶏肉を頰張《ほおば》っている真打津軽。彼の左隣に着き、一言も発さずに淡々と食事を続ける馳井静句。──そして二人の中間、バゲットの入れ物と燭台とに挟まれてちょこんと置かれた、正体不明の鳥籠。

食事が始まる前、探偵はすでに自己紹介を済ませていた。どうも、輪堂鴉夜と申します。事件を解決しに来ました。ご覧のとおりの鳥籠暮らしなものですからテーブルの上から失礼します。皆様どうか私のことはお気になさらず。

その言葉に従えている者は、どうやら一人もいないようだった。

「……お味はいかがですか」

気まずさを打破しようと、ゴダール卿は客人に尋ねた。完全な社交辞令だったが、津軽は煮豆のスープをすすりながら「大変おいしいです」と答える。

「食事に誘われたときは生き血を出されたらどうしよう婆《ばあ》さんの遺言で飲めないことにしとこうかなんて思ってましたが、こういうメニューなら大歓迎です。普通の食べ物もお城にあるんですね」

「それはもちろん、使用人や客人用の食料も必要ですから。私たちだって、飲み物やお菓子程度ならよく口にしますし」

「やっぱり主食は血で？」

「そうですね。こうして定期的に摂取しないと、どうしても体力が続きません。といっても、私たちはもう人の血は飲みませんが」

「人の血と獣の血では味が違うんですか」

鳥籠の中から鴉夜の声がした。とたんに、食器を動かす音がテーブルから消えた。

「……獣くささに慣れればあまり違いはありませんね。むしろ獣の血のほうが、少量でも活力が出ます」

ゴダール卿は平静を装ってから、

「輪堂さん、あなたは食べなくてもよろしいのですか？」

「お気になさらず。私は食べたくても食べられないんです。最近太り気味でしてね」

「ぶふっ、師匠よしてくださいよ、パンが飛んじゃったじゃないですか」

「ふふふふふ」

「ははははは」

鳥籠と男は笑い合う。白湯《さゆ》を注いできたジゼルがそこにカップを置いたが、なるべく近寄らなくてすむよう腕をめいっぱい伸ばしていた。静句はその横で黙々と野菜を口に運んでいる。

「……なあ、その中身、なんなんだ」

とうとうクロードが、鳥籠を指さした。

「こらクロード、よしなさい。失礼だぞ」

「失礼って父さん……だっておかしいだろ、鳥籠が喋るなんて。なああんた、真打さんだっけ。その中何が……」

「転失気《てんしき》をご存知ですか」

「て、テンシキ？」

「知らないほうが面白いことも世の中にはあるというお噺です」

津軽はそう言って、若き吸血三兄妹《きょうだい》の顔を見回した。シャルロッテと目を合わせたとき、彼女は体を強張《こわば》らせて椅子から落ちそうになったので、ラウールが支えてやらねばならなかった。

「父さん、本当にこいつらに任せていいのか⁉」

クロードはますます不審を強め、血に濡れたスプーンを津軽に突きつける。

「……私は任せてもいいと思う。確かにちょっと変わっているが、捜査自体は理路整然としていた」

半信半疑ながらも、あくまでゴダール卿は探偵の肩を持った。

あのあと。シャルロッテが顔を覗かせたせいで推理は最後まで聞けずじまいだったが、私室から玄関ホールの倉庫へと場所を移したあとも、輪堂鴉夜は精力的に動き続けた（いや、実際動いていたのは津軽のほうか）。壊れた南京錠と、問題の杭のサイズや血についた指のあとを舐《な》めるように観察し、「新発見は特にないですね」などと言いつつも満足げに倉庫をあとにしたのだった。

もっとも、その満足がどこから来るものなのか、レースの中身が考えていることはさっぱりわからないのだが……。

「ちょっと変わってるどころじゃないだろ」

クロードは、やはり納得いかぬ様子でいらいらと体を揺らした。さらに追い打ちをかけるようにラウールが、「僕もあんまり信用できないと思う」とつぶやく。

「この人たち、城に着いたとき御者を詐欺にかけようとしてたし」

えっ、とマルクはその二つ隣で身を縮ませた。

「あ、あの場にいたんですかい？」

「まあね。馬車の音が聞こえたから、探偵がどんな奴か見てみようと思って隠れてたんだよ。あの……」

「崩れかけた尖塔の上に」

津軽がすかさず口を出した。得意げに唇を緩めていたラウールは、ぎょっとして真向かいの男に顔を向けた。

「み、見えてたの？　嘘《うそ》だ。あの距離であの暗さで……」

「あたくし、嫁がない代わりに夜目が利くんです」

自分のダークブルーの瞳を指さした津軽の台詞は、本気なのかどうか誰にもわからなかった。ラウールは怪訝《けげん》な顔をしたまま、兄へ「吸血鬼みたいな奴だ」と囁きかけた。

また食卓が沈黙に包まれる。ゴダール卿は「と、とにかく」と慌てて会話をつなげる。

「有能な探偵だと私は思う。他に当てもないし、任せてみたっていいんじゃないか」

「有能な探偵ねぇ……」

クロードは頬杖《ほおづえ》をつき、鳥籠を一瞥《いちべつ》した。

「どっちかっていうと安いペテン師に見えるけど」

「ははは。師匠、ペテン師だなんて言われてますよ」

「おまえのせいだろ津軽。御者君を騙すような真似をするから」

「あたくしだけのせいにされちゃ困りますね。師匠だって八っつぁんに不気味がられてたじゃないですか」

「あっしはマルクです！」

大声で訂正を入れてから、御者はふと思い出したように髭をもごもごさせる。

「……そういえば鳥籠の旦那、さっきはどうしてナタリーのことがわかったんです？　あっしは何も話してないのに」

「旦那って、君……私が男に見えるのか」

「お、男にも女にも見えませんけど。じゃあ鳥籠の……お嬢さん？」

「疑問符をつけるな」

鴉夜とマルクが低血圧なやりとりを交わす一方で、クロードは「ナタリーって？」と弟に聞いた。ラウールはモップめいた分厚い前髪から覗く眉をひそめ、家族らに目撃談を話す。

「あの鳥籠、馬車から降りたとき御者に変なこと言ってたんだ。酒場通いを奥さんに怒られて禁酒中とか……」

「なぜわかったかといえば、さっきも言ったと思うが、君の服を見ればわかる」

津軽は鴉夜の言葉に合わせるようにして鳥籠を持ち上げ、正面をテーブルの隅に向けてずらした。同時にゴダール卿たちの視線も、そこに座っている髭面の男へと注がれた。

「君のベスト、腹の部分が色あせて縫い目も粗くなっている。その部分だけ頻繁に汚して毎回こすり洗いするからだ。腹につく染みなら食べ物や飲み物が原因だろう。君はしょっちゅう服に料理をこぼす。大の大人がそんな真似をするのはひどく酔っているときだけ。酒好きで悪酔いする癖があるわけだ。ベストは君にとって一張羅《いっちょうら》の仕事着だろうが、それを脱がずに酒を飲むということは仕事終わりに酒場に立ち寄っているということ。酒場で毎日のように悪酔いし、服を汚して家に帰る。そして奥さんが洗濯をする。そう、もちろん君には奥さんがいるな。髭の手入れはずさんだが、着ているシャツの襟は綺麗だしボタンをつけ直したあともある。奥さんが几帳面な性格で、毎回きちんと皺を伸ばして繕《つくろ》ってくれているからだ」

口をあんぐりと開けたマルクへ向けて、鴉夜は続ける。

「ベストの他の部分の汚れを見るに、最後に洗濯したのは一週間ほど前といったところだろうが、腹に新しい染みがついた様子はない。つまり君はここ一週間酒を飲んでいない。酒場通いをやめたということだ。なぜか？　君は見たところ健康体だ、体に気を遣う必要はないだろう。とすると誰かに酒をやめるよう強く言われたんだ。それは誰か？　一番ありそうなのは、酔っぱらった夫が汚した服を洗い続けることにうんざりした几帳面な奥さんとか。よく気のつくいい女性じゃないか、大事にしたまえ」

以上、という声を聞いて、マルクは放心したように椅子の背もたれに倒れ込んだ。

先ほどの沈黙とは質の異なるわずかな間が、食卓の上を駆け抜けた。ゴダール卿は、息をつくような音がテーブルのあちこちで上がるのを聞いた。アルフレッドはごくりと唾を飲み込み、ラウールはスプーンを口に運ぶ手を止めていた。いまいち理解できなかったらしいシャルロッテは、そんな城の者たちの顔をキョロキョロと眺めていた。

「すごいな」

とうとう観念したのか、クロードが首を振った。

「一目見ただけでそこまでわかるのか……。ロンドンの有名な探偵を思い出したよ。確かシャルル、いや、シェーロ……」

「シャーロック・ホームズ」

それまで黙っていた静句がふいに言い、クロードは気まずそうに「それだ」と返す。

「ホームズ氏と比べられるとは恐縮ですね」と鴉夜。「私は彼ほど天才ではありませんよ」

「会ったことあるのか？」

「いえ、直接会ったことはないです。できれば一生会いたくありませんね。変人だという噂だ」

「大丈夫ですよ師匠。師匠より変わってる人なんてこの世にはそうそういません」

「おまえは弟子のくせに嬉しくないことしか言わんなあ」

鴉夜は津軽に不平を垂れてから、

「さて、ペテン師でないと認めてもらえたようでしたら、私も探偵業のほうに戻りましょうかね……ゴダール卿、いくつか教えてほしいことが」

「なんでしょう」

「ハンナさんが殺された夜のことです」

盛り上がりかけた食卓は、瞬時にして静寂を取り戻した。

ゴダール卿はおもちゃ箱の中で揺さぶられている気がした。輪堂鴉夜の言葉一つで、あっちへこっちへとされるがままだ。

「死体が発見されたのは一時半過ぎでしたね。その日も、零時にこうして昼食を？」

「はい……。城の者全員で」

「全員ということは、ハンナさんもいたんですね」

「もちろんです」

「食事はいつごろ終わりましたか？」

「零時半くらいだったでしょうか」

「死体発見の一時間前ですね。彼女は、食事が終わったあとどこで何を?」

「いつもどおり、部屋で少し休むと言っていましたが。私は二階の書斎に行ってクロードと話していたので……」

「どなたか、昼食以降にハンナさんと会った方は?」

気を利かせた津軽が、ぐるりと見回すように鳥籠を動かす。城の者たちは顔を見合わせるばかりで、誰も名乗り出なかった。

「ではゴダール卿、あなた自身の話を。昼食後はクロード君と一緒にいたのですか?」

「え、ええ。街の運営について少し話を。シャルロッテもくっついてきて、応接ソファーのあたりで遊んでいました。そのあとは一時になったので、二人と一緒に書斎を出て、玄関ホールの前で別れました。毎週、月曜のその時間は狩りに出る習慣なんです。ついでに、もらったばかりの猟銃の試し撃ちをしようと思い、倉庫から銃を取って……お話ししたと思いますが、そのときの倉庫内には何も異状はありませんでした」

「わかっています」

「じゃ、凶器が持ち出されて奥さんが襲われたのは、それ以降ってことですね」

フォーク片手に津軽が補足する。

「おそらくな。ゴダール卿、そのあとは?」

「ええと……」

ゴダール卿は、三日前の夜の行動をとうとうと話した。

城の外に出て一分と経たぬうちに「自分も植物を見にいく」と言って、寒そうにしながらラウールが追ってきたこと。森の中ではずっと行動を共にしていたこと。銃を三発撃ったが、獲物にはまったく当たらなかったこと。

「なんだ、あれ当たらなかったのか」

あきれたように口を挟んだのはクロードである。

「クロード君、あれというと？」

「いや、部屋にいるとき銃声が聞こえたからさ。森の奥のほうから三発。父さんが動物にでも当てたのかなって思ってたんだけど……」

「森の奥のほうから聞こえたんですね？　ふむ、それは興味深い」

何がそんなに気を引いたのか、鴉夜は考え込んでから——というか、考え込むように声をくぐもらせてから、

「ところで今『部屋にいるとき』と言ったようですが、君は父親と別れたあとは……」

「別にやることもなかったから、俺は自分の部屋に戻って、父さんの叫び声が聞こえるまでは一人でいたよ」

「妹さんと一緒にはいなかったんですか」

「シャルはジゼルに押しつけた。うたうたって〜ってうるさかったから」

「けっこう。では次、ラウール君。君は一時から父親と狩りに出かけた。昼食を終えてから狩りまでの三十分間はどこで何を？」

「……どうしてそんなこと聞くわけ?」

ひねくれ趣味の次男は、すぐに答えようとはしなかった。

「見て、聞いて、考えるのが私の仕事です。だから今は聞いています」

「それってつまり、僕らを疑ってるってことだろ」

物怖《ものお》じしない言い方でラウールは鳥籠を睨んだ。ゴダール卿ははっとして顔を上げた。

「輪堂さん、まさか私たちの中にハンナを殺した者がいると……」

「私はそう考えています」

再び、食卓に緊張が走った。今度の沈黙はそれまでのどれよりも重く強烈だった。

城の者たちは表情を凍らせたまま、目玉だけを動かして互いを見つめ合う。疑われている? 自分たちが? この中に犯人がいる? ゴダール卿は思わず、苦笑交じりでかぶりを振る。

「ま、まさか。そんな馬鹿なことが……」

「さあラウール君、教えてもらいましょうか」

かまわず、鴉夜は質問を繰り返した。その声質は先ほどよりわずかに高圧的だ。

「答えられないなら相応の理由があると判断しますが」

「……兄さんと逆だよ。一時までは自分の部屋にいた。でも、事件のあった時間はずっと父さんと一緒にいたんだから、僕は犯人じゃない」

「しかし、ゴダール卿が倉庫を確認してから君が城を出るまでは、わずかにタイムラグがある」

「吸血鬼がいくら素早くても、一分で殺人はできないよ」

「もちろんそのとおり。ただ証言に忠実に述べただけです。……ところで、先ほどゴダール卿から聞いたのですが、君の部屋は現場の真向かいだそうですね。部屋にいる間、何か向かいからの物音に気づいたりは？」

「いや。何も」

「そうですか。どうもありがとう。では次、ジゼルさん」

自分にまで矛先が向くとは思っていなかったのか、若いメイドは引きつるような声を上げた。

「な、な、なんでしょう」

「あなたは零時半に昼食が終わったあと、どこで何を？」

「わ、私は食事のあと、一人で厨房《ちゅうぼう》で後片付けをして、一時には洗濯部屋に行って……毎日、そうするんです」

「クロード君は、シャルロッテ嬢をあなたに押しつけたと言っていますが」

「は、はい。洗濯部屋に行く途中でお二人と会って。シャル様は退屈そうにしてらしたので、洗濯をしながら歌を歌って差し上げていました」

「俺の部屋まで聞こえてたよ」

苦笑交じりでクロードがこぼす。

「ずいぶん聴覚が鋭いようだねクロード君。私はだんだん君が好きになってきた……さてジゼルさん、ではあなたは、一時から事件発覚までずっとお嬢さんと一緒にいたのですか？」

「……確か、私は一回だけお手洗いに行きましたけど。でも一、二分だけです。それ以外はお嬢様と一緒におりました」

たどたどしく答えてから、馬鹿正直に話しすぎたと後悔したのか、メイドは顔を赤らめた。鴉夜は「なるほど」とだけ言い、

「シャルロッテ嬢、それは本当かな？　君は三日前、クロード君と別れたあと、ジゼルさんと一緒にいたのかい？」

無慈悲な鳥籠の正面は、四歳の娘へ向けられた。幼い吸血鬼はしばらく戸惑っていたようだったが、

「……うん。ジゼルと、おうたうたってた」

やがて後ろに控えるメイドを見やり、ぽつりと答えた。質問の内容が通じただけでも上出来といえた。

「よろしい。ありがとう……では最後、アルフレッド氏。あなたは食事のあとどこで何を？」

津軽は静句の左隣の席へ鳥籠を向けた。ベテランの執事もさすがに動揺したらしく、弱々しく答える。

「地下の執務室へ行って、旦那様の予定の調整を行っておりました。その他は、何も……」

「ということは、ずっと一人でいたわけだ」

「左様でございます」

「部屋にいる間、何か物音を聞きましたか?」

「いえ、まったく」

「どうもありがとうございました」

声だけで丁寧に礼を述べ、城の者たちへの質問は終わった。

津軽がもとの角度に鳥籠を戻してから、鴉夜は結果を総括した。

「さて。そうなると、一時以降にアリバイのなかった者は二人に絞られますね。ずっと執務室にこもっていたアルフレッド氏と、自室にいたクロード君」

「め、滅相《めっそう》もございません!」

「おいおい、勘弁してくれよ……」

「やめてください輪堂さん!」

名指しされた二人はそれぞれのやり方で憤慨をあらわにし、ゴダール卿も鴉夜に喰ってかかった。

「クロードが母親を殺すことなどあるわけがない。それにアルフレッドだって私とは長いつきあいです。ハンターのような他の人間たちとは違う!」

「ゴダール卿、私は先ほど説明したはずですが。この事件、外部からの襲撃と結論付けるには納得いかない点が多すぎるんです」

「それは……しかし、だからといって」

ガチャン、と音が鳴った。

不穏な空気に耐えきれなくなったシャルロッテが、スプーンを放った音だった。椅子を下りてテーブルを回り込むと、末娘は顔をくしゃくしゃにしたまま廊下へ駆けていった。

「あ、シャルロッテ様！」

ジゼルがエプロンをたくし上げ、一目散にそれを追いかける。「やってられっか」と独りごちてクロードも椅子から立ち上がった。ラウールは空になった皿へじっと目を落とし、マルクは居心地悪そうに身を縮ませていた。

結局食事を締めくくったのは、津軽の「ごちそうさまあ」という能天気な声だった。


「いい湯でしたねえ」

「ひとっ風呂浴びたような言い方だな」

「いや、お湯が美味しかったので。しかし吸血鬼と食卓を囲んだのは初めてですが、獣の血でもああやって皿に盛りつければなんだか高い料理みたいに思えてくるから不思議なもんです。血は水よりもタイなどと申しますし、実は味がいいのかもしれません」

「それを言うなら濃いだろう」

「コイ？　鯉《こい》じゃあまりいただけません、何せ生ぐさいから」

「血も同じくらい生ぐさいが」

「ああ、どうりで血は水よりも生ぐさい」

「おまえと根問《ねど》いものを始めるときりがないなあ。静句、何か言ってやれ」

「鯉の餌になって死んでください」

「つ、冷たい。そしてつれない……」

食事のあと。気まずさの極みと化したダイニングをそそくさと抜け出た探偵一行は、居館の廊下を歩いていた。鳥籠を持った津軽と、背中に槍のような荷物を背負った静句。壁に映る影は二つでも、交わされる声は三人分である。

「ところで師匠、捜査の進展はいかがです」

「事実に基づき論理的推理を進めた結果二つの矛盾した条件がぶつかり合っており目下検討中だ」

「よくわかりませんが」

「そう、よくわからないということだ。よくわかってるじゃないか」

「でも、さっきあんな得意げに喋ってたのに」

「喋っていたのはアリバイ調べの目的もあったが、ほとんど時間稼ぎだ。私はずっと城の者たちを観察していた。結果は期待外れだった」

「……？」

なんのことだろうと、津軽は静句のほうを向く。彼女にも見当がつかぬようで、静句は無表情のまま首をかしげた。

「さて、どうしたものか……とりあえず、静句」

呼びかけられたメイドは機敏に首を戻し、

「はい鴉夜様」

「おまえは使用人二人を見張ってくれ。特にメイドのほうだ」

「逃げようとした場合は」

「ないとは思うが、万が一のときは足止めしろ」

「かしこまりました」

少ない言葉で恭《うやうや》しく頭を下げると、静句は踵《きびす》を返しダイニングのほうに戻っていった。

それに手を振りながら、津軽は胸の高さに上げた鳥籠へ尋ねる。

「使用人が犯人ですか」

「第一候補と第二候補といったところだな。何せ他の者では犯行が難しい。ゴダール卿もクロードも……」

「俺がなんだって？」

廊下の奥から声がかかった。

津軽が振り返ると、壁際に寄りかかってクロード本人が待ち受けていた。先ほどの食卓と打って変わり、蒼白《そうはく》の顔にはなんの表情も浮かんでいない。

「こりゃどうも。ご機嫌いかがです？《コマンタレ・ヴ》」

「探偵、あんたら間違えてるよ」

挨拶は返さずに、彼は一歩ずつ近づいてくる。

「俺は母さんを殺してない」

「ほう」

「つまり、俺は犯人じゃないってことだ」

「ほほう」

「あんたらは無駄骨を折ってる《ス・バトル・レ・フラン》」

「あいにく体は痛くありませんが」

鼻先が触れそうな距離まで詰め寄ったクロードは、津軽の目を覗き込み、

「……じゃ、これから折るのかもな」

その胸ぐらをつかんで壁に叩《たた》きつけた。

ズン、という鈍《にぶ》い重低音が暗い廊下を反響していった。急な衝撃を喰らって壁の石にひびが入り、隙間に溜《た》まっていた五世紀分の埃が舞い踊る。クロードは相手を押しつけたまま、ずるずるとこするようにしてその片手を上げた。津軽の両足が床を離れた。

「調子に乗るなよ。親父《おやじ》は宣誓書にサインしたが、俺は吸血鬼をやめたわけじゃない」

「…………」

「あんたの首をへし折ることなんて簡単にできるんだぞ」

「肝に銘じておきましょう」

首を絞められている津軽の返事には、うめくような響きはあっても怯えるような様子はなかった。口元のほころびさえ消えていない。

興が冷めたらしきクロードは、また叩きつけるようにしてその手を離すと、顔をしかめたまま無言で暗闇に溶けていった。津軽は静句のときと同じくそちらにも手を振った。

それからコートの埃を払いつつ、

「師匠、ご無事で?」

「ちょっと揺れたが、行きの馬車で味わった地獄に比べればかわいいものだ」

「はは、そいつはけっこう。にしても脅されましたね」

「脅されたな」

「彼、犯人でしょうか」

「そう決めつけられれば世話ないんだが……手が綺麗だったからなあ」

鴉夜のつぶやきを聞いて、津軽は思わず手袋に包まれた自分の手のひらを見やる。

「今度は手相を見始めたんですか。こりゃあいよいよ探偵廃業ですね」

「水晶玉でも買っておくか……食事中、私は吸血鬼たちの手元にずっと注目していた。だがゴダール卿も、長男も次男もあのかわいい末娘も、全員手は綺麗で傷一つなかった」

「するってえとどうなります?」

「するってえとさっき言ったとおりだ。『よくわからん』」

「困りましたね」

「まったくだ。次はどう動くべきかな……」

困ったとは言うものの、たった今吸血鬼から脅しをかけられたものの、その声に焦りは感じられなかった。

一通り考えるようにくすくすと息を漏らしたあと、物好きな鳥籠は捜査方針を決めた。

「ひとまず、あれを捜すとするか」

7

慌てて淹《い》れた紅茶は、どうやら濃すぎるようだった。波打つ水面は雇い主たちが飲む血の色によく似ていて、そこに映る自分の顔は明らかに困り果てていた。普段から気にしている太眉がのたうつ芋虫みたく歪《ゆが》んでいる。何しろ心配事が許容範囲を超えすぎだった。殺人事件のこと、残されたシャルロッテ様のこと、洗濯物のこと、掃除のこと、先ほどの食卓、謎めいた喋る鳥籠……そして今、壁際に立っているこの女性。

「ど、どうぞ」

「ありがとうございます」

メイドのジゼルがカップとソーサーを差し出すと、相手方のメイド・馳井静句は軽く頭を下げた。受け取りはしたものの、カップに口をつけようとする様子は微塵もない。

ジゼルは向かいに座ったアルフレッドと目を合わせる。濃すぎる紅茶を飲んだだけでもないのに、やはり彼も渋面を作っていた。厨房の脇に造られた簡素な使用人部屋。使用人のための休憩室とはいえ、静句までここに立ち寄るとは完全に予想外である。

「あの、あなたも東洋の方ですよね。ずっと彼らと一緒に旅を？」

「はい。日本からずっと」

アルフレッドが尋ねると、静句は流暢《りゅうちょう》なフランス語で答えた。

「ずっとですか。それは大変ですね……座りません？」

「いえ、おかまいなく」

ジゼルは椅子を引いたが、ばっさり断られてしまう。冷ややかな空気が部屋に満ちる。

この人、どうしてここに来たんだろう。少なくとも世間話を楽しみに来たわけじゃなさそうだけど――沈黙の中、ジゼルは横目で静句を見やった。

自分のくすんでくたびれた青い制服と違い、彼女の服には皺一つない。顔もとても端整で、この国では見慣れない黒い瞳が印象的である。しかしそんな容姿に似合わぬ、この鉄の塊めいたオーラはなんなのだろうか。エプロンの結び目に差している長い荷物も得体が知れない。年は同い年くらいに見えるが……。

「使用人歴は長いんですか？」

「生まれたときからです」

その答えをどう捉えるべきかは判断しかねた。ジゼルは「そ、それは大変ですね」と同じ相槌を打ちつつ、カップの紅茶を一口飲んだ。ああ、やっぱり濃い。

「私には、あなた方のほうが大変に思えます」

ふいに、静句が言った。自発的な言葉を聞いたのはおそらくそれが初めてだった。

初老の執事とジゼルは、もう一度顔を見合わせる。自分たちの〝大変さ〟を確かめ合うように。

「どうかなあ。確かに夜ばかりの生活は少しつらいですが、休暇になったら外出して日にあたれるし、旦那様は怖い吸血鬼ではないし……まあ、二十年も続けていれば慣れてしまいますね」

「私は四年目ですけど、まだ慣れません。獣から血を抜くのは得意になりましたけど」

「ははは、この家だけで磨《みが》かれる特技だね」

笑いながら、アルフレッドは壁の時計へ目をやった。

「もう一時か。書斎へ行かないと……」

「駄目です。ここにいてください」

立ち上がりかけた執事を、静句の物怖じしない声が止めた。

「あなた方と一緒にいるよう申しつけられています」

「えええ……でも、旦那様と仕事の予定を……」

「旦那様でしたら」とジゼル。「先ほど真打さんと西の森へ行かれましたよ」

「え？　何しに？」

「さあ。真打さんは、捜し物をすると言って笑ってらっしゃいましたけど」

「捜し物お？　なんなんだいったいあの男は……あ、すみません」

不満をあらわにしかけたアルフレッドは、壁際の静句を見てとっさに口をつぐむ。

「つい、ご主人の悪口を」

「いえ、おかまいなく。私はあのようなにやけてふざけた最低屑《くず》の似非《えせ》噺家《はなしか》野郎には仕えておりませんので」

これ以上冷えぬだろうと高をくくっていた部屋の空気が、さらに二、三度落ち込んだ。

呆然《ぼうぜん》とするジゼルたちを前に、静句は澄ました顔で濃すぎる紅茶を一口飲んだ。

「私がお仕えしているのは、輪堂鴉夜様ただ一人です」


「ふぇっきしゅん」

月光を覆い隠して闇を深める枝葉と、木々の奥から漂ってくる湿った空気。そんなムードをぶち壊すかのごとく、暗い夜の森に間抜けな音が響いた。

「どうした津軽、風邪か？」

「いえ、なんだか誰かにひどく辛辣《しんらつ》な言葉をかけられたような気がして急に寒気が……」

「冷え込みますから、体に障《さわ》ったのかもしれません。引き返しましょうか」

「いえいえけっこうです」

さらりと遠慮されても、実直紳士たるゴダール卿は客人の身を案じぬわけにいかなかった。よく見ればこの真打津軽、コートの下に厚着をしている様子もない。森の中に入ってから三十分少々。自分は防寒着なしで外にいても平気だが、普通の人間にとっては厳しいはずだ。

「本当に大丈夫ですか？　まだ雪の季節ではないとはいえ、このあたりの夜の気温は氷点下もざらですよ」

「おかまいなく。冬の函館《はこだて》に比べればまだ暖かいほうです」

「ハコダテ？」

「日本の北国です。やたらと熊が出ます」

「あ、そういえば日本から来られたのでしたっけ……」

鴉夜はいわずもがな、津軽の風貌も東洋人離れしているので油断すると忘れてしまう。

「それにしてはフランス語が堪能《たんのう》ですね。私も以前オーストリアにいたとき、異国の言葉を覚えるのには苦労したものですが」

「まあ旅をするには必要だってんで、師匠に叩き込まれましたから」

「何を言う津軽、私は叩き込んでなどいないぞ」

「そうでしたっけ？」

「私はおまえを叩いたりできん。弟子思いの優しい師匠だからな」

「おっと、こりゃ一本取られました」

「ふふふふ」

「はははははは」

これまた場違いな笑い声が、ランタンの照らす範囲を飛び出して闇の中へ吸い込まれていく。

「冗談はともかく、この津軽は与太者のくせに――いや与太者だからこそか頭のほうは詰め込みが利きましてね。半年間でだいぶ覚えさせましたよ」

「ほう、半年でフランス語を？」

「フランス語だけならまだ楽だったんですが、他にドイツ語、英語、スペイン語、ポルトガル語、イタリア語、ギリシア語、スウェーデン語にオランダ語……えーと、あとなんでしたっけ」

「ハンガリー語だ。何を覚えたか自体忘れてるんだから世話ないな」

鴉夜が鳥籠からあきれ声を出す一方で、ゴダール卿は耳を疑っていた。

今津軽が言い連ねたのは、ヨーロッパで使われている言語のほとんどすべてだ。半年間でそれを全部覚えた？　十ヵ国語を？

そして、もう一つ気づく。

津軽は言葉を師匠に教えられたと言っていた。人に何かを教えたということは、当然、教える側は事前にその知識を習得済みだったということだ。

とすればあの東の小国で、西欧の十ヵ国語を完全に網羅《もうら》し、理解し、使用することができた彼の師匠――輪堂鴉夜とはいったい何者なのか。さらに言えば、助手にスパルタ教育までほどこしてヨーロッパに渡り、こうして旅をしているのはいったいなぜなのか。探偵業なら日本でも間に合うだろうに。

ジャン・ドゥーシュ・ゴダールの脳内で、再度この客人たちへの疑念が鎌首をもたげた。助手の喋ることはいちいち本気かジョークか判別に困るし、探偵自身に至ってはそもそも正体がわからない。捜査は確かに筋が通っているものの、白いレースの奥で鴉夜が何を考えているかはまだはっきりせず、昼食では家族にまで疑いをかける始末だ……。

「輪堂さん、ここではっきりさせておきたいのですが」

「なんでしょう」

「城の者の中に犯人はいませんよ」

鳥籠に向かって言うと、津軽は立ち止まった。枯れ枝でも踏みつけたのか、足元で乾いた音が鳴った。

「母親を殺すような者も、雇い主の妻を殺すような者も、いないと断言できます。いらぬ疑いで家族を動揺させるような真似はやめてください。吸血鬼といっても私の子供たちはまだ若い。精神は人間と同じです。シャルロッテのあの様子を見たでしょう？　ラウールは事件が起きてからずっと部屋にこもりがちですし、クロードだって平気な顔をしていますが、きっと内心ではショックを受けているはずです。使用人たちだって同じです」

それに自分も、と心の中でつぶやく。

「あなただってあの写真を見たなら、直感的におわかりでしょう？　あの殺し方は昔からよくあるヴァンパイアハンターの手口です。何年も彼らを相手にしてきた私が言うのですから間違いない。自分から依頼しておいてこんな注文は気が引けますが、もっと常識的な目を持って捜査を……」

「もちろん私は、常識的に捜査をしていますよ。当たり前のことだけを気にかけながら」

「え？」

「先週ハンターに襲われた場所というのはまだ先ですね？　急ぎましょう」

鴉夜の言葉を受け、津軽はまた歩き始めた。先導していたはずのゴダール卿はその背を追う形となった。

先ほどの文句を訂正──助手だけでなく探偵の言動もあちこち移ろっていて、何がなんだかわからない。

「にしても、ずいぶん家族思いでらっしゃいますね」

枯れ葉の海を足でかき分けながら、津軽が笑いかけてくる。

「家族思いというか、なんというか……私はこれ以上家族を失いたくない。それだけです。もう、充分に失いましたから」

「ハンナさんのことですか」

「それもありますが……私はこの街に来る前にも三度、家族を殺されているので」

津軽はほお、と返しただけだった。事前に知っていたのか、知っても動じないだけか。

「つまらない話ですがね」

前置きしてからゴダール卿は回想した。

「一度目は私が若かったころ、といっても百年以上前ですが、ブルゴーニュ地方で家族と暮らしていたときのことです。父が、敵対している吸血鬼の手にかかりましてね。その後家は弱体化し、我々は国外へ逃げざるをえませんでした。長旅の途中では母と妹がハンターにやられ、結局最後は私一人に……これが二度目」

「踏んだり蹴ったりですね」

「長く生きてるといろいろあるのさ」

ぶっきらぼうな相槌を打つ助手と、知ったふうに言う探偵。

「三度目は一番ひどかった。今から五十年ほど前です。私はオーストリアに移住して、結婚して家庭を再建して、しばらく平和に暮らしていました。しかしある日、同族とのいさかいが火種となって再びすべてを失いました。相手はカーミラという名の吸血鬼なんですが、ご存知ですか？」

「さあ。師匠どうです？」

「初耳です」

「我々の間では有名な危険人物でしてね。最初に娘が毒牙にかかって、そのまま一族を次々と……私は必死で抵抗したのですが、奴はとにかく強かった」

ゴダール卿のまぶたの裏に、最後に見たカーミラの姿が甦った。燃える屋敷を背景にただ一人たたずむ吸血鬼。その後消息は聞かないが、討たれたという話も耳にしないので、まだどこかで猛威を振るっているのかもしれない。

「それで故郷へ？」

「ええ。山奥でときどき小さな村を襲いながらくすぶっていたんですが、そこで偶然出会ったのがハンナです。当時としては珍しいほど吸血鬼に対し親身でしてね」

名家の父のもとで独自に法律を学んだという彼女は、アウトプットそっちのけでその細い体のすべてに知識を詰め込もうとしているかのような、若々しい熱意に溢れた女性だった。おりしも、怪物絡みの問題処理に辟易《へきえき》した各国の政治家が〝宣誓書制度〟を本格的に整え始めていた時代である。彼女の研究テーマも怪物と人権に関するものであり、度重なるフィールドワークの賜物《たまもの》か、ゴダール卿と出会う以前からハンナは吸血鬼に対する抵抗を露ほども持ち合わせていなかった。

美女と野獣のようなロマンスとはいかなかったが、二人が結ばれるのに時間はかからなかった。ハンナはゴダール卿の持つ豊富な知識に惹《ひ》かれ、ゴダール卿はハンナの語る理想に惹かれた。

――人と怪物は共存できるの。一緒に生きていけるのよ。

彼女は口癖のようにそう主張し、それを実践するかのごとく自ら吸血鬼の妻となった。フランスで宣誓書制度が制定されたのは、彼らが結婚した四年後のことである。

「私も吸血鬼はこのままでは駄目だと思い始めていましたから、宣誓書のサインに抵抗はありませんでした。世界的に怪物の数がどんどん減っていますからね。聞いた話ですと、日本でも開国後に大規模駆除が行われたとか……」

「『怪奇一掃』ですね」

鴉夜が答えた。

「始まったのは三十年ほど前ですが、文明開化の旗のもとに妖怪だの怪異だのと名のつくものはほとんどすべて殺されました。一度始めたらくそ真面目にやりとげるのが国民性でしてね、文字通り一掃です」

「ヨーロッパでも似たような状況ですよ。敵対を続ければ、いずれ吸血鬼や人狼《じんろう》も同じ轍《てつ》を踏むでしょう……皆、共存の道に目覚めてくれればよいのですが」

「共存、ですか」

「ええ。人と怪物は一緒に生きていけるはずです。私たち家族がその証拠だ」

ゴダール卿は弔《とむら》いの代わりに、強い言葉で妻の主張を繰り返した。津軽は「ご立派で」と感じ入るようにうなずいてから、

「でも、吸血鬼はそう簡単にゃ滅びないと思いますが」

「いや、怪物の王などと呼ばれても、我々はそんなに優れた種族ではない。人間と違って定期的に血を吸わなければ生きてゆけぬし、何より日光にあたっただけで焼け死んでしまう」

「しかし体の強さは大したものです」

「確かにこの肉体は便利です……心臓を刺されても死にませんし、腕がちぎれたって二日もあれば綺麗に再生しますからね。けれど万能じゃない。銀に触れれば簡単に傷つきます」

「おおっ!」

突然、闇夜をつんざくようなかん高い声で鴉夜が叫んだ。弟子もゴダール卿も面喰らって鳥籠に顔を向けた。

「ど、どうされました?」

「いえなんでもありません。確かに吸血鬼の再生能力はすばらしいと思ったもので。怪物の王たる所以ですね」

「は、はあ」

だからって、叫ぶほどのことだろうか。

「……しかし再生能力に関しても、我々が一番というわけではありませんよ。もっと上の種族もいる」

ふと、ある眉唾《まゆつば》話を思い出し、彼は東洋からの旅人を見やった。

もう何年前になるか、父親が健在だったころに聞いた噂である。

「日本のお生まれなら、ご存知ではないですか。絶対に死なない怪物の話」

津軽はまた立ち止まった。それから頭上に広がる太い枝のほうへ目をやり、「ああ」と人差し指を立てた。

「小耳に挟んだことがあります。『不死』ですね」

「フシ、というのですか」

「そのまま日本語で不死身《イモータル》という意味です。飾り気のない名前だもんであたくしはあまり好きじゃありませんが、まあ的確っちゃあ的確です。世界にただ一匹、見た目は人間と同じでもその実不死にして不老、不朽にして不滅、絶対死なないうえに老いもしないしやつれもしない、ないないづくしの怪物だそうです。なんでも齢は千歳近いとか」

「千歳……それはすごい」

具体的な年齢は初めて知った。ヨーロッパで「不死身」の代名詞とされる吸血鬼の寿命の、二倍をゆうに超えている。

「私が父から聞いた話では、どんな傷を負ってもたちどころに再生するとのことでしたが」

「らしいですね。首が飛ぼうが八つ裂きにされようが爆発して粉々になろうがアッと一声叫ぶ間にもとどおりだそうです。うらやましいもんです」

「銀や聖水も効かぬのでしょうか」

「吸血鬼に効くもんでも不死には効きませんね。向こうにそういう文化はありませんし、使ったところでちゃんちゃらおかしいと笑われるのがオチでしょう」

「小耳に挟んだという割にはやたらと詳しいな」

鳥籠の中から鴉夜が口を出した。弟子は肩をすくめて、

「師匠に教えられたこと以外はよく覚えてるんで」

「普通逆だろう。ならもう一つ教えてやるといい。ゴダール卿、その不死の怪物も現代ではおとぎ話の産物です。すでに死んでしまっていると思いますよ」

「え……しかし、殺す方法がないのに」

「津軽は調子のいいことを言ってましたがね、実を言うと殺す方法は一つだけあるんです。斬首も爆破も飢餓も老化も銀も聖水も効かないが、不死は絶対に死なないわけじゃない。一つだけ殺せるものがある。いや、一つというより一種というべきでしょうか」

「不死を殺せるもの……なんですか？」

「鬼です」

鴉夜は、聞き慣れない単語を答えた。

「オニ？」

「こちらの言葉ですと悪魔《ディアブル》とか悪鬼《オーガ》ということになりますかね。日本では地獄の使者を意味します。飾り気のない名前なので私はあまり好きじゃありませんが、まあ的確といえば的確です」

弟子と似たようなことを言ってから、鳥籠はその「オニ」の見た目を解説する。身長は人間とほぼ同じで筋骨隆々。牙と爪、個体によっては角を持つものもおり、人だろうが獣だろうが本能のままになんでも襲う。

「確かに、こちらのオーガやグールと似たように思えますね。その鬼が、どうして不死を殺せるのです？」

「どうもこうも、再生能力が無効化されるからです。鬼の細胞はすべての怪物に対して、絶対上位の攻撃力を持つことがわかっています」

「絶対上位の……？」

「ちょっと前、日本に平賀《ひらが》なんとかいう名前の面白い男がいたんですが、鎖国中にもかかわらずそいつは世界中から怪物を集めてやたらめったら実験しましてね。『百鬼百考《ひゃっきひゃっこう》』という本に結果をまとめてそれを証明しました。どんなに強い再生能力を持つ生物でも、現存する中で鬼に傷つけられない種はない、とのことです。つまり、普通に攻撃が効く。殴れば血が出るし、胸をえぐれば死ぬ」

「……それは吸血鬼でも？」

「無論です」

　鴉夜の返答はあまりにも軽く、あまりにも自然で、それだけに、日本の事情にうとい自分を騙しているようには思えなかった。

「不死に対してもその力は有効でしてね、鬼なら不死を殺せるわけです。言ってしまえば不死が守りの最強で、鬼が攻めの最強ということになるでしょうが、怪物の世界の強弱関係は人間社会よりずっと論理的にできています。最強の矛と最強の盾が戦えば、矛のほうが勝つんですよ」

「…………」

混沌《こんとん》とした闇の中へ向けて、ゴダール卿はもう一度その変わった名前を発音した。

オニ。地獄の使者。

「死の国から直接やって来た使者には、不死も他の怪物も勝てないということでしょうか。日本人のネーミングセンスはなんだか変わっていますね」

「ジャポニスムというやつですよ」

皮肉っぽい調子で鴉夜は言った。

「しかし面白いことに、鬼が最強の生物かというとそういうわけでもないんですがね」

「どういうことです？」

「鬼は攻撃力にかけては最強でも、守りが弱い。体は確かに強靱《きょうじん》ですが再生能力は人間並み。銃弾や火薬の前にはあっけなく倒れます。それに何より、知能が低い」

食物連鎖めいて、ゴダール卿の中で強弱の関係図が輪を描いた。鬼は怪物には勝てるが、人の文明には負ける――

何かが、遠くの木々を揺らすような気配がする。小動物だろうか。それとも鹿？

「……それではまるで、そこらの獣と同じだ」

「まさにそうです。体の色が目立つこともあって、人間に狩り出されて怪奇一掃ですっかり滅びてしまいました」

「今は、まともな形で残っているのは一匹もいませんね。諸行無常《オータン・アンナンポルト・ル・ヴァン》です」

津軽が言い、鴉夜もふふ、とおかしそうに声を漏らした。森の中を弱い風が縫い、葉が何枚か舞い上がった。ゴダール卿は寂しげな目で、なんとはなしにその行方を追った。

すべてが風に運ばれるがごとく《オータン・アンナンポルト・ル・ヴァン》。

東でも西でも、怪物の時代は終わろうとしている。

「そうですか。やはり、これからは人間の……」

世間話はそこで途切れた。

イイン——と、鈴を鳴らしたあとの余韻のような音が聞こえた。何か来る。知覚するとほぼ同時に、ゴダール卿は右手を体の横へ伸ばした。一瞬後、手の中には短い矢が収まっていた。

皮膚が焼ける感覚はない。銀ではなくただの鉄だ。

「おや、闇討ちですね」

雨ですね、とでも言うような気楽さで津軽が言った。いちいち動じない男だ。

「ええ……ランタンの明かりが強すぎたようです」

ゴダール卿が矢を捨てる間にも風を切る音が連続し、新たに二本が飛んでくる。一本はすぐ手前の木に刺さり、もう一本はゴダール卿の首に命中した。鈍い痛みを感じながら、なかなか腕はいいらしいと考える。

「真打さん、輪堂さん。先ほどは吸血鬼について少し謙遜しすぎました」

彼は大動脈から矢を引っこ抜いた。出血はほとんどなかった。プツプツと音を立て、みるみるうちに穴が塞がってゆく。

巨木が密集した森の奥へ目を流す。双眸《そうぼう》が、遠のいてゆく人影を確かに捉えた。

「私は自分から人を襲うことはしない。しかし、刃向かってくる者には恐怖を思い知らせます……腐っても『怪物の王』ですから」

ランタンを津軽に向けて放ると、彼は襲撃者を追うべく跳躍した。

手袋に包まれた手がそれを受け取るころ、ゴダール卿の姿はすでにどこにもなかった。


背後から、ザザザザッというごく短いストロークの音が迫ってくる。

追われているという確かな感覚とともに、雑草を踏みつけ、枝をはねのけ、ぬかるんだ地面で滑りそうになりながら、彼は夜の森を駆け抜けてゆく。もともと矢で倒せるとは思っていない。左手に装着したクロスボウから放った三本は、こちらへ誘い出すためのおとりだった。

彼は夕方のうちに森の中へ入るとすぐ、枯れ葉に覆われた小さな空き地を見つけて、そこにいくつも「罠《わな》」を仕掛けておいた。なんのことはない、猟師がよく使うバネ仕掛けのトラバサミである。ただし吸血鬼用に挟む力を強くしてあるので、二、三秒は隙が出るはずだ。その前菜のあとにメインディッシュを撃ち込んでやればこちらの勝ちは決まる。リボルバーに装填した、六発の銀の弾丸を喰らわせてやれば。

敵はどうやら予想以上の速度らしいが、幸い追いつかれるよりも先にその空き地へ辿り着けた。「罠」を仕掛けた地点を首尾よく飛び越えると、彼は腰のベルトから銃を抜いて、引き鉄《がね》に指をかけた。銀の銃弾は貴重だが、この距離なら外しっこない。さあ来い、怪物。急ブレーキをかけて、迎撃しようと振り返る——

その瞬間。

よく磨かれた靴先が、男の警戒範囲の外——正確にいえば斜め上方向から、猛烈な勢いで飛び込んできた。

う、浮いてる⁉　なんで？　くそ、しまった木の間を飛び移ってきやがったのか猿真似の怪物め、これじゃ罠が無意味じゃないかいや待て大丈夫この距離なら簡単に当てられ、「カカッ」という小気味よい音とともに両手が軽くなった。蹴り上げられた銃とクロスボウが彼の横を舞ってゆく。

——は？

声を出すよりも先に胸部を強く蹴られた。服の下に着けていた鉄製の防具は、かろうじて骨折を防ぐ役にしか立たなかった。そのまま足に押されて地面の上に踏みつけられ、頭から帽子が跳ね飛ぶのを感じる。結局彼が出すことができたのは「ぶげぇ」というカエルが潰されたようなうめき声だけだった。

痛みでかすんだ視界に、右足で自分を踏みつけ見下ろしている敵の、瞳孔の開いた眼《め》が焼きつく。紛《まご》うかたなき吸血鬼の眼光だった。

「やったのはおまえか」

「う……え？」

「妻を殺したのはおまえかと聞いている」

違う、と叫ぼうとしたが胸を圧迫されているので言葉が出せない。手足をばたつかせる。駄目だ、抜けられない。

「……まあいい。とにかく、報《むく》いは受けろ」

敵は静かに言い、右足に力が込められた。一気に圧がかかり、比べものにならない重さが襲う。ああ、駄目だ死ぬ。彼は自分の失敗をはっきりと悟った。骨が軋む。意識が遠のく──

「ちょおっと待った」

背後でひょうきんな声がし、直後にガチャン！と金属音が響いた。ゴダール卿が振り向くと、ハンターの仕掛けたちゃちな罠が作動しており、その横で真打津軽が「危ないなあ」などと言いながら片足をぴょんぴょんさせていた。

「し、真打さん、どうやってここに？」

自分は全速力で数百メートルの距離を移動した。この探偵助手がどう動いたところで、こんなに早く追いつけるはずがないのだが……いや、今はそれよりも、足の下の愚か者のほうが重要だ。

「まあ、ちょうどよかった。今こいつを殺します。あとで、正当防衛であることを証言してくださいませんか」

「お断りします」と鴉夜の声。「この男は殺させません。いくつか聞きたいことがあるので」

「殺させない？　なぜです、私の命を狙ったのですよ？　きっと、チャンスをうかがいながらずっと森の中に隠れていたんです。こいつが妻を……」

「殺していないように、私には思えますがね。どうもこの男、今日この街に来たばかりのように見える」

津軽に運ばれる鳥籠は、いまだゴダール卿の足元でうめいている茶髪の青年へ近づいてゆく。

「服の右肘にわずかですが煤《すす》のあとがついています。それと帽子のつばの下にも。おそらくこの男は蒸気機関車に乗っていたんでしょう。機関車の窓際にはよく煤や埃が溜まります。席に座った彼は窓際に帽子を置き、長時間頬杖をついていた。しかし私たちが乗ってきた東部鉄道はよく整備が行き届いており窓際も綺麗でした。彼が乗ってきたのはもっと田舎のほうの、清掃のずさんな鉄道だ。見たところチョッキも帽子もドイツ製。転がってる銃は流出品のドライゼです。何日もかけてドイツの片田舎から出てきたように思えませんか？」

「どんぴしゃりで」

ゴダール卿の足をどかして青年の服を探っていた津軽が、何かの紙片を見つけ出してランタンに透かした。

「ポケットから切符の切れ端が出てきました。フリードリヒ・フランツ鉄道、日付は三日前です」

「メクレンブルクか。三日前ベルリン以北にいた男が、同日この城で夫人を殺すのは物理的に不可能ですよ。彼は犯人じゃない」

ものの数秒で無実が証明された。鉄の矢が襲ってきたところで眉一つ動かさぬゴダール卿だが、この探偵たちに対する驚きはそういうものとは質が違う。思わず言葉に詰まる。

「だ、だとしても、今まさに私の命を狙いました。犯罪者です」

「夫人を殺した犯人ではない。それだけで証言者としては充分です……おい、君、こら待て逃げるな」

ようやく気がついて立ち上がろうとした男は、今度は津軽の足で踏みつけられ、また地面に這いつくばった。

「お、俺が悪かった。助けてくれ！」

「質問に答えてくれれば助けてやる。まず君、名前は？」

「……ヨーゼフ」

どこから声がするのかと怪しむような表情を作りながらも、男は答えた。

「やはりドイツ人か。ここにいる吸血鬼は全員『親和派』だぞ。なぜ手を出す？」

「ふ、フーゴさんの敵討《かたきう》ちだ」

「フーゴ？　先週ゴダール卿に殺されたハンターの名前かな。おお、やはり知り合いだったか」

「そうだよ……なのに、こいつに殺されたんだ」

ヨーゼフはゴダール卿を睨みつけた。こんな状況ですごまれても怒りすら湧かないが。

「勝手なことを。先に私を襲ってきたのはそのフーゴだろう」

「黙れ怪物！」

「君もおとなしくしなさい。それで君は、今は亡きフーゴ氏と仲がよかったようだな。彼がゴダール卿を狙っていることは知っていたのか？」

「は、半月くらい前に話したんだ。親和派に手を出すのはまずいんじゃないかって止めたら、自信満々に『絶対討伐できるから大丈夫』って言ってた。でも三日前、失敗したっていう知らせを聞いた。それで急いでここに……ハンナ・ゴダールが殺されたって話は街に着いてから初めて知ったよ。誰がやったかは知らない」

「最後にフーゴ氏と話したとき、彼は自信満々だったのか？」

「ああ。何か、すごい協力者を得たって言ってた。詳しくは話そうとしなかったし、一枚嚙ませろって言っても断られたけど……」

「本当はあんまり仲よくなかったんじゃないですか？」

「うるさい！　あの人はいい先輩だった！」

わかったわかったと鴉夜は言い、津軽にも余計な口出しはよせと釘を刺してから、

「ところでヨーゼフ君、フーゴ氏が銀の杭を持っていたことは知っているか？」

「え……あれ銀製だったのか？　てっきり木製か何かかと……」

頭を枯れ葉に埋めたまま、ヴァンパイアハンターは意外そうな顔をした。

「銀製であることは知らなかったのか？」

「いつも革のケースに入れてたから……くそ、あの杭が奥の手だったのか。どうりで何度頼んでも見せてくれなかったわけだ」

「ほら、やっぱり仲よくない」

「う、うるさいぞ！」

「君もな。もうけっこう。津軽、足を離していいぞ」

「待ってください輪堂さん！」

ゴダール卿は納得できずに叫んだが、鴉夜は冷静に、

「質問に答えれば助けるとさっき約束しましたからね。ま、今回で格の違いを思い知ったはずですし、彼は本来それほど『親和派』嫌いでもないようです。もう襲ってくることはないでしょう。なあ、ヨーゼフ君？」

よろよろと立ち上がったハンターは、名前を呼ばれてさらにうろたえた。

「だ、誰が喋ってるんだ？」

「誰でもいい。重要なのは、もしまた君たちがこの地にやって来たら、彼は次こそ容赦し

ないだろうということさ」

言葉に乗せられて、ヨーゼフはゴダール卿を見た。家族たちのぶんの憎しみも込めて、思いきり睨み返してやった。

すっかり怯えた青年は、武器や帽子を拾うのも忘れて街のほうへ走り去っていった。今度の逃走では、追われるスリルがないことを彼は神に感謝するだろう。

「こんなことならもっと痛めつけておけばよかった」

枝葉を踏みしめる足音が遠のいてから、ゴダール卿はため息をついた。

鴉夜はふふ、と笑う。

「そう言わずに、彼のことは許してやりましょうよ。何もかわいそうだから逃がしたわけじゃありません。手間をはぶかせてくれたお礼です」

「手間……？」

ゴダール卿は真打津軽と、彼が右手に提げている鳥籠へ目をやった。

森の中、ランタンに照らされたその姿は吸血鬼の目から見てもやはり異様で、先ほどとまったく変わりなかった。ただ、レースの向こうから聞こえてくる声に、少しだけ今までと違う響きを感じ取った。

荷が下りたような、安寧《あんねい》と安堵《あんど》の響き。

「もう森の中を駆けずり回る必要はなくなりました。ゴダール卿、城に帰りましょう。それから皆さんを集めてください」

穏やかな声で、輪堂鴉夜は言った。

「この笑劇《ファルス》めいた事件を終わらせましょう」

8

居館二階にある書斎は、臙脂《えんじ》色の絨毯が敷かれた居心地のよい部屋だった。

壁にぐるりと巡らされた棚には書物や書類の束、城主の長い人生をうかがわせる調度品のコレクションが並べられており、その合間合間から燭台が顔を突き出して、部屋の中を煌々《こうこう》と照らしている。バルコニーへ続くテラス窓は板ですっかり塞がれていたが、そうまでして城主がここを書斎に選んだことにも納得の、落ち着いた雰囲気が感じられた。

しかし当の城主——ジャン・ドゥーシュ・ゴダール卿は今、そんな雰囲気とはまるで無縁の状態だった。彼は部屋の奥に置かれた机ではなくドア脇の本棚の前に立ち、背後に飾られたインディアン人形に負けず劣らずの険《けわ》しい表情を作っていた。

集められた他の者たちにしても似たようなものだ。隅に固まって不安げにあたりを見回しているのは、執事のアルフレッドとメイドのジゼル。中央に置かれた、来客が少ないためほとんど使う機会のない応接ソファーに座しているのは、吸血鬼の三兄妹。唇をきっと結んだクロードとラウール、クッションの端を握ったまま放さないシャルロッテ。

彼らの視線の先にはマホガニー製の仕事机があり、羽根ペンやブックエンドをよけたその卓上には、レースの覆いがついた鳥籠が鎮座していた。

「……今、なんて言った?」

クロードが、すぐにも飛びかかりそうな眼光で尋ねた。机の横にはつぎはぎコートの助手が寄りかかり、椅子の後ろには謎の荷物を背負った使用人が控えていて、護衛のように主人を挟んでいる。

「私はこう言いました——皆さんの中にハンナさんを殺害した犯人がいます。これからそれを証明します、と」

鳥籠が繰り返すと部屋の中に静かな動揺が走り、城の者たちはそれぞれ顔を曇らせた。ジゼルがおののいたように首を振り、クロードは舌打ちした。

「俺は信じないぞ」

「信じていただかなくてもけっこう。私はただ、聞いていただきたいだけです。説明を聞いていただき、そのうえで、私の出した極めて突飛な結論がねじ曲げようのない論理的事実であることを、全員に認めていただきたいのです。私にはそのための準備ができています。あとは皆さんの側に話を聞く準備ができるかどうかです」

「…………」

「クロード、話を聞こう」

息子へ向かって、ゴダール卿は重々しく言った。

「彼女は結論を出したと言っている。そのために呼んだ探偵だ。我々には聞く義務があると思う」

「探偵ったってこいつは鳥籠だろ」

「鳥籠ったって私は探偵です。このくだりは食卓でもやりましたよ」

「あのときとは話が別だ！　こんななんだかわからん奴に疑われて黙ってられるかよ！」

「そうだね。フェアじゃない」

ラウールが口を挟む。熱くなった兄と対照的に、彼はこの場においても冷静だった。

「僕らは聞かれたことに全部答えたのに、探偵が顔を隠したまま謎解きなんてさ。フェアじゃないよ」

「だろ？　誰も聞きゃしないさ、鳥籠の謎解きなんて……」

「勘違いをしているようですね。誰が証明するかなんて論理の前には関係ありませんよ。誰が計算しようが、二プラス二はいつも必ず四になるんです。計算するのが貴族でも貧者でも子供でも老人でも男でも女でも人間でも機械でも怪物でも、ましてや顔を隠した鳥籠でも、やはり答えは同じです」

「……だ、だからっておまえは」

クロードはまだ何か言おうとしたが、鴉夜が「しかし」とそれを遮《さえぎ》る。

「フェアじゃないというのには一理ありますね。私も正体を隠したまま一方的に喋りまくるのはしのびない。もう証言を聞く必要もなくなりましたし、皆さんの前に顔を出してしまっても問題ないでしょう」

長男の顔から一気に血の気が引き、もとの白い肌に戻った。伏し目がちだった他の者たちも、一斉に鳥籠を凝視した。

鳥籠は「津軽」といつものように呼びかけ、弟子は「はいな」と応じてレースの覆いの両端をつまんだ。そして、ゆっくりと持ち上げていった。

音もなく、覆いが完全に剝がされる。

鳥籠はゴダール卿の予想どおり、真鍮でできた釣り鐘形のスタンダードなものだった。正面の柵は鍵つきの大きな扉になっていて、輪堂鴉夜はその中にいた。

書斎を満たした戦慄にはかまわず、津軽はその扉にも手を伸ばしてガチャリと開く。レースも柵も、隔《へだ》てるものは何もなくなって、そうして彼女は、ようやく一同の前に顔を出した。

津軽が言っていたとおり、輪堂鴉夜は美しかった。とびきりどころではなく、絶世の美少女といってもよかった。

年齢は十四、五か。か細い線で作られた幼さの残る顔立ちが説明のつかない大人びた表情をまとい、倒錯した強烈な妖艶さを放っている。未成熟なのに成熟し、柔らかなのに芯《しん》が感じられ、純真なのに魔性に見えた。謎めいた色香がもう一つの謎めいた部分と相まって、美しいがゆえに恐ろしかった。身も凍るほどに。

しばしの間、誰もが彼女に魅入られた。紫水晶《アメジスト》のように光る大きな瞳に惹かれた。薄く微笑《ほほえ》む桜色の唇に釘づけになった。遠目にも滑らかだとわかる真っ白な肌に見蕩《みと》れ、長く伸ばした艶のある黒髪に息をついた。

だが、腰まで届きそうなその髪は、首元までまっすぐ降りたきり鳥籠の底に渦を巻いているだけで。そこから下にあるのは血の通わぬ冷たい真鍮で、さらにその下にあるのはマホガニー製の仕事机で、つまり輪堂鴉夜には首から下が存在せず。

鳥籠の中に入っていたのは、美しい少女の生首だった。

「私を見た人の反応を眺めるのは、毎回とても楽しいですよ」

皆が言葉を失った中、生首が沈黙を破った。

口元を皮肉っぽく歪めて、確かにそれは声を発したのである。

「もう何度も自己紹介しましたが、改めまして、輪堂鴉夜と申します。職業は探偵です。何しろ頭を使うこと以外できない体でしてね。質問があれば先に聞いておきましょうか」

「どうして生きてるんだ！」

まっさきに次男坊が立ち上がり、目を見開いて叫んだ。

「それは実に本質的な質問ですね、ラウール君。答えは簡単です。私は、死んでないから生きている」

「ははは」

師匠の答えが気に入ったのか、津軽が横で笑い声を上げる。ラウールはますます混乱したようで、

「あ、ありえない。首だけで生きて動いて喋るなんて。吸血鬼だって首だけになったら死ぬに決まってるのに……そうだ、きっと人形だ。後ろでメイドが喋ってて」

「静句は無口です、こんなにべらべら喋ったりしませんよ。疑うようでしたらラウール君、二人きりでどこかの部屋にでもこもりましょうか？　私は日本の物語をたくさん知っているからね、君に夜通し話してあげることもできる。何がいいかな。『源氏物語』にしようか。あれの『雲隠《くもがくれ》』という巻が私は大好きでね。ちょっと刺激が強すぎるかもしれないけれど」

おそらくわざとであろう、唇と舌を円滑に動かして鴉夜はまくし立てた。ラウールはそれ以上言い返さず、ソファーの上にへたり込んだ。

ゴダール卿はというと、玄関ホールの時点から腹話術などでないことはわかっていたが、理解が追いつかないという点ではやはり息子たちと同じだった。

鳥籠の底に渦巻いた髪に隠れて首の切断面は見えないものの、彼女に体がないことは疑いようもない。――生首。少女の生首。真打津軽はずっとこれを運んでいたのか？　自分は食事をしながら、森を歩きながら、ずっとこれと会話していたのか？

「なんで首だけなの？」

と、シャルロッテ。その顔は輝きを取り戻していた。幼い彼女にとって、正体を現した恐怖の対象は一周回って興味の対象へと移り変わったらしい。

「それもよい質問だ。もちろん私だって生まれたときからこんな間抜けな有り様だったわけじゃあない。一年ほど前に首から下をなくしましてね。それ以来、こうして鳥籠暮らしです」

「すごい！」

「どうもありがとう」

首から下をなくした？　そんな馬鹿な。なぜ生首だけになって動けるんだ。心臓は？　呼吸は？　ラウールの言うとおり、首だけで生きていられる生き物なんてこの世には——

〝死んでないから生きている〟。

ゴダール卿は、一つだけ答えに思い当たった。

つい一時間ほど前、森の中で交わした会話。日本からの旅人。見た目は人間と同じ。世界にただ一匹、首を斬られようが何をされようが絶対に死なない生き物。

「不死……」

つぶやきが漏れると、鴉夜はゴダール卿のほうへ目を向けた。

「日本語を一つ覚えたようですねゴダール卿。でもそんな単語は、私を呼ぶとき以外は役に立ちませんよ」

それだけで答えとしては充分すぎた。穏やかに微笑み、けれど瞳だけはじっとりとこちらを捉えて放さない鴉夜の美貌は這い寄るような妖《あや》しさを備えていて、彼女は鳥籠の中でずっとこんな表情をしていたのだろうかとゴダール卿は考えた。

「ほ、本当に不死身なのですか。あなたは」

「他に首だけになって動ける生き物を知っているというなら話は別ですが、一応私は本物です。今年でいくつになりますかね。静句、私は何歳だっけ？」

「九百六十二歳です」

「ものすごい婆さんですね」

「静句、あとで津軽をぶん殴っておけ」

「ああひどい！　師匠ひどい！」

「け、けれどなぜ首だけに？　不死なら首を斬られても再生するはずでしょう？　体はどこへいったのです」

「おおゴダール卿、そこに気づくとはあなたはすばらしく賢い。ですがその話はまたあとにしましょう。今はもっと切羽詰まった問題があります」

　そう言われてゴダール卿は、この混沌の一幕が本番前の余興でしかないことを思い出す。

　そうだ。本当に自分たちが驚くことになるのは、これからだ。これからさらなる恐怖が身を襲うのだ。この不死の怪物によって、事件のすべてが明かされるのだ。

　館の奥から、柱時計の鳴る音が聞こえた。一回、二回、三回……午前三時。

鐘の残響に洗い流されるようにして、城の者たちは静まり返った。

「あなた方の準備も整ったようですね。さて、始めるとしましょうか」

一同の様子を確認してから、にやついた弟子と無表情のメイドに挟まれて、少女の生首は語りだした。

誰がいかにしてハンナ・ゴダールを殺したか——その謎解きを。

9

「まずは純然たる事実から確認しましょう。十一月四日……いえ、正確には十一月五日の午前零時半。昼食を終えたハンナ・ゴダール夫人は私室へ戻り、その一時間後に死体となって発見されました。死因は胸に穿たれた直径十センチ弱の深い傷。苦しんだ様子がないことから寝込みを襲われ、即死であったと思われます。

それをふまえたうえで事件現場を見て回った結果、私は七つの疑問を見出《みいだ》しました。一つ目から五つ目は先ほどゴダール卿にも説明したので、ここでは簡潔におさらいします。一つ、ハンナさんが犯人に気づいた様子を見せなかったこと。二つ、吸血鬼の力が弱まる日中ではなく夜中に襲撃があったこと。三つ、まだ使える瓶が現場に残されていたこと。四つ、犯人が城の内部に詳しかったこと。五つ、銀の杭をわざわざ倉庫に戻していったこと。これらはすべて外部犯の行動としては明らかにおかしく、特に一つ目と四つ目は、偶然として片付けようにもかなり違和感が残ります」

「……腕利きのハンターなら気配も消せるし、下調べだって細かくするだろ。外部犯だよ」

生首の衝撃から立ち直ったらしきクロードが反論した。鴉夜はくすりと笑い、

「そうですね。現時点ではその可能性もあります。しかし私が最も注目したいのは、それらに続く六つ目の疑問についてです」

「六つ目……」

思わず、ゴダール卿はその単語を繰り返した。

そう、シャルロッテが顔を出したせいで、結局あの私室では最後の二つが聞けずじまいだった。探偵は「ごく重要なこと」かつ「ごく常識的なこと」だと言っていたが。

「六つ目の疑問、それは音に関するものです。犯行時、ハンナさんがいた部屋の周りにはクロード君とアルフレッド氏がいました。しかし彼らは、あの部屋から響く音をまったく耳にしなかった。特に吸血鬼であるクロード君は、妹が歌う声や父親が遠くで撃った銃の音を聞き分け、その方向まで正確に当てられるほどの聴力を持っているにもかかわらず、ゴダール卿が倉庫で杭を発見するまで何も異変に気づかなかったのです。よく考えてみるとこれはとても奇妙です」

「別に聞こえなくたっておかしかないだろ。犯人が注意深かっただけで」

当のクロードは不機嫌に言う。

「ええ。しかし、どんなに犯人が注意深くても、杭をハンマーで打ったら音がするはずなんです」

「……ハンマー？」

「いいですか、死体の傷の具合から判断するに、凶器に使われたのは丸くて太い杭です。そして犯人は明らかに、大きな力で一気に彼女を貫いています。ですが杭というのは通常、誰でもよくご存知のように、金槌や木槌で叩いて打ち込むものです。本来は武器ではなくただの道具ですからね。素手で突き刺すものではありません」

ゴダール卿の脳裏に、先週自分を襲ってきたフーゴというハンターの姿が甦った。そういえば奴も片手に銀の杭を持ち、もう片方の手には木槌を握っていた。

吸血鬼でさえ、ハンターでさえ、誰もが常識的に知っている。それが当然すぎるあまり、今まで考えもしなかったこと。

杭とは、素手で扱うものではない――

「ですから、犯人が銀の杭をハンナさんの胸に思いきり打ち込んだとしたら、まさに大工が釘を打つときのような大きな音が必ず響くはずなんです。居館の地下部分は壁が古く、音の反響もいい。ところがあなたたちは、現場からは何も音がしなかったという。六つ目の疑問とはこれです。すなわち、なぜクロード君とアルフレッド氏は、犯人が杭を打つ音を聞かなかったのか？」

鴉夜はそこでしばらく言葉を切り、説明が観客たちに浸透するのを待った。

「この興味深い疑問について、さらに推理していきましょう。解釈は四つ考えられます。一つは、本当は音がしたのだが、証言者が二人とも嘘をついている――つまり両方がハンナさんを殺した犯人で、共犯関係にある可能性」

再び場がざわめく。クロードはやれやれと首を振り、執事は弾かれたように鴉夜を見つめた。

「そ、そのようなことは決して！」

「ええアルフレッド氏、わかっていますよ。これはすぐに否定できます。犯行が行われたと思《おぼ》しき時間、彼らには二人ともアリバイがない。共犯なら疑われるのを避けるため、二人で示し合わせて偽のアリバイを確保しておくはずです。ということは、どちらかが犯人という可能性はあっても、どちらも犯人という可能性は極めて薄い」

「きょうはんってなあに？」

シャルロッテが無邪気な声を上げ、緊張していた空気がわずかに和らいだ。隣に座っていたラウールが妹にしぶしぶ耳打ちしてやる。鴉夜はそれを微笑ましく眺めながら、

「では次。音はしたが、二人が部屋の近くにいた時間に響いたのではない――つまり、犯行時刻が一時よりも前である可能性」

「一時より前？」

今度はゴダール卿が反論する番だった。

「輪堂さん、それはおかしいですよ。私は一時に、倉庫の中に異変がないことを確認した

のですから……」

「ええ、ええ。それに一時より前、私室の周りにはアルフレッド氏とラウール君がいました。彼らも音を聞いていないわけですし、互いにアリバイを証言し合っているわけでもありませんから、先ほどと同じ理屈でこの可能性も切り捨てられますね。

どんどん行きましょう。次、犯人はハンマーで杭を打ったが、音が鳴らないように工夫をしていた——つまり、クッションや厚い布のようなものを杭とハンマーの間に噛ませて、音を殺していた可能性はどうか。部屋を調べたらこれも否定できました。間に何かを挟んだらその挟んだものに返り血がこびりつくはずですが、室内のクッションなどには何も異状がありませんでした。それに、犯人の着ていたコートにはべっとりと血が付着していました。杭で殺したとき、犯人が何も遮るものなしに返り血を浴びたという証拠です」

「コートそのものを噛ませ布に使ったのでは？」

それまで黙って聞いていた津軽が、横から口を出した。

「当然考えたが、その場合はコートを丸めて使ったことになる。前面がべっとり汚れるような血のつき方はしないさ」

「なるほど、まいりました」

助手はひょいと両手を上げる。こんなときでも彼らのやりとりは道化めいていた。

「というわけで、残る解釈は一つです——犯人は杭をハンマーで打たなかった。素手で持ち、腕力のみを使ってハンナさんの胸に突き刺したのです。だから誰も、どの時間にも音を聞かなかったのです」

城の者たちは納得のいく様子で、誰にともなくうなずき合った。

音が鳴らなかったのは、杭をハンマーで打たなかったから。考えてみれば考えるまでもない、ごくごく当たり前の答えである。……しかし、

「杭を木槌や金槌で打たず、素手で扱う。先ほど言ったようにこれは常識はずれな行動です。城の倉庫には木槌や金槌も置いてありましたから、たとえ犯人が手ぶらで侵入したとしても、ハンマーを手に入れることは簡単だったはずです。また、被害者は眠っていたわけですから、近づいた犯人がハンマーを構える余裕だってたっぷりあったでしょう。なのに犯人は、杭をハンマーで打たなかった。なぜ打たなかったのでしょうか？

私がまっさきに立てた仮説は単純なものでした。素手で突き刺したのは、周りの部屋にいる者たちに音を聞かせないためではないか？　何かを打ち込む音を聞かれれば怪しまれる可能性は高いですから、犯人の行動としては筋が通っているように思えます。――が、今回の事件、あの私室でのハンナ・ゴダール夫人の殺害に関してはどうでしょうか？」

鴉夜は何やら含みを持たせた言い方でぐるりと部屋を見渡し、部屋の隅に立つ初老の執事へ目を留《と》めた。

「アルフレッド氏」

「な、なんでしょうか」

「私の言葉どおり想像してください。三日前、昼食を終えたあなたが執務室で仕事をして

いたとします。なんの事件もない、いつもどおりの平和なお昼——いや、平和な夜です。そこに、カン、カン！　と金槌の音が聞こえました。さて、あなたはなんの音だと思います？」

アルフレッドはびくびくしながら目を泳がせていたが、数秒後、はっとしたように答えた。

「私は……おお、そうです。私は、奥様が家具を修理なさっているのだと思います」

「なるほど。さて、クロード君はどうでしょうか。君が部屋にいる間、両親の部屋からカン、カン！　と金槌の音が。なんの音だと思います？」

「……アルフレッドと同じだよ。母さんがまた家具をいじってるんだろうと思う」

「他の皆さんはどうです？　ハンナさんの部屋から金槌の音が響いたとして、何か事件が起きたのではないかと心配する者がはたしてこの中にいるでしょうか？」

家族たちも使用人たちも、答える者は誰もいなかった。

「ハンナさんの趣味はアンティーク品の修理でした。亡くなった日もあの部屋へチェストを持ち込み、修繕している最中でした。皆さんは城の中で、毎日のように金槌や木槌の音を聞いていたといいます。このことはたとえ知らずとも、部屋に入って修繕途中のチェストを一目見れば簡単に推測がつきます」

「現にあたくしもそうでしたね」

津軽が言い、鴉夜はうなずきかける。

「そう、初めて部屋に入った私の助手でさえそれがわかったのです。ましてや城の内部に詳しく、ゴダール卿やハンナさんの習慣まで熟知していた犯人が、彼女のその趣味を知らなかったとはとても思えません。だとすれば、あの部屋でのハンナさん殺害において、犯人がハンマーの音を気にする必要などまったくないではありませんか！」

少女の涼やかな声で、また一つ結論が下された。

「音を警戒したという線はひとまず外してもいいようです。もっとありえそうな、別の可能性について考えてみましょう。

たとえば、犯人が腕を怪我しており、そのためハンマーを持つことができなかったという線はどうか？　これも筋は通っていますが、実際問題としては微妙ですね。吸血鬼を殺そうとしている人間が、そんな万全でない状態で城の侵入に踏みきるとは思えませんし、もし無理を押して侵入したとしても、完璧に犯行を終えて逃げおおすことなどとても不可能でしょう。犯人は五体満足であったはずです。その証拠に、コートの袖は両方まくられていましたしね」

なぜ犯人はハンマーを使えなかったのか？　現場の状況に問題があったわけではない。犯人自身の体に問題があったとも思えない。とすると――

「とすると、最も可能性の高い仮説は次のようなものになります。犯人がハンマーを使えなかった理由は、杭そのものに問題があったから……つまり、ハンマーで打つと杭そのものが壊れてしまう危険があったからではないか？」

ここでも鴉夜は、観客たちの理解を待った。城の者たちは、咀嚼《そしゃく》はできるが味わえはしないといった顔でそろって眉を歪めた。

「そんなわけないよ」

やがて全員を代表し、ラウールが言った。彼はほとんど笑いだしそうだった。

「だって、杭の材質は銀だろう？　そりゃ、強い力で打てば多少歪むことはあるかもしれないけど、だからって壊れるわけがない」

「そのとおり。したがってこの仮説に基づき考えてゆくと、さらにユニークな結論が出ます。犯人の使った凶器は銀の杭ではなく、他の材質でできた別の杭です」

「……え？」

それを聞いて、とうとうゴダール卿は間抜けな声を上げてしまった。

凶器が銀の杭ではない？　理屈の流れはわかるが、そんなことがあるはずない。

「何を言ってるんですか輪堂さん。私は確かに、倉庫であの杭を……」

「あなたが見たのは血のついた銀の杭と、私室で殺されていたハンナさんの傷口。それだけです。現場に落ちていたわけでもないのに、血が付着しているからという理由だけでそれが凶器だと決めつけるのは安直です。犯人が銀の杭とよく似たサイズの別の杭を使ったという可能性は充分にありえます。ちなみにその場合、最初に挙げた五つ目の疑問にも答えが出せます。犯人はなぜ銀の杭を倉庫に置いていったのか？　答えは簡単、あの杭は現場に持ち込まれず、ずっと倉庫の中に置いてあったからです」

「…………」

　不死の少女の声が頭蓋の中で反響する。足元が崩れるようなかつてない感覚が、百八十歳の吸血鬼を襲っていた。

「銀の杭についていた血は、偽装だったというんですか」

「その可能性が出てきました」

「しかし……だとしても、別の杭とはなんです？」

「ハンマーで打つと壊れてしまうほどもろい材質のものです。たとえば、木やガラスなど」

「ありえませんよ、輪堂さん」

　ゴダール卿は生首をしかと見据え、辛抱強く言った。

「あなたも怪物専門の探偵と呼ばれるならおわかりでしょう。吸血鬼を貫くことができるのは銀だけです。仮に犯人が木やガラスでできた杭を使ったとしても、それで妻を殺せるわけがない」

「父さんの言うとおりだ」

　クロードが荒々しくうなずく。

「そんないかれた説よりかは、音を警戒したとか腕を怪我してたって説のほうがよっぽどありそうだぞ。あんたの推理が正しいって言うなら、何か証拠を見せてみろよ。杭がもう一本あったって証拠を」

部屋のあちこちからも小さく賛同の声が上がった。燭台の炎に黒髪を照らされながら、鴉夜はしばらく黙っていた。

そして、肺もないのにすうっと息を吸うと、

「ではここで、七つ目の疑問についてお話ししましょう」

突然、まったく別の話題に移ってしまった。

あっけにとられつつもゴダール卿は思い出す。まだ提示された疑問は、七つのうち六つだけだ。最後の一つが残っている。

「ここで舞台に登場しますは、現場に残されていた平たいガラス瓶です。コルクの栓には血液が付着していました。よって犯人が犯行後、この瓶に触ったであろうことは間違いありません。たまたまポケットからこぼれ落ちたなどでは決してなく、何かのために取り出して、わざと置いていったのです」

「……聖水を撒いたんだろ」とクロード。

「そのとおり。現場で使われたものの中で瓶に入っていそうなものといえば、聖水しか考えられません。犯人は瓶の中に聖水を入れており、ハンナさんを殺したあとそれを撒いたのだと思われます。昔ながらの清めの儀式として」

「長々説明しなくてもそんなことわかってるって」

「では、ここからが本題です。瓶のガラスは埃で汚れていました。私はよく観察するため、津軽に命じて瓶の表面をこすらせました――しかし、汚れは落ちませんでした」

挑発好きの長男は、そこでは茶々を入れなかった。代わりに「ん？」と声を上げた。

「つまりあの瓶は、ガラスの表面が汚れていたのではないのです。最後の疑問とはこれです。すなわち、瓶の内側に埃がついていたのはなぜか？

瓶にはコルクの栓がしっかりと閉めてあり、先に現場を調べた警察も手に取ろうとさえせず、また、事件後あの部屋にはゴダール卿がしっかりと鍵をかけていました。ということは、私たちが調べた時点でも、瓶の内部は捨てられたときのままの状態だったはずです。捨てられたとき、すなわちそれは犯人が犯行を終えたときです。犯人が犯行を終えたとき、すなわちそれは犯人が死体に聖水を撒いた直後です。……だとすれば、なぜ瓶の内側が汚れているのでしょうか？」

鴉夜は紫色の瞳をらんらんと輝かせ、

「小さな矛盾ですが、大きな発見でした。瓶の中が液体で満たされていたのであれば、埃は洗い流されるはずですから、ガラスの内側が汚れるなどということはありえません。ということは、あの瓶は最初から空だったのです。長らく何も入っておらず、口が開いたままで、だから内側に埃が付着したのです。

したがってこういうことになります。瓶には聖水が入っていなかった。犯人は聖水を撒いたと見せかけるために、何も入っていない空の瓶をわざと現場に残していった。しかしハンナさんの死体には明らかに聖水を撒かれた痕跡がある。では、その聖水はどこからやって来たのか？　先ほどの推理とこの瓶に関する疑問とを照らし合わせれば、最後の突飛な結論が導き出されます」

あっ、と部屋の隅から乾いた叫びが聞こえた。メイドのジゼルが、何か閃《ひらめ》いたように目を見開いていた。同時に「ははあ」と津軽も頭を上下させる。唇のほころびがいつもより数段強い。

「なるほどそういうことですか」

「助手のくせに気づくのが遅い奴め」

「助手だから気づくのが遅いんです」

鴉夜は津軽と笑みを交わし合い、さらに続けた。

「いいですか皆さん、吸血鬼だから無理なのではありません。吸血鬼だからこそ答えが導けるのです。殺された被害者が吸血鬼であり、その凶器が銀以外のもろい材質でできたものだったとすれば、それが何かはたった一つに絞れます。聖水です。そして確かに、現場には出所不明の聖水という証拠が残されていました」

銀以外の杭。もろい材質。木やガラスのような。

さざ波は静かに広がった。ゴダール卿も使用人たちも、ソファーの上の三兄妹も、不気味がることすら忘れて生首の少女を見つめていた。

一拍置いてから、鴉夜は美しい目を細めた。

「もうおわかりですね──凶器は氷でできていたんです。犯人は、聖水を凍らせて氷の杭を作ったんですよ」

聖水。

カトリック教会が一二六〇年に作り出した、浄化された奇跡の水。製法は秘伝だが効果は絶大。純銀と同じく吸血鬼の体にのみ作用し、触れると発熱して火傷を負わせる。液体ゆえ直接的な攻撃には向かないが、吸血鬼の再生能力を無効化するため、ヴァンパイアハンターたちには護符代わりとして重宝されている。

永い試行錯誤の末選ばれた、吸血鬼を傷つけることができる二つの武器。

銀と——聖水。

「この季節、夜の気温は氷点下もざらです。聖水を杭の形をした型に注いで二、三日外に置いておけば、立派な氷の杭ができるでしょう。犯人はそれを城の中に持ち込み、古いコートを着込んで、ハンナさんのいる部屋へ向かいました。肘掛け椅子で眠っている彼女に氷の杭を突き刺し、殺害。返り血はコートが防いでくれます。聖水でできた杭は吸血鬼の体に刺し込まれた直後、高熱を発してすぐに溶けます。溶けた聖水は彼女のお腹《なか》にしたたり落ち、服を濡らし、皮膚に火傷を負わせたのです」

黙り込んだ観客たちを前に、少女の生首は淡々と語る。

「犯行を終えると、犯人は死体の傷口に空き瓶か何かの容器を押しつけ、ハンナさんの血液を採取します——これは傷口の左側の出血量が少なかったことから推測できます。流れ出た血の多くは、犯人が持ち去ったのです——その後、用済みのコートと、返り血をこびりつけたガラス瓶を目立つ場所に残して、部屋を出ます。遺留品を残すのは、当然外部の者の犯行だと見せかけるためです。それから犯人はゴダール卿が狩りに出る時間をじっと待ち、倉庫に異状がないことを確認させたあと、南京錠を壊して侵入。奥の棚から銀の杭を取り、採取しておいたハンナさんの血液を注いで、それが凶器であるかのように偽装します。あとは、狩りから戻ってきたゴダール卿にその惨状を見せつけるだけです」

辿られた犯行の流れは、以前に「犯人は外部犯」だと仮定して助手が喋ったものよりもずっと突飛で、しかしずっと納得のいくものだった。犯人が使ったのは氷の杭。吸血鬼を貫くことのできる聖水でできた杭。銀の杭は、犯人が仕掛けた偽装にすぎなかった——

だが、謎解きはまだ終わっていない。

「さて、長々お話ししてきた私の推理は、この時点でたった一つの疑問に集約されました——なぜ犯人は、そんなトリックを弄《ろう》したのか？」

なぜ、なに、どうして、と次から次へと疑問が解消されては現れる。輪堂鴉夜の思索はまるで海溝探査だった。暗い海の底へ向けて、どこまでも深く潜ってゆく。

「ハンナさんの傷は、銀の杭のサイズとぴったり一致していました。ということは、犯人はもともと倉庫の中に銀の杭があると知っていたことになります。しかし、それならわざわざ偽の凶器を作る必要などない。普通に銀の杭を持ち出し、普通にハンナさんを刺し殺せばよいではありませんか。銀の杭が凶器であるかのように勘違いさせることで、犯人にはどのようなメリットがあるでしょうか」

鴉夜は城の者たちを見回すようにして問いかけた。探偵の言葉で脳髄《のうずい》をぎゅうぎゅう詰めにされた彼らは、皆その意味を考えるのに精一杯で、答えられる者はいなかった。

しかたなく、彼女は横手に控えている助手のほうを向く。

「津軽、わかるか？」

「蕎麦《そば》屋の勘定ですね」

「なに？」

「時間でもってごまかします」

「いちいちうまいことを言うなというに。だが正解だ……ア、リ、バ、イ、工作。唯一考えられるメリットはそれです。狩りに出かけようとしたとき倉庫の鍵が壊れていなかったことと、杭に血がついていなかったことから、ゴダール卿は、犯行時刻は自分が狩りに出かけてから戻ってくるまでの間——午前一時から一時半の間だと思い込みました。ところが倉庫の中にあった杭が凶器でなかったとすれば、それよりも前の時間帯——昼食が終わった十二時半から一時の間——に犯行を済ませることが可能になります。もちろん、犯人はゴダール卿が城を出たあと一度倉庫に入る必要がありますが、杭に血をつけるだけですから二、三十秒あれば事足ります。『そんな短い間に殺人はできない』と訴えれば容疑からは外れる。そして犯人は一時から一時半の間に余裕でアリバイを作ることができる……というわけです。

しかし皆さん、犯人が外部犯だったとして、そんな危うい工作をする必要がなぜあるのでしょうか？　街のど真ん中にある屋敷ならともかく、ここは辿り着くだけでも一苦労な森の中にあります。外部からの襲撃者がそんな場所で人殺しをするとして、たかが三十分間のアリバイ作りに苦心する必要があるでしょうか？」

身振り手振りのできない鴉夜は代わりに声の調子を強めて、

「そう、重要なのはこの点です。深夜の犯行。外にまったく見つからなかった逃走の痕跡。あからさまに残されていた瓶とコート。加えて城の内部に詳しく、ハンナさんの習慣やゴダール卿の狩りの習慣、今週は彼が出かけるとき倉庫を開けるであろうことを知っており、何より共犯者に頼ることなく、危ういアリバイ工作をしてまで疑われるのを避けなければならなかった人物——そんな人物は、皆さんの中の誰か一人以外ありえないではありませんか！」

とうとうその思索は、最初に提示された前提へと辿り着いた。

もはやその結論に声を荒らげる者はいなかった。クロードは焦点の定まらない目で鳥籠を見やり、アルフレッドは魂の抜けたような顔をし、シャルロッテの指先が食い込んだクッションはもうすぐ破れそうだった。ゴダール卿はというと、独り別種の衝撃に身を揺さぶられていた。

輪堂鴉夜。怪物専門の探偵。

今彼女がなぞってきた手がかりは、いくつかの些細《ささい》な確認を除けば、ほとんどがあの私室の捜査で得られたものばかりである。

城主から話を聞き、現場を一見し、「とても面白い事件ですね」と答えたその時点で、彼女は鳥籠の中から推理を重ね、内部犯という解答を得ていた——

「さあ、長々喋りすぎましたね」

生首の探偵はさらに続ける。

「ここからは駆け足で行きましょう。これらのことから、犯人の条件は五つ挙げられます。

①実際の犯行時刻、十二時半から一時の間にアリバイのない人物。

②アリバイ工作によって、一時から一時半の間に犯行が不可能だと思われている人物。

③また、その間数分だけ自由に動く隙があった人物。

④太い杭を素手で突き刺し、南京錠をねじ切ったりできるほど力の強い人物。

⑤感覚の鋭敏な吸血鬼たちを相手に、いっさい気づかれず犯行に及べるほど器用な人物。

まず①、十二時半から一時の間にアリバイのない者は三人います。使用人のお二人と次男のラウール君です。このうち②に該当するのはジゼルさんとラウール君。ジゼルさんは一時以降シャルロッテ嬢と一緒におり、ラウール君はゴダール卿と狩りへ出ていた」

「そ、そんな……」

ラウールが抗議しかけたが、鴉夜はかまわず、

「お二人は③の条件にも該当します。ラウール君は、ゴダール卿が城を出てから一分ほど

遅れて彼を追いかけている。倉庫に入って杭に偽装をほどこす時間は充分ありました。ジゼルさんも、お手洗いのため数分シャルロッテ嬢から離れたと証言しています。しかしこの二人のうち、④と⑤に該当する能力を持っているのは、自らも吸血鬼であるラウール君のみです」

名指しされたラウールは、ますます慌てて立ち上がった。

「待ってよ、僕にそんなことできたはずないだろ！　だいたい偽装も何も、僕は銀に触《さわ》れないんだから！」

意外なことに、鴉夜はその指摘を「ですね」と素直に受け入れた。

「私もそこがわからなかった。氷の杭のほうは布を厚く巻いて持ち運んだとしても、銀の杭には血の上に指で触れたあとが残っていました。関節のあとまではっきり見えましたから、手袋をしていたとも思えません。おそらくハンナさんの血をしたたらせているときに杭が転がりそうになり、反射的に手で押さえてしまったんでしょう。犯人が銀の杭に素手で触れたであろうことは間違いのない事実です。

吸血鬼は、銀や聖水に触れると火傷を負う。したがって、もしラウール君が犯人であるとしたら、指に火傷を負っているはずです。そしてゴダール卿の話によると、その傷は三日やそこらで消えるものではないという。であれば、ラウール君の指にはまだ傷が残っているはずです。私は食事の際、向かいの席からそれを確認してみました。しかし彼の手は完全に綺麗だった。さらには、ゴダール卿を始めとする他の誰の手にも、火傷のあとは見つかりませんでした！」

「ほら見ろ」

ラウールは鼻を鳴らし、ゴダール卿も「当たり前です」とうなずく。

「言ったではありませんか。自分から銀に触れようとする吸血鬼などいるはずがない」

「どうやらそのようでした。したがって、④や⑤に該当するほどの怪力と器用さを持ち合わせているとはとても思えず、また一時以降に作ったアリバイも四歳の少女に証言させるというとても頼りないものですが、残った容疑者は消去法的にただ一人……」

全員の目が、部屋の隅に立っているメイドへと注がれた。

身を縮ませたジゼルは悲痛さを隠そうともせず、太い眉をくしゃくしゃにして必死に首を振り続けていた。

「ち、ち、違います。私はそんな」

「ジゼル、まさか君が……」

「ジ、ジゼルじゃないよ！　ジゼルはそんなこと……」

ゴダール卿が一歩詰め寄り、ソファーの上でシャルロッテが叫び、そして、

「かと思えました」

鴉夜が予想だにしない一言を続けた。当のジゼルを始めとして、城の者たちは拍子抜けしたようにまた鳥籠のほうへ注意を戻した。

少女の顔にはいたずらめいた微笑が浮かんでいる。

「吸血鬼たちに火傷のあとがなかった以上、犯人はジゼル——もしくは、なんらかの理由でアリバイ工作が失敗したとして、アルフレッド——このどちらかだろうと私は考えていました。ゴダール卿、森の中であなたからお話をうかがうまでは」

「……どういうことですか」

「最後の決め手になったのは、再生能力についてのお話ですよ。あなたはこうおっしゃった。『腕がちぎれたって、二日もあれば綺麗に再生します』と。これが、犯人が仕掛けた最後のトリックです」

森の中での出来事を、もう一つだけ思い出した。

ゴダール卿がその話をしたとき、鴉夜は風呂上がりのアルキメデスみたく興奮して「おおっ！」と一声叫んだのだ。「どうされました」と尋ねると、「吸血鬼の再生能力はすばしいと思ったもので」とだけ答え、その場を濁した——

「犯人は銀の杭に工作する際、誤ってその表面を触り、指に火傷を負ってしまいました。銀によってついた傷はすぐにはもとに戻りません。そこで、いったいどうしたか？

彼は死体発見後、心労を理由に部屋にこもると、壁に飾ってある剣の一本を使い自分の指を切り落としたのです。普通の人間であれば考えられない行為ですが、しかし彼は吸血鬼だった。銀と聖水以外でつけられた傷は本来の再生能力を発揮し、ほとんど出血もなくすぐに塞がり始めます。腕がちぎれたって二日でもとどおり。ならばたかが指先であれば、どう遅く見積もっても一晩あればすっかり綺麗に再生したことでしょう。犯人はこの方法によって、短時間で傷を消すことが可能だったのです」

傷ついた指を、丸ごと切り落とす。すると、再生能力によって綺麗な指が生えてくる。

まるで、植物の枝のように。

「であれば、先ほどの論理は復活します。①・②・③・④・⑤、すべての条件に該当するただ一人の人物。吸血鬼である彼は若者ながら人間離れした力と器用さを兼ね備え、十二時半から一時の間にアリバイがなく、ゴダール卿が城を出た直後に倉庫の鍵を壊して偽装をほどこすことが可能であり、またその後、父と一緒に森へ出かけることで一時半までのアリバイを作ることもできた。その間、血を入れていた空き瓶はだぶだぶのセーターの中に隠し、ズボンのポケットに手を突っ込んで火傷を見られないようにし、そして事件後、切り落とした指の完全再生を待つため部屋の中にこもっていた。その人物とは……」


バンッ！

ソファー全体が破裂するような、スプリングの反動音が轟《とどろ》いた。

城の者たちが自分に注目するよりも先に、ラウール・ゴダールは目の前の仕事机へ向かって駆けだしていた。

童顔を凶悪に歪め、かぎ爪のように指を曲げ、鳥籠へ向かって突き出す――しかし最後の一歩を踏みきろうとする直前、その腕は横から伸びてきた別の手につかまれ、止められた。

真打津軽の右手だった。

「無粋な犯人だな」

あきれたように鴉夜が言う。

「まだ説明は終わっていないというのに、自分からボロを出すとは」

ラウールは家族たちの動揺を背中に感じた。どうでもよかった。そう、あんな奴らはどうでもいい。とにかくこのふざけた生首だ。こいつを殺さないといけない。こいつにこれ以上喋らせてはいけない！　津軽の手を振りほどこうと腕に力を込める。だがつかまれた手首はびくともしない。

チキ、と、金属がぶつかり合うような音がした。椅子の後ろにいたメイド女が背中の長いものに手をかけ、半歩前に踏み出している。それを「大丈夫ですよ静句さん」と津軽が止める。

「静句さんは師匠をお願いします。この人の始末はあたくしが」

「……始末？」

ふざけるな。

ラウールは津軽の横っ面を蹴り抜こうと、手首をつかまれたままジャンプした。

その瞬間、景色がぐらりと大きくぶれた。

次いでガラスの割れる音と鈍い衝撃、外気の冷たさがぶつかってくる。両足が床を離れると同時に、手首を引っ張られ投げられたのだ！　そう悟ったときにはもう、彼の体はテラス窓を飛び出して地面に激突していた。

「くそ……」

頭についた石の破片を振り落とし、悪態をつきながら上半身を起こした。居館の裏手、崩れかけた壁が延々と連なる廃墟の中にいた。空はよく晴れており、青白い月明かりが降り注いでいる。死んだような夜の静寂。鳥の鳴き声さえせず、自分以外動く者はいない。

いや、もう一人いた。

砂利を踏みしめる足音が聞こえて、ラウールは居館のほうへ目を戻した。今あいた穴から飛び下りたのか、一歩ずつ近づいてくる陰気な男の姿があった。

月光に透ける青髪。一本線の刺青。つぎはぎだらけのコート。

「困りますね、師匠に手を出されちゃあ」

その顔に不気味な笑みを貼りつけたまま、真打津軽は首の骨をゴキリと鳴らした。

10

「先週の襲撃からラウール君の計画は始まっていたのですよ。偶然出会ったのか自分で探し当てたのかはわかりませんが、とにかく彼はフーゴというハンターに連絡を取り、吸血鬼討伐に力を貸すと嘘をついた。隙を作るから森の中でゴダール卿を襲えと言っておき、哀れなフーゴはそれに乗ってしまった。結果ラウール君が約束を破ったことは、なんの苦もなくフーゴを返り討ちにしたあなたが一番よくご存知でしょう。

しかしもちろんこれも計画のうちです。ラウール君の狙いはフーゴが持っていた銀の杭を城の倉庫に保管させることと、そしてもう一つ、事前にフーゴから杭のケースを預かっておくことにありました。ほら、さっき捕まえたハンターが言っていたでしょ。『フーゴはいつも杭を革のケースに入れていた』と。彼はそれが杭であることは知っていたが、銀であることは知らなかった。とすればそのケースは、杭全体を覆い隠せるほど気密性が高く、かつケース自体も杭の形をしたものである、ということが明らかではありませんか。そして水に強い革製とくればもうおわかりでしょう。ラウール君はこのケースを氷の型に使ったんです。新聞記事によると、あなた方は日曜の夜教会に通っているそうですね？ならばこっそり聖水を手に入れることも簡単だったでしょう。彼は革の杭ケースを聖水で満たし、寒い森の中で何日か寝かせて、銀の杭と完全に同じサイズの氷の杭を作ることに成功した。

犯人が革のケースを使ったであろうことはかなり早い段階で予想がついていました。だっておかしいじゃありませんか、あなたに倒されたときフーゴは剝《む》き出《だ》しのまま杭を握っていたそうですが、貴重な武器をいつもそうやって持ち運んでいるはずはない。ケースか何かに入れていたと考えられるが、襲撃のときには持っていなかった。ならばケースは犯人の手に渡り、氷の型として使われたのだろう――ごく当然の帰結です。私は森の中でそれを捜すつもりだったのですが、お仲間のハンターから証言を得られたため手間がだいぶはぶけました。
　動機については推測するしかありませんが、やはり『親和派』への抵抗からではないでしょうか。クロード君もそうですが、ご子息らはあなたたちほど人間のことが好きでないみたいですからね。あ、そうそう証拠が必要でしたら、彼の部屋を探せばいろいろ出てくると思いますよ。ハンナさんの血を取るのに使った瓶、指を切るのに使った剣、氷の杭を持ち運ぶとき巻いていた布など……ゴダール卿？　ゴダール卿、聞いていますか？」

　ゴダール卿は応えなかった。他の者たちも呆然としたまま、板とガラスを突き破って書斎の窓にあいた穴を見つめていた。

「皆様うわの空のようです」と静句。

「まあ無理もないか。親殺しというのはいつの時代も衝撃的だ」

「……輪堂さん、ら、ラウールは本当に？」

「森の中でのあなたの言葉を借りれば、彼は今まさに私の命を狙いました。これ以上の自白はないでしょう。まあ殺されたところで、私は死なないんですけどね」

「……そんな」

　不敵に微笑む鴉夜をよそに、ゴダール卿は背後の棚に倒れ込んだ。仏頂面のインディアン人形が床に落ちて砕け散った。

　ラウールが犯人。息子が殺人犯。あの次男がハンナを殺し、しかも今、躊躇なく探偵に襲いかかろうとした？

「どうしよう……私はいったい、どうすれば」

「どうもしなくてけっこう」

「し、しかしそういうわけには」

「問題ありませんよ。私の助手に任せておけば」

狼狽するゴダール卿に対し鴉夜は平静そのもので、どこか楽しげでさえあった。

土煙舞う城の廃墟へ紫色の瞳を流し、彼女は言った。

「日本風に言えば——『真打登場』です」

「軟弱なんだよ、どいつもこいつも」

「ほう」

「父さんは母さんの言いなりだし、兄さんは口だけで何も行動に移そうとしない。でも僕はあいつらとは違う。愚鈍なふりをしながら隠れて力を鍛えた。それから計画も練った。吸血鬼の誇りと地位を取り戻すために」

「それはそれは」

「吸血鬼は至高にして孤高の生き物だ。人間を支配するべき種族なんだ。神はそういうふうに僕らを創った。なのに、どうしてわざわざ奴らにすり寄らなきゃならないんだ？　全員馬鹿だ。誰もわかってなさすぎる。だから僕は」

「なんと」

ラウールがゆっくりと立ち上がる間、真打津軽は適当な相槌を打ちながら身なりを軽くしていた。灰色の手袋を剝ぎ、靴を脱ぎ、靴下も取って裸足《はだし》で立つ。つぎはぎだらけのチェスターコートを地面に放ると、白シャツ一枚にサスペンダーで吊《つ》った長ズボンというだけの恰好になり、今度は肩をゴキゴキ回す。

こいつも僕を舐めてるな、とラウールは思った。

まあいい、それならそれで知らしめるまでだ。書斎から放り投げられたダメージはとうに回復している。セーターを破いて上半身裸になると、息を少しずつ吐き出した。たるんだように見せていた腹筋が急激に引き締まり、少年としての範疇《はんちゅう》をゆうに超える硬質な筋肉が現れた。

研ぎ澄ました、吸血鬼本来の肉体である。

「元凶であるあの女を人間のしわざに見せかけて殺せば、父さんも目を覚ますだろうと思った。でも駄目だった。ぜんぜん駄目。ならもう、こんな家は僕の人生に邪魔だ。家族も使用人も探偵も、全員殺すしかない……」

ラウールは前髪の隙間から津軽を睨みつけ、

「まずはおまえからだ」

瞬時に二十メートルの距離を詰めた。

踏みつけられた地面が弾け大量の砂利が吹き荒れるほどの、爆発的な加速だった。津軽はぼうっと突っ立ったままだ。ほら見ろ、ちょっと本気を出せばこの有り様。人間じゃ吸血鬼の相手にすらならない！　ラウールは歓喜に震えながら最後の踏み込みで宙に浮き、体にひねりを加える。背面からのエルボーで首の骨ごとえぐり取ってやろうと肘を振りかぶっ――

痛い！

相手の動きは一瞬で、なのに異様なほど緩やかに見えた。頭をかがめて肘打ちを回避した津軽はそれに合わせて肩を回し、ラウールの頬に左拳を叩き込んでいた。

互いの運動エネルギーが釣り合った一瞬の間のあと、耳の中で轟音《ごうおん》が爆《は》ぜた。

あらがいようのない力で地面にぶつけられたラウールは、今度は自分の体で砂利を巻き上げながら、たった今駆け抜けた二十メートルを押し戻された。廃墟の壁に激突してもまだ勢いは止まらず、一枚突き抜け、二枚突き抜け、三枚目を壊したところでようやく静止した。

土埃《つちぼこり》が、明るい月夜を覆い隠す。

「う、ぐ」

うめきと共にラウールは身を起こした。

なんだ今のは。何が起きた。油断？　偶然？　どちらでもいい。早く立て。早く立って、この力であのにやけた男を――いや待て。

そこで彼は、生まれて初めて覚える奇妙な感覚に気づいた。

地面とこすれたときの細かい傷は問題なく塞がっている。だが手の甲に垂れる大粒の赤い雫はいつまでも止まろうとしない。指で顔に触れる。鼻血。裂けた唇。痛い。痛い。

……痛みが引かない。

殴られた傷が治らない！

「な、な……」

なんだこれ、と言おうとしたとき、粉塵《ふんじん》の向こうから飄々《ひょうひょう》とした声が届いた。

「さあさあさあ、寄ってらっしゃい見てらっしゃいどなた様もお入りください、これよりご覧にいれますは身の毛がよだち泣く子も黙る、戦慄《せんりつ》恐怖の大見世物、世にも珍しき〝鬼殺し〟にございます」

現れた津軽はシャツの腕を肘までまくり、吊りズボンの裾も膝までまくっていた。だがラウールを驚かせたのはその川遊びをする子供のような恰好ではなく、まくられた服から覗いた彼の体のほうだった。

変わった模様の豹《ひょう》、のようにラウールには見えた。細身で軽量な津軽の四肢には、いっさいの無駄なくしなやかな筋肉が凝縮されている。その皮膚の上を、動脈に沿って直線を引いたかのような青い筋が枝分かれしながら何本も這い、両手両足の指先にまで達している。顔の左側に走る刺青と同じものだ。

「親の因果《いんが》は知らないが、此処《ここ》に巣食いる鬼の血にゃ、慈悲も涙もいりはせぬ。一撃当てればピタリと殺す、殺せぬ怪物この世になし、文字のごとくの必殺芸。いえいえ、お代は見てからでけっこうです」

「……ッ！」

鬼気迫るものを感じ、ラウールは再び体を躍らせた——が、繰り出した蹴りは津軽の右手によっていとも簡単に弾かれた。ぎょっとしたとたん腹に拳を受け、また地面に叩きつけられる！

「——ただし、見たあと生きていられたらのお話ですが」

津軽はラウールを見下ろしたまま、陽気な口上を結んだ。

鍛え抜いた脚力も腹筋も、吸血鬼の戦闘力がまるで子供扱いだった。背を丸めて血を吐き出す。やはり痛みは引かない。銀に触れたわけでも聖水をかけられたわけでもないのに。何かがおかしい。

「なんなんだ、おまえ……」

「それをこれからご覧いただくんです」

青髪の男は肩をすくめた。

その態度を含め、置かれた状況も受けた傷も、ありとあらゆることがラウールの癇《かん》に障った。

跳《と》び退《の》くと同時に砂を蹴り上げ、視界を奪ってから襲いかかる。だがラウールの直線的な攻撃は埃をかき回すだけで、慣れた様子でゆらゆらと動く津軽にはかすりもしなかった。それどころか相手は、攻撃をかわしながら何やら節をつけて語りだした。ひどく楽しそうに。ひどく愉快そうに。

「青き血筋の語るもの、人並み外れた怪奇譚《たん》、それもそのはずあたくしは、人であれども人でなし、人でなしとは人聞きが、ひどいもんだと思われど、ひとまず聞いておくんさい、真打津軽の恥さらし！」

あそれ、と叫び津軽は半身をひねった。拳が空を切りつんのめったラウールを、裸足の右足が出迎える！　体ごと吹き飛ばされ、新たな石壁にぶつかる。

反撃に移るとともに、津軽の声はいっそう高くなった。ラウールはその妙な調子の歌に合わせて、次から次へと攻撃を受けた。敵は舞うように動き、なのに恐ろしく強く、高揚した笑顔は狂気そのもので。

まるで、悪趣味な見世物の舞台に立っているかのようだった。


「維新・動乱一段落　明治も三十路《みそじ》過ぎるころ」　猛スピードで膝が刺さり、

「お上の仕掛けた大虐殺　怪奇一掃大清掃」　壁にめりこむ。突き抜ける。

「それも終わりに近づいた　仕上げ時分のお話で」　体勢を整えようとするが、

「そもそも掃除を担うのは　世に数多《あまた》いる妖怪を」　内ももを払われ、

「追って捕らえてぶち殺す　荒くれどものお仕事で」　さらに後ろ蹴り！

「その名もずばり〝鬼殺し〟　最強部隊〝鬼殺し〟」　血の味。

「末端若手に籍を置く　真打津軽もその一人！」

「ところがどっこい人生は　山あり谷あり難儀なり」

「邪悪な敵に見初められ　小癪《こしゃく》な罠にかけられて」

「混ぜられたのは鬼の血で　捨てられたのは人の性《さが》」

「半信半疑造られた　半人半鬼の出来上がり！」

「異形じゃ生きるすべもなく　流れ流され拾われた」

「汚い場末の見世物屋　人間離れの博覧会」

「おまえに適した芸ありと　下卑《げび》た舞台に引き出され」

「あてがわれるは幾千の　怪物怪奇大行進」

「それらを殺す毎日に　もらい受けたる芸名は」

「なんの因果か因縁か　こんな皮肉があるものか」

殺す、殺す、殺すと、
右。左。反撃。渾身《こんしん》の。
津軽は煙のように消えて、
背後から掌底。
目の前に火花が。
もう一枚壁を突き抜け、
敵は踊り狂い、
もはや自分はおもちゃで、
あそれ、とまた声が聞こえ、
やられるがままに、
痛い。痛い。痛い。痛い。

「泣く子もはしゃぐ〝鬼殺し〟、戦慄恐怖の〝鬼殺し〟！　遠く離れたこの地でも、拙《つたな》い芸をお見せします！」

ドガシャア！

最後の拍子とともに、ラウールはひときわ強く蹴飛ばされた。

溺《おぼ》れるように廃墟の瓦礫《がれき》に揉《も》まれ、気がつけば崩れた石の中に半ば埋もれていた。少し薄暗いようだ。尖塔の中だろうかと考える。その間にも頭から、唇から、肩から脇腹から、血がじくじくと湧き出るのを感じる。攻撃で受けたダメージはまったく癒《い》えない。体も動かない。息も絶え絶えだった。体中を襲う痛みは度を越し、ほとんど麻痺していた。

真っ赤な視界に、汗一つかいていない真打津軽が現れる。

ラウールは揺れる頭の中で思った。結局この男はなんなんだ。僕をボコボコにしながら何を言ってたんだ。意味がわからん。馬鹿かこいつは。どうしてこんな奴にこんなふうにやられなきゃいけないんだ。何かがおかしい。こんなはずじゃなかったのに。

「僕は……僕は、他の奴らとは違うんだ」

腫れた唇から声が漏れる。

「あなたくらいの年の子はどいつもこいつもそんなことを言います。要するにみんな同じです」

「ち、違う。だって僕は吸血鬼だ。気高くて、強くて……」

「強い？　そいつもどうでしょうね」

津軽はゆっくりと右足の踵を上げた。

「ドラキュラ伯爵のほうが、まだ骨がありました」

その言葉の意味を考えるよりも先に、とどめの一撃が振り下ろされた。少年の意識が最後に捉えたのは、濁った青い月だった。

あるいはそれは、津軽の瞳だったかもしれない。

土煙と石壁の崩壊音がやっと止まったと思った数分後、鼻歌交じりの真打津軽が、破れた窓から戻ってきた。コートも靴も手袋も先ほどと変わりない。ただ、頬に血の跳ねたようなあとが見て取れた。

「片付けました」

「ご苦労」

「朝飯前です。まだ夜中の三時ですから」

簡潔なやりとりを交わしてから、探偵と助手は依頼主へ目を向ける。

「ゴダール卿、私たちの仕事はここまでです。これにて事件は終わりました。最良の終わり方かどうかはわかりませんがね」

「息子さん、どうやら人間に媚《こ》びるのがおいやだったようですよ。吸血鬼の復権目指していろいろ企《たくら》んでいたそうで」

「……………」

ゴダール卿は言葉を返せなかった。謎解きの衝撃も次男の行動も、今耳にした息子の本心も「片付けました」という一言も、すべてを一度に呑み込むにはあまりに重すぎた。

どうしてだ。宣誓書。人間。吸血鬼。ラウール。ハンナ。何が間違っていたんだ。我々はうまくいっていたはずなのに。ハンナの理想は、家族を導いていたはずなのに――

津軽はレースをかけ直してから鳥籠を持ち上げた。気絶したように座ったままのクロードとシャルロッテへ会釈して、ぶらぶらとドアのほうへ向かう。後ろから、歩幅の均等な歩き方で静句もついてくる。

「はばかりながら一つお教えしときましょう。人と怪物は共存なんてできませんよ。一緒に生きるなんて土台無理です」

ゴダール卿の横を通りすぎざま、津軽はつぶやくように言った。

「一緒になった本人が言うんですから間違いございません」

11

「話にゃあ聞いてましたが、不死ってのは初めて見ました」

「そりゃそうだろう、世界に私ただ一人だからな」

月明かりの差す狭い楽屋。青髪の男は風呂敷の中から現れた生首を前にして、ただただ驚嘆するばかりだった。

「信じないか？」

「いえ、信じますとも」

こうして直《じか》に喋っているのだから信じぬわけにもいくまい。それに、変わった生き物としては自分も似たようなものである、受け入れないのは野暮というものだ。

男は今一度その怪物を凝視する。憂《うれ》いとあどけなさを湛《たた》えた美貌。なのに首から下がないという説明不要のおぞましさ。なるほどこれが舞台へ顔を出せば、観客席は阿鼻叫喚であろう。

「女の子ってのにもたまげましたね。不死ってのは仙人みたいなよぼよぼのじいさんだと思ってましたが」

「不老不死なんだから老いもしないさ。この体質になったその日から私の成長は止まっていて、髪も爪も伸びやしない。九百四十七年間、十四歳と三ヵ月のままだ」

男は頭の中で算盤《そろばん》を弾く。九百四十七年前──平安時代か。

「しかしどうして首だけなんです？」

「半年前、ある阿呆《あほう》に持っていかれたんだよ。首から下をな」

「いえそれにしたって解《げ》せません。不死ってのは首をちょん切られてもすぐに治ると聞きましたが」

「そう。通常はどんな深手を負おうが、頭部を中心に再生する。源平合戦のころ、首を斬られた直後に頭を崖から捨てられたことがあるのだがな。地面に着地するころにはすっかり体が生えていて、二本の足で走って逃げた」

「苦労の多い人生ですね」

「長く生きているだけさ」

「しかし、それならなおさら妙です。なぜ今のあなたはもとどおりに治らないんです？」

「不死にも一つだけ敵わないものがあるんだ」

「鬼ですか」

「ほう、詳しいな」

「芸人になる前はその手の仕事をしていたもんで」

「苦労の多い人生だな」

「あなたに言われたかありません」

とはいえやはりおかしい、と男は首をひねり、

「確かに鬼にやられた傷はすぐに治らないと聞きますが、それは奴らが化物の再生力を打ち消すからでしょう。てことは、もしあなたが鬼に首を切られたとしたら、そこいらへんの人間が首を切られたのと同じ状態になるはずだ。つまり死ぬ。なのにあなたは生きている」

「答えはいつでも灯台もと暗しさ、〝鬼殺し〟」

少女は謎かけするように言った。

少し考えてから、男はああなるほど、と手を打った。

「そう。確かにおまえの言うとおり、鬼は化物の再生能力を無効化する。だがそれが別の生き物と半分ずつ混ざった、中途半端《ちゅうとはんぱ》な鬼だったらどうだ？　それでは相手に及ぼす力も半減だ。不死を傷つけることはできる。だがあくまで再生能力を弱めるだけで、殺すことはできない。結果、喋る生首の一丁あがりというわけだ」

「じゃ、あなたを襲ったのは半人半鬼」

「それしか考えられまい。といっても下手人は完全に顔を隠していて、私が見たのはそいつが仕える親玉だけだったがな。しわがれ声の杖《つえ》をついた老人で、この国の者ではなかった。異人だ」

「杖……異人……」

「そう、外国人。どうやって場所を割ったのかは知らんが、いきなり屋敷を襲われて静句は深手を負い、私はこの体たらく。正直まいったよ、体を取り戻そうにも奴らの行方《ゆくえ》ははるか彼方で、首だけではどうしようもない」

しかし、と男の体を眺めて少女の声は続ける。

「同じ半人半鬼といっても、腕に走る血筋の多さを見たところ、おまえは人と鬼が半々というわけではなさそうだ。鬼の濃度のほうがはるかに濃い。密度も高い。ということは化物に効く力も強い。したがって、私の見立てによれば……不死も殺せるはずだ」

妖艶に微笑み、そうして少女は、最初の頼みごとをもう一度口にするのだった。「私を殺してくれないか」と。まるで、ちょっとそこまで歩きませんか、と誘うような軽々しさで。

とはいえ男のほうは、では参りましょうと答えるわけにはいかなかった。代わりに唇をきつく結んで腕組みする。

「あたくしの言えた義理じゃございませんが、死に急ぐのはよくないのでは？」

「ふふ、死に急ぐ？　それを千年近く生きている私に言うか。急ぐどころか遅すぎだろう」

　少女はやはり軽い口調のままで、

「長く生きているとな、いろんなものがどうでもよくなってくるんだよ。この年で首だけになってまで生きたところで面白いことは何もない。死んだほうがましだが、あいにく私は死のうと思っても簡単に死ねない。頼みの綱はおまえだけなんだ」

「うーん」

「戸惑ってるか？」

「いえまあ、取引の話をされたときから殺してほしいんだろうなとは思ってましたが」

　少女は眉をひそめ、少し首をかしげた——それくらいの動きなら体がなくともできるようだ。

「……取引の話というと、私が風呂敷から出るよりも前だな。なぜ予想がついた？」

「あなたこうおっしゃった。『頼みを聞くと約束してくれるならおまえの寿命を延ばしてやる』。頼みを聞くのではなく、聞くと約束してくれるならです。こりゃ、先にあたくしが頼みを聞いたらこの人は寿命を延ばせなくなるに違いないと思いました。てこたあつまり、この人は死ぬってことです。だから、きっと殺してくれってのが頼みなんだろうな、と」

　少女は意外そうに紫色の瞳を丸くし、背後の女中と顔を見合わせた。男がさっきまで声の主だと勘違いしていた彼女も、わずかに驚いたような顔をしていた。

「なるほど、どうやら馬鹿ではないらしい……おまえみたいな奴に殺されるなら私も幸せかもな」

「そいつはどうも。ですがお断りします」

「なに?」

「お断りします、と言いました。あなたは殺しません」

男が言うと、少女も黙り込んだ。二人はしばらく、人間離れした蛇のような視線を絡ませ合った。

外からまた風の音が聞こえる。

「……おまえは、鬼と同化しつつある不安定な肉体を無理やり維持しているのだろう? 私を殺さなければ、おまえも近いうちに死ぬんだぞ」

「寿命は延ばしていただきます。でもあなたは殺しません」

「冗談のつもりならやめておけ〝鬼殺し〟。何せ私は首から下がないからな、ずっこけることもできん」

気の利いた脅し文句に男は口元をほころばせてから、

「馬鹿でない証拠をもう一つお見せしましょう。先ほどあなたは、『体を取り戻そうにも』とおっしゃいましたね。そいつはつまり、体を取り戻せばまだもとに戻れる算段があるってことじゃありませんか?」

少女は慎重に男を睨みつつも「ああ」と答えた。

「不死の力は弱められただけで、打ち消されたわけじゃない。首から上が健在ならば首から下の細胞も生きているはずだ。脳がないんだから向こうは仮死状態だろうが、もし取り戻して切り口をくっつけられたとすれば、私の体はもとどおりになるだろう……だが、相手の居場所が遠すぎる」

「やはり行方も見当がついてるんですね。どこです？」

「……欧州だ。おそらくは」

ヨーロッパ。海の向こうのそのまた向こうか。確かに遠い。とはいえ、

「もとに戻れるかもしれないってのにこのまま死ぬのは癪《しゃく》でしょう。駄目もとで追いかければいいじゃありませんか。ねえ、あなただってご主人を死なせたかないでしょ？」

女中――名前は静句というらしい――に同意を促すと、彼女は至極冷静な声で答えた。

「私は命に応じるだけです。鴉夜様が死にたいとおっしゃれば、よろこんで死なせる方法を探します。私の気持ちは関係ありません」

「それじゃあただの操り人形だ」

「傀儡《くぐつ》であることが一族の家訓です」

「窮屈であることの間違いじゃないですか」

「………」

女は相変わらず表情を変えなかったが、眼光の鋭さがやや増したように見えた。

「怪しいな〝鬼殺し〟」と、卓上から声がかかる。「私にそんな話を勧めて、おまえになん

の得がある？」

「得も何も、一挙両得とはこのことです。どうやらあなたの首から下を持ってった阿呆ってのは、あたくしを人でなくした奴と同じのようだ」

とたんに少女は油断ならぬ顔を弛緩《しかん》させた。おや、きょとんとするとますますかわいらしいな、と男は思った。

「杖をついたしわがれ声のじいさんで、しかも異人でしょう？　ええ、よく覚えてます。あたくしを捕らえた奴もそうでした。間違いないです」

「それは思い至らなかったな……いや、だが確かに、半人半鬼化の技術を持っている者なんてそうはいない。おまえで実験したあと、試した技術を仲間に使ったとしたら……」

「大方そんなとこでしょう。そしてどういう目的かは知りませんが、そのあとあなたを襲って首から下を奪ったんです」

男は一歩、少女に近づく。

「奴らを追えばもとに戻れるかもしれない。あなたは手がかりを持ってるが、追うための体がない。あたくしには手がかりがないが、あなたを運ぶ体がある。どうです、目的は一致してます。一緒に参りませんか」

青白い月明かりの中に足を踏み入れ、男は生首と目の高さを合わせた。少女は迷っているようだった。声をくぐもらせ、「だが……」とだけ言い、またくぐもらせる。

「首だけになってまで生きても面白くない？　とんでもない、そんな体だって面白いことはたくさんあります」

男は不死の怪物へと、青い血筋の走る指先を伸ばした。そして手を取る代わりに、卓上に流れる黒髪の先をそっとつまみ、優しく笑いかけた。

「あたくしが、あなたを楽しませてあげましょう」

12

夜明けが近い。

白み始めた空の下で見る城は古びて苔《こけ》むして崩れかけていて、恐怖も狂気も感じられないただの廃墟にすぎなかった。こんなものか、と少女記者アニー・ケルベルはなぜか残念な気持ちになった。

乗ってきた馬車を降り、居館に近づいていくと、玄関前に別の辻馬車が停まっているのに気づいた。髭もじゃの男がひどくくたびれた様子で御者台に座っている。

「あの、どなたを待ってるんですか？」

話しかけると、御者は少しだけ悩んでから「たん……」と言おうとして口をつぐみ、

「鳥籠持った変な客だよ」と言い換えた。

「鳥籠？　〝鳥籠使い〟ですか。探偵ですか？　もう来てるんですね！」

「来てるも何も、これから帰るところさ」

「かえ……え、事件は？　解決したんですか？」

「したみたいだよ。俺は現場にはいなかったけどさ。城の裏からでっかい音が何度も聞こえて、生きた心地がしなかったよ」

聞きながら、アニーは驚きのあまり手帳を握りしめていた。到着した探偵たちが初動捜査を終えたであろうころを見計らいやって来たのだが、もう解決済みとは。甘かった！

「お嬢ちゃん、あの人たちの知り合いかい？」

「知り合いというほどじゃないんですが……あと私はお嬢ちゃんではなく、パリ〈エポック〉紙の特派員……」

しかし名刺を見せる暇はなかった。玄関の扉が開き、城主たちが現れたからである。

吸血鬼ジャン・ドゥーシュ・ゴダール卿。初老の執事。そして両手にトランクを持ったメイドに、鳥籠を提げたコートの男。御者いうところの「変な客」。

「真打さん！」

アニーは手を振って〝鳥籠使い〟に駆け寄った。津軽は「やあやあやあどうも」と気のいい挨拶を返す。

「アニーさん奇遇ですね。どうしましたこんな朝っぱらから」

「どうもこうも、お二人を取材しに来たんですよ。輪堂さん、お元気ですか？」

「首から下がないことを除けばまあ元気だ」

鳥籠に笑いかけると、レースの覆いの向こうから冗談めかした声がする。変わりなさそうで何よりだ。いや、彼女の場合は変わりあったほうがいいのだろうか。

「一晩で事件を解決したとのことですが」

「おっ、さすが耳が早いですね」

「それはもう、天下の〈エポック〉紙ですから。よろしければ、真相をお聞かせ願えますか？」

「お安いご用で。静句さん、そういうことなんで先に荷物を運んどいてもらえまオワアッ！」

メイドのほうを振り向いた津軽は、直後に悲鳴を上げて跳び退いていた。視線が合ったとたん、静句がトランクの角を振りかぶって殴りかかってきたのだ。

「な、何するんですか危ない！」

「今思い出しました。先ほど鴉夜様に命じられていたことです。『あとで津軽をぶん殴っておけ』と」

「トランク持ってるときに思い出さなくても！」

問答無用といわんばかり、静句はじりじりと津軽に寄っていく。顔面蒼白になった津軽は脇にいるゴダール卿へ「ちょっと師匠をお願いします」と鳥籠を手渡し、そのままメイドと無言の追いかけっこを始めた。

「……仲、悪いですすねぇ」

アニーはあきれ声で言う。「姉弟みたいなものさ」と鴉夜。

「ところで事件の顛末《てんまつ》については、そこの執事さんから聞いてもらえるか。私はゴダール卿と少し話が」

アニーは素直にうなずき、神経質そうな顔をした執事のほうへ走っていった。

ゴダール卿はぼんやりとしたまま、走り去る少女記者を眺めていた。受け取った鳥籠は、思っていたよりも少し重かった。

「大丈夫ですか」

レースの向こうから声がかかる。

「え、ええ。どちらにしろ、真相を世に出さぬわけにはいきませんから……」

「いえ、そうでなく。日の出が近いですが、外に出ていても平気ですか」

「あ、ああ、そちらですか。そうですね、早く戻らないとまずいかもしれません」

ゴダール卿は明るいグラデーションのついた空に目を細めた。闇夜に慣れた自分にはまぶしすぎるほどの朝焼けが広がっていた。吸血鬼には決して手の届かない世界だ。

「……陽が昇ろうとしている」

「しかし、夜もまたすぐに来ます」

つぶやいた言葉に、鴉夜が涼やかな声を重ねる。

「憂うことはありませんよゴダール卿。名声が地に堕《お》ちたってまた何度でもやり直せばいい。何せ、私たちは死なない怪物ですからね」

「……私と妻は間違っていたんでしょうか」

「探偵の仕事はもう終わっています。その謎を解くのは契約外ですね」

ゴダール卿は鳥籠を見やった。暁の光に透かしてみてもやはりレースの中身は見えず、鴉夜の表情はわからない。

鳴きだした鳥の声を聞きながら、二人はしばらく沈黙を続けた。その脇を、必死の形相で走る津軽と、トランクを振り回しながら追いかける静句が横切っていく。

「ところで、話というのは？」

「おお、そうでした。これは依頼人に必ず聞いていることなんですけどね、次のような男に心当たりはありませんか？　年齢は七十代前半で痩せ型。髭は生やしておらず、くぼんだ目をしていて猫背。右足は義足で、歩くときに足を引きずります。手には黒いステッキを持っていて、握りの部分に〈M〉と金色の刻印が」

「義足の老人、ですか……」

知りうる限りの義足の男に関する記憶を探ってみたが、これという人物は思い当たらなかった。知らないと答えると、レースの覆いが少し揺れた。鴉夜がため息をついたようだ。

「その男を探しているんですか？」

「私の首から下全部と、津軽の体の半分を持っていった阿呆です」

「……まさか、それが旅の理由？」

「ええ。体を取り戻すためあっちへ行ったりこっちへ行ったり、スラップスティックの連続です。我ながら大した笑劇《ファルス》だと思いますよ」

その声は皮肉というより、心底面白がっているように聞こえた。

「ヨーロッパを根城にしているであろうことはわかってるんです。奴の杖の材質はこの地特有の欧州楢《なら》でしたから。でも私は、それしか情報が引き出せなかった。いや、それしか引き出せないよう情報を隠されていたというべきですかね——とにかく手強《てごわ》い相手です」

失った体を求め、数少ない手がかりを辿って、異国をさまよう鳥籠の中の生首。

美しい不死身の怪物と、人外の弟子。

「輪堂さん、あなたたちは……」

何か言おうとして、ゴダール卿は口を開く——しかしそのとき、辻馬車の向こうでドガン！　とやかましい音が響いた。

取材を終えたアニーが振り返るのと、音が響いたのは同時だった。次いで馬車の後ろから埃がぶわりと舞う。

やがて荷物を一つ減らした静句が姿を現し、それに続いてふらふらした足取りで津軽が歩いてきた。彼の手に渡ったトランクは角がひしゃげて、隙間から男物のシャツがはみ出していた。

アニーは馬車の前まで戻ってきて、津軽の顔を覗き込む。

「真打さん大丈夫ですか。頭から血い出てますよ」

「おかまいなく。慣れてますから」

「慣れてるんですか……」

「旦那、夜も明けます。もう行きましょうや」

　御者が彼らに声をかけた。

　静句はたった今の暴力沙汰などなかったかのような慇懃《いんぎん》さで日本式の一礼をし、辻馬車の戸を開けて乗り込んだ。ゴダール卿はもう一度空へ目をやり、津軽に鳥籠を返すと「では、これで……」と言い玄関のほうへ去っていく。

　日の出が近いせいだが、別れはあっけなかった。

「師匠、また恐怖のガタガタ道ですよ。大丈夫ですか？」

「いやなことを思い出させるなあ、おまえという奴は。御者君に慰謝料を払わせる算段でも練っておけ」

「お安いご用で」

　軽口を叩き合いつつ、津軽は鳥籠を馬車の中の静句に渡し、それから自分も乗り込もうとする。が、

「ちょっと待ってください」

　アニーがその腕を取った。彼が振り向くと、少女記者は手帳を開いてペン先を一舐めした。

記事をまとめるためには事件の顚末以外にも、必要不可欠なものがもう一つある。

「今回のゴダール事件を総括して、探偵側からのコメントも一言お願いします」

「コメント？　そうですねえ」

津軽は気前よく顎を一撫でし、

「ゴダール卿は長い生涯で、三度家族を亡くしているそうです。今回の事件でも妻を亡くし、四度目でおしまいかと思いきや、まだ終わらずについさっき息子を一人亡くした」

「悲劇ですね」

「そう。師匠は笑劇《ファルス》と笑い飛ばすでしょうが、まさに悲劇です。踏んだり蹴ったりです。日本には『二度あることは三度ある』なんてことわざがありますが、ゴダール事件においてはそれさえも超えております。つまり」

「つまり？」

「四度あることはゴダール」

異国の言葉でオチをつけると、真打津軽はにこりと笑って馬車へ乗り込み、扉を閉めた。

幸いアニー・ケルベルは日本語にうとかったので、その身も凍るようなコメントを翻訳して記事に載せることはできなかった。

13

パリの高級ホテルのラウンジ。隅の奥まった一席で、一人の老紳士が新聞を広げていた。

大手の新聞〈エポック〉紙。別に贔屓にしているわけではない。ロビーに置いてあったものを何気なく持ってきただけである。

朝食後のコーヒーを飲みながら、彼は一面の大見出しを読んだ。新聞を開き、二面、三面にも軽く目を通す。すべてが昨晩市内で起きた大事件にまつわる記事と、その関連インタビューだった。また一面に戻ると、老紳士は厳格な知性が感じられる堅い唇に隙間を作り、浅く息をついた。

ラウンジ内で交わされる声や外から聞こえてくる朝方の喧騒《けんそう》を背に、彼は記事を読み進めた。ときおり何か考えるように、髭の剃《そ》られた顎が少しだけ動く。右手はソーサーのすぐ脇に置かれ、人差し指がコツ、コツ、コツ、とのろく単調なリズムを刻んでいた。

老紳士が一面を読み終えたころ、彼の席に一人の女が近づいてきた。

きらめく焦げ茶色の髪を長く伸ばした、美しい令嬢だった。室内だというのになぜか細い日傘を持っており、ラウンジの中央を突っきることはせず、日陰になっている壁際に沿ってその美貌を隠すように歩いてくる。

「そろそろお時間です」

老紳士の席まで辿り着くと、彼女は耳元へ口を寄せそう言った。老紳士は応えず、〈エポック〉紙をテーブルの上に放った。

「オペラ座にアルセーヌ・ルパンが現れたそうだ。予告状どおり舞台に降り立ち、主演女優の衣装についた宝石を盗み、まんまと逃げ去った」

「ルパン……最近話題の怪盗ですね」

「『怪盗はオペラ座に住みつく〝怪人〟を引きつれ、夜の闇へと姿を消した』そうだ。ファントムに興味があったのに先を越された」

「それは残念」

「惜しい人材を取られたよ」

「いかがなさいます？」

「無論、捨て置くさ。怪盗の小僧にかまっている暇はない」

もう一口コーヒーを飲むと、老紳士は大儀そうに立ち上がった。

「少なくとも、今はな」

彼は椅子の脇に立てかけていた黒い杖を握ると、不自由な右足を引きずりながら、女とともにラウンジをあとにした。

めくれた新聞の端から覗く〈『怪物専門の探偵』ジーヴルの吸血城事件を解決〉という小さな記事には、最初から最後まで注意を払うことすらしなかった。

第二章 人造人間

「神は哀れんで人をみずからの姿に似せ、美しく魅惑的に創りたもうた。だがこの身はおまえの汚い似姿で、似ているからこそいっそう身の毛もよだつのだ」

（メアリー・シェリー『フランケンシュタイン』）

0

——完成する……ついに完成するぞ……今夜誕生する……。

声が、聞こえた。

——目を覚ませ……目を覚ませ……。

どこからする声なのか、誰の声なのかもわからない。あらゆることが判然とせず頭に靄《もや》がかかっているようだ。それでも導かれるまま、うっすらと目を開く。

——すばらしい……そうだ……まぶたを上げるんだ……。

焦点のぼやけた天井らしきものが見えた。と同時に知覚する。寝かされている。硬いベッドのような台に。ここはどこだ？　そして——そして自分は誰だ？

——その調子だ……だが慌てるな……慎重に……。

腕。足。指先。それぞれの感覚が少しずつ神経を伝ってくる。体がひどく重いようだ。いや、これは軽いのか？　わからない。何もわからない。

——よし、起き上がるんだ……身を起こせ……。

声はさらに高揚《こうよう》し、訴えかけてきた。体中がギスギスと鳴るのを感じながら、まず首を動かした。それから肩を。石の台に接している肘を。ゆっくりと、ゆっくりと、視界が動く。天井から壁へ。壁から自分の体へ。

どこかから聞こえる声は、高らかに叫んだ。

――やったぞ! 成功だ……!

1

一八九八年、ベルギー――

窓にぶつかる大粒の雫は、いつまで経っても弱まる気配がなかった。

玄関脇の小テーブルに寄りかかり、ヴァン・スローンは鬱々《うつうつ》とした屋外の景色を睨み続けていた。天を駆ける稲妻が、場数を踏んだ殺し屋のような冷淡で男くさい顔を照らし出す。数秒遅れで轟いた雷鳴にも眉一つ動かさず、彼は吸っていた紙巻き煙草《たばこ》を靴先で踏み消した。かたわらに置いた灰皿には、マッチの燃えカスと吸い殻が山を成していた。

冬の夜。十二月の冷たい雷雨。

風が吹くたび家の柱は不安げに揺れ、玄関前の庭はすでに泥沼と化している。しかし外に人っ子一人、明かりの一つすら見えないのは何も大雨のせいだけではなく、ここブリュッセル郊外のゴーストタウンではいつもどおりの光景だった。

ヴァン・スローンがこの隠れ家めいた――いや、実際隠れ家といっても過言ではない小さな研究所に身を置くようになってから、もう半年近く経つだろうか。雇い主の博士が日に日に興奮を増してゆく様を見るに、そして今日は助手と一緒にもう四時間以上も地下にこもっていることからうかがうに、どうやら「研究」は完成に近づきつつあるようだ。とはいえその具体的な進展具合はわからない。積極的に知ろうとも思わなかった。

ただ言われた仕事をし、金をもらう。ヴァンにはそれがすべてだった。今もその流儀にのっとって仕事中である。万が一にも関係者以外が地下の研究室へ入らぬよう、老朽化で鍵が壊れたドアの前に立ち、玄関ホールでの見張り役。

もっともこの天気では、その万が一さえ起こりえぬだろうが……。

「待ってくださいクライヴ博士。どうしてそんな――わかりました、わかりましたから落ち着いてください――」

何か揉めているような、女の声が聞こえた。ヴァンは地下へつながる階段のほうへ行き、奥を覗き込んだ。

リナ・ランチェスターが研究室の扉を閉め、地下から玄関ホールへと上がってくるところだった。数歩ごとに研究室のほうを気にしており、ひどく戸惑っているように見える。

「何かありましたか」

「……追い出されちゃった」

ヴァンに気づくと、リナは眼鏡をかけた顔を伏せてかぶりを振った。鳶色《とびいろ》の短い髪が軽く揺れた。

「また博士がいつもの癇癪《かんしゃく》を？」

「いえ、別に失敗したってわけじゃないの。むしろ、とてもうまくいってた……でも、最後の仕上げは自分一人の力でやりたいみたい。もう助手は必要ないって」

「最後の仕上げ……というと」

「完成する！　ついに完成するぞ！」

ヴァンが尋ねようとしたとき、地下から博士の野太い声が漏れ聞こえた。

「今夜誕生する！　私が造り出すのだ！　神の御業《みわざ》、科学の結晶、究極の生物……人造人間を！」

舞い上がったその言葉に天が怒るかのごとく、再び轟音が玄関ホールを襲った。

稲妻にびくりと体を震わせたリナは足をもつれさせ、ヴァンの無骨な手が肩を支える。

彼女はかなり消耗しているようだった。あの博士の狂気に身を晒《さら》し続けていたのだから、無理もない。

「大丈夫ですか」

「何か、気つけがほしいわ……」

「上にブランデーがあります。一杯やれば落ち着くでしょう」

ヴァンはリナを支えながら、階段を上って二階のキッチンへ行った。椅子に座らせ、食器がまばらにしか並んでいない戸棚から酒瓶を取り出し、グラスについで渡してやる。リナは「ありがとう」と小声で受け取った。

リナがブランデーを飲む間、ヴァンは壁に背を預けて、じっと彼女を見ていた。

リナ・ランチェスターには普通の女性とかけ離れた点が三つある。一つ目は、若くしてたぐいまれなる才能に恵まれた科学者であるということ。二つ目は、にもかかわらず実直な研究職を捨て、この場所でボリス・クライヴという異端の天才の助手を務めていること。そして三つ目は、そんな環境に身を置き、死体のにおいが染みついた白衣やシャツを着て暮らし、髪はうなじまでしかないというのに、驚くほど美しいこと。

野鳥のノビタキのように純朴な瞳が目を惹き、それでいて鼻梁から唇にかけての大人びたバランスが色気を添える。ちょっと街へ出れば言い寄る金持ちがあとを絶たぬだろうに、博士もよっぽどだがこの女もかなりの変わり者だ。

「完成は近いんですか」

抑揚《よくよう》のない声で、ヴァンはさっき聞こうとしたことを繰り返した。いくらか平静を取り戻したらしいリナは、両手でグラスを握ったまま「ええ」とうなずいた。

「『今夜誕生する』って博士も言ってたでしょ。必要な施術は全部終えたから、あとは目覚めるのを待つだけ。まだ成功するかどうかわからないけど、どちらにせよ今夜中には……」

「そうですか」

「ええ」

リナの中では、嬉しさと後ろめたさがせめぎ合っているかのようだった。やがてその瞳は、暗い窓のほうへそらされる。

「ひどい雨ね」

「誕生日には向いてませんね」

いや。これから生まれる存在のことを思えば「向いている」と言うべきなのか——

そのとき、ギギイ、と下から音が聞こえた。

雷でも風でもない。玄関のドアが開いた音である。ヴァンはリナと顔を見合わせてから、階段を駆け下りて一階へ戻った。玄関ホールに立っていたのは、関係者と関係者以外の中間のような人物だった。

骨ばった顔をした、青くささの残る若者。目は血走り、外套はびしょ濡れで、ドアからホールの真ん中にかけて泥の足跡がこびりついている。

「ユスタン……何しに来た」

「あんたたちを止めに来たんだ」

雨粒まみれの鼻先をこちらへ向け、アルベール・ユスタンは答えた。

「なるほどな。怖気《おじけ》づいたってわけか」

「違う、考え直したんだ。クライヴ博士は異常だよ。僕はもう耐えられない。今からでもまだ間に合う。こんな狂った研究はやめるべきで……」

「もう遅いわ」

階段を下りてきたリナが、ヴァンの背後で言った。

「今夜完成するのよ。ひょっとしたらもう目覚めてるかも」

ユスタンはぎょっとしてその場に立ち尽くした。コートから垂れた水滴が、床に点々と模様を描く。

「つ、造り上げたのか……本当に？　あの怪物を？」

「怪物、ねえ」

ヴァンはユスタンの肩に手を回した。

「なあ坊や、他人事みたいな物言いはよそう。あんたが言う〝怪物〟造りには、俺もあんたも加担してるんだ。俺は墓を暴《あば》いたし、あんたは死体を横流しした。手が汚れちまってんのさ、今さら戻れやしない。そうだろ？」

小声で語り聞かせるような脅しは、青年の不健康な顔をさらに青くする。

「怖気づいたんでないなら、もう一度考え直したらどうだ」

「で、でも、こんな研究は……死体をつなぎ合わせて、人を造るなんて……」

——ズゥン。

ユスタンは言葉の途中で口を閉ざした。ヴァンも顔を上げた。

巨体がベッドから落ちたようなその音は、確かに地下の研究室から聞こえた。

「なに……？」と、リナがつぶやく。

ヴァンは静かな足取りで、再び地下の階段へと近づいた。奥を覗くが、ドアは閉まったままだ。

「博士、どうしました? クライヴ博士」

呼びかけたが、ドアの向こうから返答はなかった。

「様子を見てきます」

何かおかしい、と感じてヴァンは階段を下り始めた。後ろからリナと、びくびくした様子でユスタンもついてくる。ヴァンはわずかに不安を覚えたが、止めはしなかった。

階段をまっすぐ下った先は一メートル四方の小さな床になっており、正面と右側には壁が迫り、左側に研究室のドアがある。古い木製の扉で、覗き窓などはついていない。

ノックしながらヴァンが「博士」と再度呼びかけても、相手の野太い声は返ってこなかった。

「博士、開けますよ」

ヴァンはノブを回し、そっと押す。

しかしドアは開かなかった。

「鍵が閉まってる……」

つぶやいたとたん、リナが「うそ!」と叫んだ。

「嘘よ。そんなまさか!」

リナはヴァンを押しのけ自らドアノブを握ったが、やはり結果は同じだった。ドアは開かず、返事もない。

どうするべきか。無法者として生きてきた男の判断は素早かった。

「ぶち破りましょう。どいてください」

ヴァンは二人を階段のほうへ追いやってから、はずみをつけてドアにぶつかった。建物のボロさが幸いしたか、一度目は手ごたえがなかったが、二度目ですんなりと破ることができた。ドアと一緒に部屋の内側に倒れ込み、肩をしたたかにぶつける。

直後、近くに雷が落ち、明かり取りの窓から飛び込んだ光が部屋全体を照らし出した。雷鳴に交じってリナの息を呑む声が聞こえ、ユスタンの「うわあ!」という絶叫も耳に届いた。

ヴァンはすぐに身を起こし、部屋の様子を視界に捉え——そして彼もまた、冷淡だったはずの顔を恐怖に歪めることとなった。

彼は、床に仰向けになって倒れている死体を見た。

死体がボリス・クライヴ博士と同じ体型で、いつもの博士と同じ服を身に着けているのを見た。上半身が血まみれで、そこに当然あるはずのもの——首がついていないのを見た。

そして最後に、おそるおそる視線を上げ……自分の真正面に巨大な怪物が一匹、虚《うつ》ろな双眸をこちらへ向けて、ぬぼうっと立っているのに気づいた。

いつまでも終わらない稲光が、その醜怪な姿を背後から照らし続けていた。

2

「『しかしあの真打《しんうち》って野郎、遅えなあ。ちょいと待ってくださいと言って出ていったきりどこほっつき歩いてんだか。脅しをかけてやったから逃げたってこたあねえはずだが……おう、帰ってきやがった』

『はあ、はあ。旦那あ。借金取りの旦那』

『根も葉もない呼び方するんじゃねえよ、周りに聞かれるだろうが』

『じゃあ、ヤクザの旦那』

『ますます悪いだろうが。ったく馬鹿な野郎だ……それで真打さん、金は工面してきたんだろうね？　言っとくが、耳そろえて返《けえ》せなかったらてめえの家に火いつけるって脅し、ありゃ本気だからな』

『ええ、わかってます。ですからこれ、ちゃんと持ってきました』

『おう、そいならいいんだ。金さえ返してもらえりゃ……な、なんだいこりゃ。でっかい水瓶《みずがめ》が二つ。こん中に金が入ってんのか』

『いえ、水です』

『水か。だよなあ、水瓶に入ってるのは水に決まってらあ。俺としたことが……いや、なんで水なんだよ』

『なんでって、旦那が火をつけるっていうから、こりゃいけないと思って方々から集めてきたんじゃありませんか』

『ば……。馬鹿おまえ、そういうことじゃねえだろ。おまえが集めるのは金なんだよ。おまえが金持ってくりゃ俺は火いつけないんだから。なんで水持ってきちゃうんだよ、順番が違うだろうが』

『あ、金かあ……そういうことかあ。あー、こりゃ見事に騙されちゃったな』

『騙してねえよおまえが勝手に勘違いしてんだよ』

『しかし旦那、水金地火木土天海といいますから、水と金とじゃ少々の違い』

『大違いだろが。もういいよ。今あるだけでかまわねえから、金を出せ金を』

『えぇー……、えへへ。それなんですが旦那。申し上げにくいんですが、水を買うのに全部使っちまいまして』

『つ、使った⁉　おまえ、有り金全部水に使っちまったのか⁉』

『だって旦那が火をつけるっていうから』

『だからそういうことじゃ……ええいちくしょう、なんて間抜けな野郎だ！　そんなら本当に火いつけてやる』

『よっ、待ってました』

『水瓶を構えるんじゃねえよ！　ったくもう何がなんだか……はあ。も、もういい。また今度来るからな！　次はちゃんと金をそろえとけよ！』

『へい、ご苦労さんでした。そいじゃまた。お気をつけてぇ……。……。……定吉《さだきち》、定吉。出てこいよ』

『もういいのかい？　やれやれ……。ああ、こりゃあきれた。本当に追い返しちまった。うちに来て水をあるだけ貸してくれっつったときは何に使うのかと思ったが、うまいこと考えるもんだなあ』

『まあこんなもんよ。これ、ありがとな』

『おう。よっこいしょっと。にしてもよかったじゃねえか、家を燃やされなくて』

『いやいやとんでもない。あの野郎、脅しどおり火事を起こしていきやがった――うちの家計が、火の車だ』二
津軽《つがる》はぺこりとお辞儀すると、食べかけのタルティーヌをまた口に運んだ。

「…………」

「…………」

「…………」

「……今日は冷えるな。静句《しずく》、暖炉《だんろ》に薪《まき》を足してくれ」

「はい鴉夜《あや》様」

「何か反応はないんですか反応は！」

「あってたまるか！　朝っぱらからくだらんことしか喋らん奴め！」

ブリュッセル中心街のホテル、最上階の一等スイート。ほどほどに豪奢《ごうしゃ》な部屋の中、化

粧台の上にはトランクから出した小物が散らばり、ドア前のフックにはつぎはぎだらけのコートが引っかけられ、ベッドの脇には空の鳥籠が置いてある。

旅を続ける探偵一行は、二日前からここに宿泊中だった。

「くだらんこととは失敬な。師匠がつまらなそうにしてたからあたくしの面白い体験談を披露してあげたんじゃありませんか」

津軽はフォークの先をソファーのほうへ向けた。柔らかそうなクッションの上で首だけの体を休ませているのは、もちろん輪堂《りんどう》鴉夜である。寝起きのせいで、艶のある黒髪が二、三本明後日《あさって》の方向へはねている。

「つまらんところにつまらん話を重ねてどうする。だいたい、そんなあほらしい方法で借金取りを追い返したなんて絶対嘘だろう」

「本当ですってば」

「じゃ、追い返したあとはどうやって金を工面したんだ？」

「夜逃げしました」

「聞かなきゃよかった……」

「鴉夜様、これくらいの火加減でいかがでしょうか」

「たった今また少し寒くなったところだが、まあいい。ありがとう」

「あ、静句さん、ついでにそこの胡椒《こしょう》取ってもらえます？」

津軽が頼むと、馳井《はせい》静句はサービスワゴンに載っていた胡椒の小瓶を手に取り、窓際へ行き、窓を開け、外に向かって瓶を思いきり放り投げた。

「冷たい！ そしてつれない！」

悲痛な叫びにはいっさいかまわず、無表情のメイドは席に戻って食事を再開する。

テーブルの上に並べられているのはジャムを塗ったタルティーヌ、まだ湯気の立っているベーコンとポタージュ、コーヒーポットにサラダボウルなど。二人分の朝食だ。

鴉夜はそれを不機嫌に睨み、

「そもそも私がつまらなそうにしていたのは、おまえたちが私を無視して美味そうに朝餉《あさげ》を食べているからだ。気遣いはないのか気遣いは」

「そんなこと言ったってしかたないでしょう」

「ああ、ベーコンが食べたい。コーンポタージュでもいい。津軽一口くれ」

「師匠が食べると後片付けが面倒なので駄目です。それに、師匠は食べなくても生きていけるでしょうが」

「私が欲しているのは栄養じゃない、味だ。甘いしょっぱいすっぱい苦い辛い美味い不味い、舌が奏でる千変万化の悦楽だ。生首にだってものを食べる権利はあるだろう！」

「鴉夜様、ご辛抱を。あとで唇にコーヒーを塗って差し上げます」

「も、もうやだ。意地汚い子供みたいに唇をぺろぺろ舐めて満足するような虚《むな》しい真似はもううんざりだ……」

泣き崩れた勢いでころりとソファーに転がる鴉夜。聞き分けがないのも寝起きのせいかもしれない。使用人と助手は肩をすくめ合った。

何か気を引くものはないかと静句は朝食と一緒に届けられた新聞類へ手を伸ばし、津軽はなだめすかすように提案する。

「わかりましたよ。今日は買い物に出る予定です。そのときあたくしがキャンディーかチョコか何か買ってきましょう。お菓子なら食べてもそう汚れません」

とたんに鴉夜は泣き顔をやめ、無邪気な少女へと様変わりした。

「さすが津軽！　持つべきものは我が弟子！」

「あたくしも大概ですが、師匠も調子のいいことばっかり言いますね」

「どうせならアイスクリームを買ってきてくれ」

「冬なのにアイスですかあ？」

「なかなか乙《おつ》だろう。それにあれは日本じゃあまり食べられん」

「はいはい」

「コーンポタージュ味がいいな」

「そんな味のアイスは百年経っても作られないでしょうよ」

あきれ声とともに津軽が鴉夜の頭を起こしてやったとき、静句が新聞の束の下から一枚の便箋を探り当てた。

「アニー・ケルベル様からお手紙が」

鴉夜と津軽は顔を見合わせた。

「クリスマスにゃあまだ早いですよ」

「『クリスマスカードではありません』と書いてあります」

「あいつは毎度毎度、どうして私たちの居場所がわかるんだ」

「『〈エポック〉紙の情報網を舐めないでください』と書いてあります」

「……読まれてますね」

「手紙が読まれるのは当たり前だ」

「そういう意味じゃなくて」

「わかってる。で、用件は？」

鴉夜が促すと静句は目を細め、短いメッセージを読み上げた。

「『昨夜遅く、ブリュッセル郊外のエルゼ通りにて奇妙な殺人事件が発生。被害者は科学者のボリス・クライヴ博士。首を切断されており、頭部は何者かによって持ち去られていた模様』」

「ほう、首切りか。親近感が湧くな」

「残酷ではありますが、それほど奇妙でもないような」

「『現場は地下の研究室で、出入口はドア一ヵ所のみ。事件当時そのドアは中から施錠されていました』」

「……密室殺人か」

「なるほど奇妙だ」

簡単に手のひらを返す津軽。

「『ところが本当に奇妙なのはここからです』」

「なんだっていうんですかもう」

「『密室の中には博士の死体の他に、彼が長年の研究の末造り上げた人造人間がいたのです』」

食事を続けながらあくび交じりに聞いていた津軽は、その一言でベーコンを皿に取り落とした。鴉夜も興味深げに声を上げる。

「人造人間?」

「『文字どおり人の手によって造り出された怪物ですが、知能は生まれたての赤ん坊と同じ状態のようです。この人造人間が博士を殺したのか、それとも別の人間のしわざなのか、警察も困惑しています。別件でブリュッセルまで来ていた私はこの事件に興味を持ち、また輪堂さんたちもここに滞在中という噂を聞きつけました。怪物専門の探偵としてどうかお力を貸していただけませんでしょうか。現場でお待ちしております。アニー・ケルベルより、愛を込めて』……とのことですが」

「なにが愛を込めてだ」

鴉夜はしらけたような視線を便箋に向けた。

「調子のいいことを書いているが本心が見え見えだ。結局自分が取材したいだけだろう」

「『追伸・新聞屋は慈善事業ではないのです』」

「……つくづく生意気な小娘だな」

「で、どうします？　行きますか？」

コーヒーカップ片手に津軽が尋ねると、鴉夜はクッションの上から「もちろん行くさ」と迷わず答えた。

「食事すらまともにできない私には、事件くらいしか娯楽がない」

3

ああ、ベーコンが食べたい。コーンポタージュでもいい。

トレンチコートの前をかき合わせながら、少女記者アニー・ケルベルは温かい朝食に思いを馳《は》せていた。

明け方から情報収集に奔走していたため何も食べておらず、胃の中がだいぶ心許《こころもと》ない。おまけに目の前の寂れた街並みが、ますます空腹感を煽《あお》ってくる。

ブリュッセル北側に位置するエルゼ通りは、あきれるほど殺風景でいやになるほど閑散とした街だった。枠組みだけになった窓。店名の消えた看板。荒れ放題の庭。通りのどこまでも空き家が続いており、表札が掲げられている家は一軒たりとも見つからない。

どんな大都市にも必ず存在する、林檎《りんご》の黒ずみのような一画。人気のない通りを吹き抜ける風は中心街よりもはるかに冷たい気がして、立っているだけでも憂鬱《ゆううつ》だった。手紙は先方に届いているはずだが、探偵たちはまだ来ないのだろうか。早くしないと明日の記事に間に合わない……。

「アニーさ〜ん」

近づいてくる青髪の男に気づいたのは、一度帰って出直そうかと考えだしたときのことだった。アニーは空腹も退屈も忘れ、手に持ったペンを大きく振った。

「真打さん！　来てくれると思ってました！」

「女性から文《ふみ》をいただいたとあっちゃ、参上しないわけにいきません」

「愛も込めてあったしな」

足を止めた助手と探偵は、それぞれ冗談めかした調子で返す。津軽は群青色のコートに灰色の手袋というい つもの姿。鴉夜はレースの覆いがかけられた鳥籠の中だ。

「静句さんは別行動ですか？」

「買い物に行くというので、アイスクリームを任せてきた」

「アイス？　この寒いのに？」

「そっちのほうが乙だそうで……それより、ここが現場ですか」

津軽は、前方の家へ目を向けた。

ゴーストタウンの中でもひときわ古いと思われる一軒家。角ばった面白味のない二階建てである。昨夜の大雨に晒された庭はまだ乾きたてらしく、警察がつけたと思われるゴツゴツした足跡でまんべんなく踏み荒らされている。屋根のついた玄関前では屈強な警官二名が見張りについており、アニーたちをいぶかしげな目で睨んでいた。

「通してもらえなそうな雰囲気だぞ」

「そうなんですよ。私もさっきから困ってて……」

「とりあえず、頼むだけ頼んでみましょう」

楽天的すぎることを言いながら、津軽は家の庭へずかずかと踏み込んでいった。アニーもそれに続く。

すると案の定、警官の片方が前に出た。

「なんだおまえらは」

「あたくし〝鳥籠使い〟真打津軽と申します」「怪物専門の探偵、輪堂鴉夜です」「パリ〈エポック〉紙の特派員アニー・ケルベルです！」

三人の声が同時に重なり、警官たちの顔つきはますます険しくなった。

「……なんだって？」

「ここで怪物絡みの事件があったってんで捜査に参りました。ぶしつけですが、ちょいと通しちゃもらえませんでしょうか」

「だめに決まってるだろ。関係者以外は立入禁止だ」

「家の中には危険な怪物も拘束中だ。早く逃げないとおまえら食われちまうぞ」

片方が悪趣味なことを言い、相棒もにやりと笑う。警官たちはさらに前に出て、津軽にどでかい拳を見せつけながら脅しをかけた。

「どうしても通りたきゃ、力ずくで通ってみな」

三秒後、一行は玄関を通って家の中に入っていた。

だだっぴろい玄関ホールは家具も装飾もほとんどなく、すえたにおいが鼻をついた。小テーブルの上にはシガレットの吸い殻とマッチの燃えカスが溢れた灰皿が置いてあり、床に目を移せば泥だらけの足跡が一筋、正面の地下階段へと続いている。その右側には奥の部屋へ通じる廊下があり、左側には二階へ続く階段が伸びていた。

「生活感がないですねえ。どうしてこんなところに住んでたんでしょう」

ホールの中央に立ち、津軽が雑感をこぼす。

「人造人間なんて不気味な研究に手を出していたんだ。人目を避けるのは当然だろう」

「ボリス・クライヴは、とにかく変わり者の科学者として知られていましたから……これ、博士の顔です」

アニーはポケットから写真を取り出し、津軽に見せてやった。彼はいつものように、持ち上げた鳥籠と一緒にそれを覗き込んだ。

熊、というのがそこに写った男に対するぴったりの形容だった。広い肩幅、太い首、肉厚の頰。眉は濃く、目は何かに怒っているようにかっかとし、丸い鼻から下には口元を覆い隠さんばかりの黒髭《くろひげ》が蓄えられている。髪の毛や長いもみあげももじゃもじゃと茂っており、顔全体が黒々しかった。胸から下は写っていなかったが、腹もたいそう突き出ているであろうことは想像に難くない。

「こりゃ、科学者というより山男ですね」

「でも、ブリュッセル自由大学に籍を置いていたころは〝天才〟として有名だったそうですよ。一年ほど前から行方をくらませていて、昨日の事件でようやく発見されたわけですけど……首がない状態で」

小声でつけ足してから、事件の説明をしようとアニーは手帳を開く。

「現場が地下の研究室っていうのは手紙にも書きましたよね？　やっぱり研究の性質上、ばれないように地下室で作業を行っていたようなんです。ところが、それが大詰めに入った昨日の夜……」

「男が一人、玄関ホールで見張りに立っていた」

ふいに、鴉夜がアニーの言葉を引き継いだ。

「研究に余計な邪魔を入れないための見張り番だ。かなり長く立っていたと見える。だが四、五時間ほど経ったとき研究室から誰かが出てきた。おそらく博士ではないな、助手だろう。助手はかなり疲れていたらしく、男は肩を貸して二階へ連れていっている」

「え、え……？」

アニーはあっけにとられたまま鳥籠を見た。鴉夜はその場にいたような口調で続ける。

「寝室で休ませたか、それとも酒を飲ませて元気づけでもしたか。こちらは若い男。とにかく、男が助手を介抱している間にもう一人が玄関から入ってきた。かなり慌てた様子だ。一階に戻ってきた見張り番と口論になりかけるが、そのとき物音か何か地下室で異変が。彼らは一緒に地下へ向かい、運悪く事件に遭遇。そんなところか」

「…………」

アニーはそばかす顔を津軽へ向けた。弟子もさすがに驚いているようだった。

「師匠、どうしてわかるんです？」

「テーブルの上の灰皿、吸い殻が溢れている。誰かが何時間も玄関先で煙草を吸い続けた証拠だ。吸い殻の長さはどれもほとんど同じだから吸ったのは一人。こんなに大量に吸うならまず女ではなく男だ。地下階段との位置関係から考えて、博士が見張り番を立たせていたのだとわかる。

テーブルの下には一本だけ潰れた吸い殻が落ちてる。灰皿がいっぱいになったので、最後の一本は足で踏み消したんだな。そのとき靴裏についた灰が、地下階段の前に少量と、さらに二階の階段の一段目にもごく少量落ちている。これで男の移動したルートがだいたい追える」

言われるがまま、アニーと津軽は地下階段の前に急ぐ。確かにわずかな吸い殻の灰が床に残っていた。さらに二階の階段のほうへ行くと、一段目の踏み板の左端《ひだりはし》にも付着しているのがかろうじて見て取れた。

「師匠、よくこんなの気づきましたね」

「私はおまえたちと違って目線が低いからな。床の上はよく見えるんだ」

「で、でも輪堂さん、助手を介抱してたっていうのはなんでわかったんですか」

「灰がついていたのは踏み板の左端。普通、人が階段を上がるときは真ん中を通るものだが、男の靴は左側に寄りすぎていた。誰かに肩を貸していて、一緒に並んで上がったんだ。地下階段に寄った形跡を見るに、研究室から出てきた誰かを介抱したのだろうと推測できるが、その相手が大柄な博士だとすれば、さすがに幅が狭い階段を二人並んで通れるとは考えにくい。とすれば相手は華奢《きゃしゃ》な助手。ちょっと珍しいが女性じゃないか？」

「そ、そうです。博士には女助手が一人いました」

「ほう、やっぱりそうか……玄関から入ってきた者については言うまでもないな。泥の足跡からわかる。男物だが、明らかに警察のものとは違う若者向けの靴。泥を落としたり、水滴垂れまくりの上着を脱ごうとした様子もない。かなり慌てていたんだ。足跡はホールの中央で一度乱れているから、ここで見張りと揉めたのだとわかるが、結局は地下階段まで下りている。見張りも任務を忘れるくらいの異様な物音が、地下室から聞こえたからだ」

パチリ、という景気のいい音がホールに響いた。アニーが指を鳴らしたのだ。

「さすが輪堂さん！　お見事です！」

「なに、こういうのは長く生きていれば自然と身につく」

「婆さんの知恵袋ってやつですね」

「津軽、静句と合流したら覚悟しとけよ」

「今のもアウトですか！」

髪だけでなく顔まで青くした津軽はさておき、アニーは鳥籠に向けて親指を立てる。

「ま、まあ、なんにせよ絶好調ですね。きっと今回の事件もすぐに解決ですよ！」

「私が出るまでもなく、警察が解決しそうだがな」

「……どういう意味です？」

「足跡だよ」

津軽とアニーは、再び床へ目を落とした。

「家の前の庭は、いくつものゴツゴツした足跡で踏み荒らされていた。警官たちがこの家に入るときつけたものだろう。だが家の中はというと、見てのとおり警官のものと思われる足跡は一つもなく、きちんと現場が保存されている」

「……確かに」

「家に入ろうとする警官連中を、止めた奴がいるってことですか」と津軽。

「そう。直前で引き止め、靴底を拭いてから中に入らせた。全員に指示を出せる立場の誰か——おそらく事件の担当捜査官だろう。家の外から足跡のことを見抜いていたとすれば、なかなかの切れ者といえる」

これも年長者の余裕か、鴉夜は上から目線でその誰かを褒めた。

「で、実際のところ事件当夜はどうなってたんだ？」

「あ、はい……ほぼ、今の推測そのままです。死体の発見者は三人ですね。見張り番と女助手と、途中からやって来た男が一人」

アニーは手帳のページをめくった。

「見張り番はヴァン・スローンという流れ者で、博士に雇われて墓荒らしなどもしていたそうです。やって来たほうの男はアルベール・ユスタン。ブリュッセル自由大の医学生で、大学で使う実習用の死体を博士に横流ししていました。死体集めの目的はもちろん、人造人間のパーツ取りですね」

「罰当たりな博士ですねぇ」

なぜか嬉しそうに言う津軽。彼もだいぶ罰当たりである。

「助手の名前はリナ・ランチェスター。大学時代からクライヴ博士の研究を支えている若い女の人です。昨日の夜も博士と一緒に地下の研究室で作業をしていましたが、完成が間近に迫ったときに『あとは自分一人でやるから』と追い出されてしまったそうです」

続けて少女記者は、朝食を取る間も惜しんで警官たちから聞き出した事件の流れを、探偵たちに細かく語った。

ズゥン、という音を聞いた三人は地下の研究室へ行き、ドアを破って死体と人造人間を発見。ショックでユスタンが気絶してしまったので、ヴァン・スローンが階段の上まで彼を運び、リナはその間必死で怪物を落ち着かせていた。怪物は赤ん坊と同じで喋ることもできず、かといって暴れるようなこともなく、存外おとなしかったらしい。

騒ぎが一段落してから、こうなっては研究がどうこう言っていられない、警察を呼ぼうという話になり、目を覚ましたユスタンがヴァンに命じられ、雨の中を走らされた。不幸な医学生は夜回りの警官を捕まえて事情を話すと同時にまた気絶し、今は病院で寝込んでいるという。

その後の調べで、死体は死後三、四時間と経っておらず、また首の傷以外に外傷がないことも明らかとなった——

「博士の首は、どこにも見つからなかったのか？」

すっかり聞き終えたあとで、鴉夜が尋ねた。

「最初にドアが破れた時点で部屋のどこにも見当たらなかったと、全員が証言しています。警察もあちこち探しましたが、まだ発見されていません」

「庭の足跡はどうなっていた？」

「警察を呼びに行く前に、他の二人が確認しています。ユスタンが入ってくるときついたもの以外、足跡はどこにもなかったそうです」

「その医学生以外、出入りした者はいないということか……。玄関の鍵はどうなっていたんだ？」

「えーと、ちょっと待ってください……玄関の鍵は、事件の数日前から壊れてしまっていたそうです。単なる家の老朽化か、それとも誰かが壊したのかはわかりませんけど」

「見張り番を立てていたのはそのためか。研究室のドアの鍵は？」

「外側から施錠はできないつくりで、部屋の内側にスライド式の簡単な鍵がついていました。秘密の研究をしていた割には不用心ですけど、こんな辺ぴな場所には泥棒も寄りつきませんし、博士はほとんど研究室の中で寝起きしていたそうですから」

「では、事件が起きたときも内側から鍵がかかっていたわけだな?」

「そういうことです」

「ふむ……」

鴉夜は考え込むように、しばらくレースの向こうで息をひそめてから、

「津軽、どう思う?」

「アニーさんは細かく調べてて偉いなあと思います」

「おまえに聞いた私が馬鹿だったよ」

「いや嘘です嘘、ちゃんと考えてますってば……助手のリナってのが怪しいですね。追い出されたってのはちょいと不自然な気が。その女が殺して、何食わぬ顔で研究室を出たのでは?」

「いえ、それはありえません。リナが研究室を出たあとも博士の声が地下から聞こえていたそうですし、そのとき彼女は何も持っていなかったそうです。ですから……」

「切った頭部を部屋から持ち出すことはできない、というわけだな」

「それに、密室の問題もありますからね。リナが研究室のドアを閉めるとき、不審な行動は何も取っていなかったとスローンが証言しています」

「いやいや、でも密室については……」
ウ、オアアアア――

津軽が続けようとしたとき、ふいに何かのうめき声がホールに届いた。

年老いた男の喉を万力で締めつけ煮え湯を飲ませ声帯をズタズタにしてから肺にふいごを突き刺し無理やり空気を送って発声させているような、とにかくこの世のものとは思えぬうめきだった。聞こえてきた方向は、おあつらえ向きにも地面の下である。

「……ま、議論はさておき」

怪音がやんでから、鴉夜は澄ました声で言った。

「とりあえず、彼に会いに行ってみるか」

4

階段を下りると左側に地下室の入口が開いており、正面の壁には壊れたドアが立てかけてあった。こちらに向いているのはもともと部屋の中に面していた側なのだろう。右側に丸いドアノブがあり、その下にはスライド式の錆《さ》びたかけ金がくっついていた。

「これが閂か？」

「だと思います」

「ふうん……津軽、触ってみろ」

鴉夜に言われ、津軽は閂を軽く動かす。かけ金は音もなくスムーズに動いた。

「よろしい、中へ入ろう……おっと待った、左側を見せろ」

研究室のドア枠をくぐったとたん、鴉夜はまた指示を出した。津軽が言われた方向に鳥籠を向けると、今のかけ金と対応する場所に穴のあいた金属片が飛び出ている。

「受け金もきちんとついているな」

当たり前のことを確認してから、鴉夜は鳥籠を部屋のほうへ戻させて、

「なかなか小粋な研究室じゃないか」

とうそぶいてみせた。

ちょっとしたリビングルームくらいの広さだろうか。首なしの死体はすでになく、天井近くにある明かり取りの小窓からは暖かな陽射《ひざ》しが降り注いでいたが、それを差し引いても室内には狂気が満ちているように思えた。

中央には石造りの大きな手術台。上には何も載っておらず、導線や細いガラス管が天井から垂れている。その近くの床にはどす黒い血だまりができており、どうやら博士はそこに倒れていたようだ。

奥の棚にはホルマリン漬けにされた人間の目玉や皮膚、骨片や歯の標本が薬品とともに陳列され、また隣の棚にはメス、糸ノコ、コッヘル鉗子《かんし》、注射針など、およそ人体をいじくる場合に考えられるあらゆる道具が並べられていた。ドアの左側には壁が迫っており、並んだフックに血で汚れた白衣やジャケットがばらばらと引っかけてある。右側を見れば、ドア側の壁沿いには簡素なベッド。さらに実験装置を自作しようとした苦心の名残《なごり》か、原形さえよくわからぬ鉄くずや機械類の破片がゴミ捨て場めいて重ねられ、分厚い埃

をかぶっていた。

メモで溢れた書き物机、鏡のついた流し台つきの水道……と部屋をなぞっていき、やがてアニーたちの目は、対角線上の暗がりにうずくまる大きな人影を捉えた。

「ほほお」

美術品でも鑑賞するように、津軽が息をついた。

――人造人間。

大きい。しゃがんでいてもなお、津軽と目線の高さが変わらない。腰回りにだけ布きれが巻かれており、他の部分は裸である。全身が筋肉質で、肩幅は常人の三倍はあり、腕の太さに至ってはまるでバオバブの幹だった。しかしその腕に比べて脚のほうはやや細く、頭のサイズも小さいため、ひどくアンバランスな体型に見えた。

さらにその巨体は、他の追随を許さぬほどに醜怪《しゅうかい》である。頭、首、肩、胸、肘、脛《すね》……とあちこちに大きな縫い目が走り、くすんだ色合いの皮膚がつなぎ合わされている。右胸は浅黒いが左胸は白、顔は肌色だが、左上四分の一は紫色……といった具合だ。無残な縫合痕は手にも這い、足先にも這い、毛が一本もない頭や頬や唇にも容赦なく這っていた。怪物はその傷痕と色違いの皮膚によって不気味に歪んだ顔をこちらへ向け、ときおり、「ウ、ウ」と声を上げていた。

「なるほど奇っ怪ですけど、とはいえあたくしたちは」

「人のことをとやかく評せる立場じゃないからな」

「ははははは」

「ふふふふふ」

津軽と鴉夜は互いに言い、おかしそうに笑い合う。アニーのほうはさすがにそんな気分にはなれなかった。

「そ、外の警官は拘束中って言ってましたけど、完全にほったらかしじゃないですか」

「まあ無理もないさ。こいつを縛っておける鎖やロープなんて、この世のどこにもなさそうだ」

「しかし、ほったらかしの割にゃあ逃げたり暴れたりする様子がありませんね」

「中身は生まれたばかりの赤ん坊と同じなのだろう？　怯えているのさ」

鴉夜の言葉を受けて、アニーはもう一度人造人間の顔を見つめた。

眉もまつ毛もない小さな目の奥で、愚鈍そうな瞳が震えている。確かに、突然やって来た自分たちを怖がっているように見えなくもなかった。まるで、今にも「誰？」と問いかけてきそうなまなざ――

「ダ、ダレ？」

――し。

アニーは一拍遅れてから「え⁉」と叫んだ。

「真打さん、今何か喋りました？」

「あたくしは何も申しませんよ。どうせ師匠でしょう」

「どうせってなんだおまえ。私はこんなだみ声じゃないぞ」

「り、輪堂さんでもないんですか？　てことは……」

「ダ、レ？」

「怪物が喋ったあああ！」

　腰を抜かしかけたアニーは二、三歩後ずさって壁にぶつかった。津軽のほうは大して動揺もせず、ごく普通にうなずく。

「まあ、生首だって喋るんですから人造人間だって喋るでしょうよ」

「で、ででででも、朝の警察の発表じゃ喋れもしないし何にもわかってないって……」

「学習しているのか」

　鴉夜が冷静に言った。

「挨拶も交わせるかもしれないな。津軽、怖がる必要はないと教えてやれ」

「はいな」

　津軽は躊躇せずに怪物の前まで進み出ると、ぺこりとお辞儀を一つし、持ち前のにやけ顔で話しかけた。

「いやあどうもどうも初めまして。ええと、あなたお名前はなんていうんでしたっけまあ怪物君でいいか、怪物君。なあに怖がらなくったって大丈夫です、あたくしたち見た目は死ぬほど怪しいですけど実際それほど怪しいもんじゃ……あっ」

　胡散くさい挨拶を最後まで続けることはできなかった。

怪物は、突如驚くほど機敏な動きで腕を伸ばし、津軽の右手から鳥籠をかすめ取ったのだ。ハムの塊ほどもある指で持ち手の輪をつまみ、興味津々といった様子であちこちから眺める。

「ちょ、ちょっとちょっと困りますよ。それはあたくしの師匠で……」

津軽は苦笑いで怪物の左腕を引き戻そうとしたが、腕をつかんだとたんその顔には意表が浮かんだ。コートの袖が膨らみ、必死に力をかけているようでも、何倍も太い怪物の腕はびくともしなかった。

そしてとうとう、

「おわあっ！」

小蠅《こばえ》を払うがごとく振られた相手の腕に吹き飛ばされ、津軽の体は壁際の実験器具棚に激突した。床に倒れると同時に、フラスコやビーカーが彼の頭に降り注ぐ。

「し、真打さん！」

「こ、こらこらどうした津軽。おまえらしくもない……」

しかし鴉夜の言葉もそこで途切れた。怪物が腕を振ったときの勢いでレースの覆いがめくれ、籠の中身があらわになったのである。

おもちゃを取り上げようとする邪魔者から不思議な喋る鳥籠へと目を戻した怪物は、そこに少女の生首が入っているのに気づき、

「ウ、ウア！」

　またもや怯えた声を上げて鳥籠を放り投げた。覆いは完全に外れてしまい、鳥籠は床の上で二、三度バウンドし、鴉夜の「ぎゃんっ」という短い悲鳴が聞こえた。

「し、師匠！」

「輪堂さん！」

　起き上がった津軽が手術台を飛び越えて鴉夜のもとへ急ぐ。アニーも駆け寄る。

「師匠大丈夫ですか？　ああこりゃひどい！」

「そんな大げさに心配するな。別に私はなんとも……」

「柵が一本歪んでしまった！」

「私の心配をしろ！」

「し、真打さんは大丈夫ですか？　はね飛ばされてましたけど」

「ええあたくしは問題ありませんが、しかしたまげましたね……」

　髪にガラスの破片をつけたまま、津軽は部屋の隅を振り返る。生首にひどくショックを受けたらしい人造人間は、大きすぎる体をますます縮こまらせていた。

「とんでもない怪力です。まるで歯が立ちませんでした」

「本当か？　私をひどい目に遭わせて日ごろの鬱憤《うっぷん》を晴らすためわざと負けたんじゃないのか？」

「……あたくしが、師匠にそんな真似するわけないでしょう」

「おまえ今、一瞬『その手があったか』と思ったろう」

「とにかく！」と津軽は慌てて声を強め、「クライヴ博士ってのは本当に天才だったようですね。死体をつなぎ合わせてこんな化物を生み出すたあ大したもんです」

「ま、確かにそうだな。人造人間なぞどうやって造ったのやら……」

「なんでもクライヴ博士は、先人の手記をもとに研究を進めてたらしいですよ」

手帳片手にアニーが補足した。

「フランケンシュタイン博士の手記です」

「フランケンシュタイン？」

「フランケンシュタイン！」

津軽は誰それ？とでも言いたげに、鴉夜は仰天するように、その名を繰り返した。

「なるほど、彼の手記を持っていたとすればこの偉業にも納得がいく……その手記、今もこの部屋にあるのか？」

「そのはずなんですが、首と一緒になくなっていたそうで」

「なくなった？　では犯人の狙いはその手記だったのかもな。しかしフランケンシュタインとは……」

「ちょいと待ってください」

ついていけない会話に割り込もうと、津軽が鳥籠を持ち上げる。

「その戒名《かいみょう》の出だしみたいな名前の奴はいったい誰です。お知り合いですか」

「面識はないが名前だけ知っている。百年前、実際に人造人間を造った男だ」

雲がかかったのか、窓から降り注ぐ陽射しが少しだけ弱まり、部屋全体に影が差した。

鴉夜は鳥籠の中から、もう一度人造人間のほうを見た。その姿に百年前の怪物の面影を重ねるように。

「ボリス・クライヴが天才と呼ばれていたのと同じく、フランケンシュタインもまた若き天才だった。ジュネーブの名家に生まれ、大学で自然科学を学び、並々ならぬ才能と熱意でもって、やがて生命の根源レベルにまで辿り着いた。研究に取り憑《つ》かれたフランケンシュタインは墓場と納骨堂から死体を集め、夜な夜なそれらをつなぎ合わせて、とうとう人間を一人造り出すことに成功した。そいつがおそらく、世界で最初の人造人間だ」

「へえ、元祖ですか。その人造人間はちゃんと動いたんですか？」

「動いたなんてもんじゃない。フランケンシュタインのもとを脱走し、彼の家族や友人を殺して回り、最後には彼そのものを追いつめた」

「そりゃまたどうして」

「孤独だよ」

鴉夜はごく短く言った。

「怪物はフランケンシュタインに、伴侶《はんりょ》を一人造ってくれと求めたそうだ。つまりは女の人造人間だな。だが自分の所業に恐れをなしていたフランケンシュタインは、その依頼を受けようとしなかった。怒り悲しんだ怪物は、友人に婚約者に父親と、創造主の周りの人間を片っ端から殺して回った」

「災難ですね」

「あるいは必然だったかもな……すべてを失ったフランケンシュタインは怪物を殺そうと決意し、最後には北極近くまで追ったり追われたりを続け、遭難して航海中の船に拾われたそうだ。結局彼は追ってきた怪物に船内で殺され、怪物のほうは北極の海に消えた。生死のほどは定かでない」

アニーの耳に、怪物が海へ飛び込むときの水音と、それをどこかへ押し流してゆく波のうねりが聞こえた気がした。

「こっちじゃ割と有名な話だろう？」

「そうですね、それなりには」

尋ねてきた鴉夜に、アニーは答えた。

ときに科学者たちを戒める教訓として、ときに子供たちを怖がらせる寝物語として、フランケンシュタイン譚はヨーロッパ中で知られている。しかしそれだけに、少女記者には目の前の人造人間が恐ろしく思えるのだった。今にも立ち上がって自分たちを殺そうとするのでは……と、どうしてもそんな予感がしてしまう。

「師匠はどうして知ってたんです？」と津軽。

「ちょっと前、フランケンシュタインを拾った船に乗っていたという海洋冒険家と会ってな。そいつから直に話を聞いたんだ」

「ちょっと前？」

「芝《しば》で大火事があったころだから、九十年くらい前かな」

「……ちょっと前、ね」

津軽とアニーは顔を見合わせた。時間の尺度が違いすぎる。

「その男、フランケンシュタインが殺されるところに居合わせて、怪物ともいくつか言葉を交わしたと言っていたな。私もいつか人造人間に会ってみたいものだと思っていたが、まさか願いが叶《かな》う日が来るとは……」

と、鴉夜が感慨深げに微笑んでみせたとき。

「な、生首が喋ってる！」

女が一人、部屋の中に入ってきた。

5

鳶色の髪を短く切り、丸い眼鏡をかけ、美しい顔立ちをした小柄な女性。ボリス・クライヴ関連の写真で見覚えがある。

しかしアニーが言及するよりも先に彼女は津軽のほうへ近づき、彼の手に提げられた鳥籠の前にしゃがみ込んでいた。額をぶつけんばかりの勢いで籠の両側をつかみ、覆いが剝がれて剝き出し状態の鴉夜をじっと見つめる。恐怖ではなく、好奇を浮かべた顔で。

「何これどうなってるの？　生きてるの？　生き物よね？　どこかに臓器が？　いやそんなわけないわねどこからどう見ても生首だもの。脳だけで生きてるってこと？　そんな無茶苦茶な！」

「無茶苦茶なのは君のほうだ。なんだ突然」

「こ、この人リナ・ランチェスターですよ。クライヴ博士の助手の」

アニーが名前を出しても、眼鏡の女性は鴉夜にかじりついたままだった。声を一オクターブ高くして「喋ったわ！」と叫ぶ。

「聞き間違いじゃなかったのね。本当に喋ってる！　声帯を震わせてるってこと？　呼吸もしてるみたい……でもどうやって？　いえそれ以前に、なんで生きてるの？」

「理屈はたぶん通じませんよ。師匠は不死の化物ですから」

「不死？　それってつまり……ちょっと待って、あなた」

リナは顔を上げると、今度は津軽へと飽くなき興味を移した。立ち上がって両頰《りょうほお》を挟み、顔の線をなぞったり服の袖をまくったりとあちこち触りまくる。

「変わった髪の色。発達した筋繊維……それにこの線、刺青じゃないわね。何かと混ざってる」

「わかりますか。鬼なんですけどね」

「オニ？　日本に生息してるっていう？　すごい！　実物を見るのは初めてだわ！」

「変わったお人だ」

ほとんど抱きしめられるようにして津軽はリナに揺すられた。鳥籠の中の鴉夜も、一緒になって仏頂面を前後させる。

な、なんだこの人。なんだこの状況。どうすればいいんだろう。一向に抱擁《ほうよう》をやめない女性の横でアニーが困り果てたとき、

「マドモアゼル、少し落ち着いていただけますか」

背後から声がかかった。

入口のほうを見ると、リナに続いて二人の男が部屋に足を踏み入れていた。

一人は制服に身を包んだ生真面目な顔の警察官。もう一人は山高帽をかぶった中年の紳士である。今の声は、どうやらこの紳士が発したもののようだ。

「す、すみません警部さん。つい夢中になってしまって……」

ようやく冷静になったらしいリナは、津軽の肩から手を離した。警部と呼ばれた男は穏やかに返す。

「いえいえ、よいのですよ。好奇心に呑まれてしまうことは誰しもあります。とはいえマドモアゼル、珍しい客人を迎えるよりも先に、まずは身近な彼を安心させてやるべきではないでしょうか？　ひどく怯えてしまっているようだ」

リナははっとすると、部屋の隅で小さく唸っている人造人間へ駆け寄った。

「ごめんね。大丈夫よ。誰もあなたに危害は加えないから……」

「マ、ママ」

「ママ？　あ、あなた喋れるようになったの？」

驚くという点では人造人間相手でも同じらしい。リナは口元を両手で覆い、首を横に振りまくる。学習速度に感嘆したようだ。

「……すりこみというものでしょうかね。最初に親身に接した彼女を母親だと思っているらしく、彼女の言葉だけは怯えずに聞くのです」

そう言いながら、山高帽の紳士はアニーらに歩み寄った。

顔を青くした後ろの警官と違って、彼は人造の怪物や生首の少女を前にしても、戸惑う様子を見せていなかった。

灰色のジャケットとウェストコート、襟元のボウタイがよく似合う、恰幅《かっぷく》のよい小男である。優しそうなのにどこか油断のならない緑色の瞳を持ち、目元には小皺《こじわ》が寄り、片手にはステッキを握っている。何より目立つのは見事な黒い口髭だった。きちんと手入れされており、左右対称にピンとはねている。

ふと直感がよぎり、アニーは鴉夜を見やった。彼女は鳥籠の中から軽いうなずきを返してきた。

――この男だ。

警官たちに靴の裏を拭かせ、ホールの足跡を保存したのは彼に違いない。事件の担当捜査官。探偵いわく〝なかなかの切れ者〟。

「鳥籠、ですか。最近そういう探偵の話をよく耳にしますが……お名前を聞かせていただいてもよろしいですか？」

「真打津軽と申します。こちら師匠の」

「輪堂鴉夜です」

「シンウチさん。リンドウさん。東洋の名前ですね。では、あなた方が怪物専門の……」

鴉夜たちの名前はベルギーくんだりまで知れ渡っていたらしい。山高帽の男は顔をほころばせた。

「噂には聞いていましたが、鳥籠の中身がこんなにかわいらしいお嬢さんだとは思いませんでした。まったく、人生は予想外の連続です」

「わかります。長く生きていればもっと予想外なことも起こりますよ。急に首から下をなくしたり」

「おお。では、私も気をつけるとしましょう」

「け、警部、呑気に会話しないでください」

部下らしき警官が前に進み出た。鴉夜を見てごくりと唾を飲み、平静を保とうとするかのように咳払いを一つする。

「鳥籠だかなんだか知らないが、玄関の外で見張りを気絶させたのは君たちだな？　しかも事件現場にまで入り込むなんて重罪だぞ。おとなしく署まで……」

「やめなさい、マース」

手錠を出そうとした警官を、警部が制した。

「この方たちは我々と同業だ。逮捕するのは筋違いだよ……失礼《パルドン》しました。このマースには少々固すぎるところがありましてね。あ、そうそう。申し遅れましたが、私のことはグリと呼んでください」

「灰色《グリ》？」

「私の口癖をからかって部下たちがつけたあだ名です。マース、君が陰で私をそう呼んでいることも、ちゃあんと知っているよ」

マースと呼ばれた警官は耳の先まで赤くなり、黙り込んでしまった。

それから警部はガラスが散乱した実験器具棚を一瞥し、

「とはいえ探偵さん。捜査はけっこうですが、現場を荒らされるのは困りますね」

「こっちだって好きで荒らしたわけじゃありませんよ。人造人間にはね飛ばされたんです」

津軽が言い訳すると、グリという奇妙なあだ名の警部は「そうでしたか」と素直にうなずき、巨体がうずくまる部屋の暗がりへ目を移す。

「あの怪力には我々も手を焼いていましてね。今朝も警官が三人怪我をしたと聞きます。これ以上骨折者を出してはたまらないので、母親代わりの彼女に同行いただいたのです」

母親代わりの彼女——リナは、自分の何倍もある怪物の背を控えめに撫でてやっていた。人造人間はずいぶんリラックスしたらしく、どこか笑っているようにさえ見える。確かにすりこみはよく効いているようだ。

「まあとにかく、ご覧のとおりの状況ですから、『怪物専門の探偵』に捜査協力をしていただけるならありがたい限りです。私は人間の心理には精通しているつもりですが、怪物が絡んだ事件となると専門外ですからね」

「そ、そんな、警部……」

「いいんだよマース。捜査方針を決めるのは私だ」

グリ警部はまた部下の不平をやり過ごし、鳥籠に向かってウインクする。きざな行為だが、ぽっちゃりした容姿のせいで逆にかわいい気もした。

「お役に立てるかどうかはわかりませんが、話の通じる警部さんで助かりますよ」

「犯罪捜査には柔軟な発想が必要不可欠ですからね……ところで輪堂さん、玄関ホールは見て回られましたか？」

「回るまでもありませんでした」

「けっこう《エ・ビアン》。では、何が起きたかはご存知ですね。ドアが破られてからのことはどうでしょう？」

「こっちのおてんば記者からリーク済みです」

「それは頼もしい」

ごく自然に、鴉夜と警部はやりとりを進めた。

玄関ホールで吸い殻と足跡を観察し、一つ一つ意味を考え、人数から性別、それぞれの行動に至るまで昨夜の出来事を推測する——その七面倒な芸当はこの二人にとって、確かめ合う必要もないほどできて当たり前の行為らしい。

「事件の内容を聞いてどう思われました？」

「不可解ですね」

鴉夜は答えた。

「博士が殺害されたのは、リナさんとヴァン・スローンが二階へ行っていた数分の間だと思われます。その間に家に入ってきたのは医学生のアルベール・ユスタンただ一人。これは足跡が証明しています。しかし、だからユスタンが犯人かといえばそう簡単にはいかず、切断した首をどこに隠したのかという疑問が残る。まったくもって不可解です」

「そもそもこの部屋には、内側から鍵がかかっていましたしね」

アニーも横から口を挟んだ。

足跡と鍵による二重の密室。首の隠し場所の問題。少なすぎる犯行時間――確かに、不可解な点が多すぎる事件だ。

グリ警部はそれらの意見を吟味するかのように口髭をなぞり、

「……しかし輪堂さん、彼の犯行だとは思いませんでしたか？」

ステッキの先を、人造人間の巨体へ向けた。

その背に寄り添っていたリナは、とたんに顔を凍りつかせた。

「ま、待ってください警部さん！　この子は事件に関係ないわ！」

声が荒らげられるが、警部は気にせぬ様子で続ける。

「少なくとも、そう考えれば密室の謎は解けるではありませんか。誰かが部屋に侵入して博士を殺し、首を持ち去る。そのあと人造人間が中から鍵をかける。これだけで密室完成です。もしくは、人造人間自身が博士を殺したという可能性も充分……」

「私はないと思いますね」

鴉夜は即座に否定した。

「あの怪物君が犯人に協力したとは考えられません。故意に鍵をかけるなんてありえませんし、彼自身が殺したというのもなおさらありえない」

「……おやおや。『怪物専門の探偵《モン・デュー》』という割には意外な答えですね。なぜです？」

「古今東西どこを探しても、密室で死体と二人きりになりたがる殺人犯なんているわけないからです。自分を逮捕してくれと言っているようなものではありませんか」

あ——と、アニーは小さく声を上げた。

確かにそうだ。もし人造人間が犯行に関わっていて、自分で鍵をかけたとすると、まさに今の状況のごとく、まっさきに自分に容疑がかかることになる。普通の犯人ならそんな馬鹿な真似はしない。

「……人造人間は、赤ん坊並みの知力しかなかったそうですよ。そんなことを気にかけるでしょうか？」

「だったらなおさらですね。赤ん坊並みの知力で首切り殺人が行えるとは思えません。どうです、リナさん？」

「え、ええ。そのとおりよ」

鳥籠の中から意見を仰がれ、戸惑いつつもリナはうなずく。

「目覚めたばかりの人造人間にそんな高度な真似はできないと思うわ。知能も低いし、動作だってのろいし……首を切ったり鍵をかけたりはもちろん、ドアノブを持つことだってできるはずないもの」

「だそうですよ、警部」

「…………」

警部は何も返さなかったが、それはしかし落胆や悔しさからの沈黙ではなさそうだった。むしろ嬉しがるように目を細め、うんうんと顎を上下させる。

「なるほど、これがあなたの捜査法というわけですか。怪物を人間の世界に引きずり下ろし、論理を当てはめる」

「別に引きずり下ろしてなんかいませんよ。怪物にだって論理は通用します」

「師匠の体には理屈が通じませんけどね」

「『死なない』という理屈が通じているんだよ」

鴉夜は弟子に一言投げてから、

「まあそういうわけで、やはり犯人は別にいると思いますよ。仮に室内にいた人造人間が犯人だとしても、首をどこに隠したかという謎が残りますしね」

「首ですか。確かにそこは我々も疑問に思っています。家の外まで捜索範囲を広げているのですが……」

「あ、そういえば」

ふいに津軽が左手を上げた。

もう片方の手に提げられた鳥籠の中で、鴉夜が目を動かす。

「なんだ？」

「首の行方について、あたくし一つ思いついたことが。師匠の推理に逆《さか》らうようで気が引けるんですが」

「探偵の間違いを正すのも助手の仕事だ。言ってみろ」

「黄金餅《こがねもち》です」

「……なるほど、おまえにしては冴《さ》えた意見だ」

コガネモチ？　とアニーや警部たちは首をひねったが、師匠には伝わったらしい。

「警部、こいつが言ったのはつまりこういうことですよ。博士の首は、怪物の腹の中に収まっているのではないか、いいいいいいいか」

説明がなされると、探偵コンビ以外の全員がぎょっとして人造人間へ目を向けた。

「……この怪物が、クライヴ博士の首を食べた、ということですか」

「そのとおり。あなた方はこの家を隅から隅まで調べたのでしょうが、一ヵ所だけ見落としている場所があります。人造人間の胃袋の中です」

「腹をかっさばいたら、中からぐしゃぐしゃになった頭が出てくるかもしれませんよ」

不気味なことを言いながら怪物のほうへ一歩近づく津軽。リナは再度うろたえ、かばうように両手を広げる。

「や、やめて。この子には手を出さないで。せっかく博士と私が造り上げた……」

そのとき。

彼女の背後で、怪物がのそりと身を起こした。

立ち上がるとその身長の高さは明らかで、頭の先が天井とこすれるほどだった。膝小僧に隠れていた逆三角形の腹はやはり腕や脚と同じく、異様なほど筋肉質である。虚ろな目が鴉夜を見つめ、それから怪物自らの体へと注がれた。

何をするつもりかと全員が緊張した、次の瞬間。

――ぶち。ばつん。ぶちぶちぶち。

ゴム紐《ひも》を引きちぎるような、シャツのボタンを弾《はじ》き飛《と》ばすような、ソーセージを思いきり嚙《か》み切《き》るような――小気味よいと同時に気色悪い音が響き、彼らは固まった。

怪物は、腹部に刻まれた無数の手術痕の一つに両手の指をかけ、自分で自分の腹を引き裂いたのである。長く伸びた縫合糸を乱暴に引っ張り、体の中に手を入れ、紫色の体液が染《し》み出《で》るのもかまわずぐちゅぐちゅぐちゅと内臓をかき分ける。

とうとう太い指が胃袋を探り当て、その中身まで開けてみせてから、怪物はあっけらかんとした顔で言った。

「おれ、いのなか、からっぽ」

続いて部屋に響いたのは、マースが派手に嘔吐《おうと》する音だった。

6

「人造人間って、痛みも感じないんですね」

「感じないというより、痛みに〝強い〟のね。痛覚はちゃんと通ってるはずだから」

〝鈍い〟の間違いでは、とも思ったがアニーは口に出さなかった。

人造人間を手術台に寝かせたリナは、話しながらも無駄のない動きで腹部の縫合を進めている。みるみるうちに傷が塞がる腕前はさすが天才科学者の助手といったところか。手《て》馴《な》れすぎていて怖いくらいだ。

「でも、だからってまさか、自分のお腹を裂くなんて思わなかったけど……」

「ママ、ごめん」

「う、ううん、別に怒ってないわよ。疑いを晴らそうと頑張ったんだものね」

頬を強張らせ、無理に笑顔を作るリナ。なんだかいたたまれなくなったアニーは、部屋の周囲へ目をそらした。

警察と探偵は、それぞれ独自の方法で研究室内を捜査中だった。

グリ警部はベッド脇に積み上げられたガラクタの山の前に立っており、その一つ一つをじっと観察している。厚く積もった埃をすくっては吹きすくっては吹き、ときおり小さな分銅や蠟《ろう》でできた円筒など、埃の少ない部品を見つけると、かたわらのマースに手渡し何か指示していた。小刻みにうなずく部下の表情は真剣だったが、先ほどのショックで顔は真っ青である。顔色の変化が激しい男だ。

一方鴉夜はというと、

「排水口に近づけてくれ」

「はいな」

「近づけすぎだ戻せ戻せ、籠が錆びる！」

「ええ～……」

いつものように津軽に指示やら愚痴やらを飛ばしつつ、部屋のあちこちを回っているところだった。今は水道の流し台に鳥籠がかざされている。もはや隠しても無駄と判断したのか、レースの覆いは剝がれたままだ。

「よし、これで治った」

リナは皮膚の縫合まですべて終えると、怪物の腹をポンと叩いた。短い時間で傷は完全に修復されていた。麻酔も消毒もなしで手術に耐えられるとは、確かに便利な体である。

「フランケンシュタイン博士の造った人造人間も、痛みににぶ……じゃなくて、痛みに強かったんでしょうか」

「いえ、彼の人造人間は、体つき以外は普通の人間と同じだったはず。でも、私たちは手記をもとにところどころ改良したから」

「改良？」

「どんな環境にも適応できるよう体を強くして、あとパーツも最高のものを厳選したの。スポーツ選手の筋肉とか、事故死した若者の健康な内臓とか、真に優れた部分だけを凝縮して……」

「西瓜《すいか》をたくさん用意して一番上だけもぎって皿に盛りつけるようなもんですね」

熱がこもりだしたリナに、津軽が割り込んできた。

「そりゃ確かに美味いはずだ」

「おまえのたとえはうまくないがな」

つっこみつつ、鴉夜は寝ている人造人間の顔を覗き込む。

「怪物君。私はやはり、君が犯人でないと信じるよ」

「うん。おれ、何もしてない」

「しかし博士を殺した犯人は、君と一緒にこの部屋の中にいたはずだ。何か覚えていることはないかい？」

「……うーん」

人造人間はただでさえくしゃくしゃな顔をさらに歪め、

「わからない。よくおぼえてない……でも、声はきこえた、気がする」

「声？　どんな？」

「ついにかんせいするぞ、とか、こんやたんじょうする、とか……」

「部屋から出たあと聞こえた博士の声と一緒だわ」とリナ。

「では、君が目覚めた時点で博士は生きていたんだね？　すると必然的に、博士が殺されたのは君が目覚めたあとというわけだ。君はその犯人を見なかったのかい？」

「……おぼえてない。わからない……」

生まれたての怪物への質問は、人間相手のようにスムーズにはいかなかった。

「輪堂さんたちは、何か見つけたんですか？」

「毛を見つけました」

アニーが聞くと、津軽が左手を差し出した。指先に黒い毛が数本つままれている。

「水道の排水口に絡まっていた。色と長さから見て、おそらくクライヴ博士の髭だろう」

「髭が排水口に？」

写真を見た限り、博士は髭の手入れなどには無頓着だったようだ。とすれば排水口に髭が何本も絡まるのは少し妙、という気もする。

「犯人が水道で凶器を洗ったのかもしれない。首を切断するとき凶器に髭が数本くっつき、水で凶器についた血を洗おうとした際、毛も一緒に流された」

「あ、なるほど……。凶器の種類はなんだったんでしょう？」

「わからん。というより、選択肢が多すぎる。この部屋にはその手の道具が溢れているからな」

鴉夜は鳥籠の隙間から研究室を見回した。糸ノコにメスにナイフ、確かに手ぶらで部屋に侵入しても凶器はより取り見取りだ。この部屋の中の道具を使ったとして、それを水道で綺麗に洗ったとすれば、凶器から犯人に辿り着くことも難しいだろう。

アニーはため息交じりで手帳を閉じた。

「じゃあ、大して収穫なしってことですね」

「そうだな。あとわかったことといえば、密室の謎が解けたことくらいか」

「そうですか。密室の謎が……密室の謎が解けたんですか!?」

天井から垂れたガラス管が震えるような大声でアニーは叫んでいた。

「み、密室って、この部屋の密室?」

「そう。明かり取りの窓は幅が狭いうえにはめ殺し。壁に秘密の通路はなく、ドア枠にも糸を通せるような隙間はなさそうだった」

「じゃ、だめじゃないですか!」

「だめじゃない。他が全滅だったから答えが一つに絞れたんだ」

「興味深いですね」

と、グリ警部の声。いつの間にか彼もアニーの後ろに立っていた。マースは一階へ上がっていったらしく、姿が見えない。

「マドモアゼル、詳しく聞かせていただけますか」

「詳しく聞かせるほどでもありません。とても簡単なことですよ、ムシュー」

鴉夜はドア枠だけになった入口のほうへ紫色の瞳を向ける。

気を利かせた津軽が、話しやすいよう鳥籠の位置を胸まで上げた。

「最初に壊れたドアを見たときから、おかしいと思っていたんです。ドアのほうには鍵のかけ金がついたままで、ドア枠のほうには受け金がついたままでした。もしドアに鍵がかかっていて、それを無理やり破ったとしたら、どちらか一方か、または両方が壊れるはずです」

アニーは想像した。受け金にかけ金がしっかりとはまっているドア。それが体当たりで破られる――確かにその場合は、ドアと壁とをつなぎとめている鍵部分が歪むなり外れるなりするだろう。

「なのに鍵は、両方とも壊れていなかった、ということは、密室が破られる瞬間ドアには鍵がかかっていなかったことになります。では、鍵がかかっていなかったのになぜドアは開かなかったのでしょう？　当然、何かが内側からドアを押さえていたのです。思わず鍵がかかっていると錯覚するほどの怪力で、ドアを押さえることのできる何かが……」

入口へ向けられていたアニーたちの視線を、手術台からのそりと身を起こした巨体が遮った。

木の幹のように太い腕。無骨な手。隆々とした筋肉――

「この怪物ですか」

警部は噛みしめるように言った。

「それ以外考えられないでしょう」

「しかし輪堂さん、あなたはさっき、怪物は事件に関わっていないと……」

「あれは故意に関わったのではないという意味です。ですがこれは偶然作られた密室だ。もう一度、密室が破られるまでの流れを振り返ってみましょう。今思えば怪物君が手術台から下りた音だったのでしょうが、『ズゥン』という音を聞いて三人はこの部屋へ向かいました。ドアを開けようとする前に、ヴァン・スローンが呼びかけとノックを行います。一方部屋の中では、起き上がったばかりの怪物君がその音を耳にし、なんだろうと思ってドアに近づきます。


ところが彼は生まれたてであり、まだ赤ん坊並みの知能しかなかった。鍵をかけることはもちろん、ドアノブを握ることもできません。おそらく彼にできたのは、おそるおそるドアに手で触れることだけだったでしょう」

「そのとき、スローンとリナさんがドアを開けようとしたわけですね！」とアニー。

「そう。スローンがドアを開けようとするが、怪物君が内側から押さえているのだから開くはずもない」

「怪物君にとっちゃ軽く触れてるだけでも、普通の人間にとっちゃどえらい力だったでしょうからね」


先ほどそのどえらい力ではね飛ばされた張本人も、うんうんと首肯した。

「そうだ。人造人間は体が強すぎ、その一方で心は幼すぎた。さて、やがてドアを破ろうとしたスローンが体当たりを始めます。おそらく一度目の衝撃を受けたとき、怪物君は怯えて後ずさったのです。音を聞いて興味を持つがそっと触れることしかできず、怖くなったらすぐに手を離す……どうです、実に子供らしい自然な行動ではないですか。

押さえるものがなくなったわけですから二度目ですぐにドアは壊れ、スローンたちは部屋になだれ込みます。そこで、ドアの真正面に立つ人造人間と遭遇したわけです」

「そ、そうだったの？」

食い入るように、リナが人造人間に尋ねた。彼は口をもごもごと動かし、

「……よくおぼえてない。でも、たしかにおれ、ドアにさわったような気する。こわそうな声がして、ドンってドアがゆれて、それで、びっくりして後ずさった」

「本人の口から裏付けが取れるとは思わなかったよ。ま、そういうわけですから密室の謎については解決です。トリックでもなんでもなく怪物君が押さえていただけ。したがって、それより前なら誰でもこの部屋に入れたことになります」

以上、と鴉夜は話を締めくくった。

リナは人造人間越しに扉の外れたドア枠を凝視しており、アニーは今の説明を手帳に書き込むのに夢中だった。

警部は黙って聞いていたが、やがて口髭が舞い上がりそうな勢いでほう、と息をついた。

「おお親愛なる友《モナミ》よ、やはりあなたを頼って正解でした。実にすばらしい推理です」

「それはどうも。ですが警部、モナミはやめてください。そんな呼び方は別の友人のため

に取っておくべきです」

「いいえ、私の感謝は本物ですよ。なぜなら密室の謎が解けたおかげで、私の中の推理も完成したのですから」

とたんに、鴉夜の口元から自信に満ちた笑みが消えた。

警戒するような顔で警部を見やる。恰幅のよい紳士もそれを見返した。緑色の穏やかな瞳と紫色の美しい瞳とが、音もなくぶつかり合う。

「……あなたも何か、わかったのですか」

「ええ。犯人がわかりました」

階段のほうからパタパタと音がして、マース警官が仲間を引きつれ研究室に戻ってきた。両手には何やら布をかぶせたものを持っていた。

警部へ駆け寄り、小声で二言三言報告する。

グリ警部は深くうなずき、鋭利な信念を内に秘めた刑事ならではの視線を、リナ・ランチェスターへと突き刺した。

「マドモアゼル。残念ながら、あなたを逮捕せねばなりません」

7

「それで、どうなったのですか」

レモン風味のなだらかな斜面をすくい取りながら、静句が尋ねた。

「どうもこうもない。リナ・ランチェスターは逮捕された」

「罪状は？」

「殺人罪だ」

「そのリナという方が犯人だったのですか」

「少なくとも、私たちはそう認めざるをえなかった」

ふてくされた調子で言ってから、鴉夜は差し出されたスプーンを舌で舐め取った。

二等スイートの室内には、大量のアイスクリームが発する甘ったるい香りが漂っている。事件現場からホテルへ戻ってきた津軽たち（と、どさくさ紛《まぎ》れについてきたアニー）は買い物から帰った静句と合流し、小休止の最中だった。

鳥籠から出された鴉夜の頭は津軽の両手に支えられ、静句の手でアイスを口に運んでもらっている。生首なのに食べたものがどこへ行くかというと、首の下に置かれたバケツの中に落ちていっているらしい。不気味なのやら滑稽《こっけい》なのやらよくわからない光景だ。

しかしそうまでして念願の食事にありつけたというのに、彼女の顔はまったく嬉しそうでなかった。

「……何かあったんですか？」

静句は、テーブルの向かいに座ったアニーのほうへ目を向けた。アニーは肩をすくめ、代わりに津軽が「別に何も」と答える。

「警部に負かされたのが悔しいんでしょう」

「悔しくないわ！」

喚《わめ》く鴉夜はだいぶ悔しそうだった。

「調べたらあの人、こっちじゃかなり有名な刑事らしいですよ」

分けてもらったチョコレートサンデーを食べながら、アニーは手帳の一番新しいページをめくる。

「ベルギー警察きっての腕利きで、今まで解決できなかった事件はないそうです。本名は……」

「よせよせ、聞きたくもない」

「名前といえば、グリというあだ名はぴったりでしたね。あの洒落《しゃれ》た口癖ときたら」

津軽は鴉夜の頭上から、異様に高い再現力で警部の話し方を真似た。

「『私の小さな……』」

＊

「私の小さな灰色の脳細胞に、最初からひっかかっていたことがあるのです」

ステッキの頭を撫でながら、警部はリナに向かって話しだした。

「ヴァン・スローンたちと一緒に地下へ行き、研究室のドアが開かないとわかったとき、あなたは『うそ!』と叫んだそうですね。『嘘よ。そんなまさか!』と。まるで、ありえないことが起きて驚いたような言い方です。

しかしよく考えれば、あの状況でドアに鍵がかかっていることは別に不思議でもなんでもないのです。なぜなら、あのとき部屋の中にはクライヴ博士がいたわけですし、博士は邪魔者が部屋に入ることをひどく嫌っていたわけですから。むしろ鍵がかかっていて当然というべきでしょう。だとすれば、ごく常識的な人間心理として、『嘘!』だとか『まさか!』といった驚き方をするのはおかしいのです」

警部はリナへ一歩近づき、

「なのに、あなたは驚いてしまった。そこで私はこう考えました。もしかするとあなたは密室を破る前の時点で、ドアに内側から鍵をかけられる者など誰もいないと知っていたのではないか? すなわち、ボリス・クライヴが研究室の中で死んでいることを知っていたのではないか?」

「……ち、違います」

リナは首を横に振ってから、眼鏡を押し上げた。その指は小刻みに震えている。

「私がそんなこと知っていたはずないじゃないですか。だって……だって研究室から追い出されるとき、彼は生きていたんですもの。現に玄関ホールに上がったあとも、地下から博士の声が聞こえて」

「蓄音機ですよ」

「………」

「あなたもご存知でしょう。音を記録し、再生できる機械です」

警部は壁際のガラクタ類をステッキの先で指し示した。

「あのスクラップの山、どれも埃を厚くかぶっていましたが、その中からいくつか埃のついていない部品を見つけました。溝の刻まれた蠟管《ろうかん》や分銅などです。これはごく最近、なんらかの装置が壊された可能性が高いことを意味します。カバーの役割を果たす外箱が破壊され、中から埃をかぶっていない部品が顔を出したわけです。鉄くずの中からはひしゃげたホーンやハンドルのようなものも見つけました。もしやと思いそれらの部品を調べさせたところ、実に興味深いことがわかりました。

部品は明らかに円筒式の蓄音機のもの。しかも巻き上げた分銅の重さによって、ハンドルを回さなくても自動で再生できるタイプのものであった、というのです」

警部の言葉に合わせ、マースは持っていたものの覆いを剝がした。真鍮製のホーンがついた小型の蓄音機――おそらく今説明されたのと同タイプのもの――が顔を出す。

「しかも幸運なことに、蠟管そのものに破損はなく、別の蓄音機にセットすることで再生が可能でした」

「近場の店で同タイプの蓄音機を探してかけたら、すぐに再生できましたよ」

補足しながら、マースは木箱の横に突き出ているハンドルを巻き上げ、離した。ハンドルが少しずつ戻りながら、蠟管に刻まれていた〝音〟が再生される。

最初はかろうじて聞こえる程度の雑音しか流れてこず、なんだかわからなかった。しかしそのまま三十秒ほど経ったとき、

『完成する！　ついに完成するぞ！　今夜誕生する！　私が造り出すのだ！　神の御業、科学の結晶、究極の生物……人造人間を！』

野太い男の声がはっきりと聞こえ、アニーははっとした。

ついに完成する――その台詞は、リナが部屋を追い出された直後に地下から聞こえてきたものとまったく同じではないか。

声はそれだけで、すぐにプツリと途切れた。同時にハンドルの動きも止まった。

「おわかりでしょう。犯人は蓄音機を使って博士の声を再現し、その後機械を壊して証拠隠滅をはかったのです」

グリ警部はアニーたちのほうへ向き直る。

「このトリックが使われたことは人造人間の証言が裏付けています。『博士の声を聞いた気がするが、どこから聞こえたかはわからない』と彼は言いました。声は人ではなく機械から発せられていたのだとすれば、どこから聞こえているのかわからなくて当然です。つまり玄関ホールの二人が『ついに完成するぞ！』という声を聞いた時点で、博士はすでに殺されていたのです。それより前、彼と一緒に研究室内にいたのはリナ・ランチェスターただ一人。部屋の外はヴァン・スローンが見張り続けていましたから、他の者が入れるはずもありません。唯一の障害は密室の謎でしたが、それも今『怪物専門の探偵』によ

って解決されました。……したがって、マドモアゼル、犯人はあなたとしか考えられないのです」

　警部は語りかけるように言い終えた。

　リナは立ち尽くし、ただ床に残った博士の血痕へ目を落としていた。

「……警部、見事な推察ですが納得しかねますね」

　次に声を発したのは鴉夜である。

「リナさんが蓄音機のトリックを仕掛けたとして、再生する博士の声はどうやって録音したのでしょうか？　それに、地下から上がってきたとき彼女は何も持っていなかったそうですよ。彼女が博士を殺したとして、首をどこに持ち去るんです？」

「彼女はずっと博士のもとで研究を行っていたのです。博士は興奮しやすい性格だったようですし、うまく誘導すれば気の利いた台詞を録音するチャンスなどいくらでもあったでしょう。首の行方については、これもあなた方の捜査によって光明が見出せました」

　グリ警部は、ステッキの先で水道を指した。

「あなた方は排水口に、博士の髭が絡まっているのを見つけたそうですね？　確かに犯人が凶器についた髭を洗い流したとも考えられますが、もう一つ、もっとありえそうな可能性もあるでしょう。単純に、犯人は首の他に顎も切ったのだという可能性です」

「……どういうことです？」

「死者を冒瀆《ぼうとく》するようですが、博士の頭部をハムの塊にたとえましょう。我々がハムを食べようとするとき、丸かじりはしませんよね。ナイフで薄く切り、少しずつ減らしてゆくものです。それと同じですよ。つまり犯人は博士の首を頭の先から少しずつ解体し、細かい肉片《エスカロップ》にして排水口に流したのです」

「……生首の立場から申し上げますと、それはかなり無理があると思いますが？」

「普通なら、ね。しかしこの部屋には、人を細かくしたりすり潰したりするための道具はわんさとあります。加えて、リナさんの外科的手腕は達人並みです。二、三時間の間に首を消失させることは充分可能でしょう。もちろん歯や骨の一部など細かくしきれないものもあるでしょうが、それらはほら、ああして処理すればよいのです」

ステッキの先が、今度は別の場所へ向けられる。アニーたちもそれを追った。

薬品棚だった。

薬に交じって並んでいるのは、ホルマリン漬けにされた内臓や目玉。歯や骨片の標本。

まさか――まさかあの一部が、ボリス・クライヴの。

「おお、そうそう。さらに言えば、トリックに使った蓄音機を壊す機会があったのもリナさんだけですね。ヴァン・スローンがユスタンを介抱している間、彼女は研究室に一人でいたそうですから」

「……一人ではありませんよ、人造人間も部屋にいました。なあ怪物君、君はリナさんが蓄音機を壊すところを目撃したのか？」

鴉夜に聞かれると、手術台に身を起こしたままの人造人間は、混乱した様子で視線を泳がせた。警部の顔を見やり、リナの顔を見やり、そしてうつむいた。

「わからない……ドアが破られたときは、こわくて、こんらんしてたから……かみなりの音もいっぱい鳴ってて……」

「その雷鳴が、破壊音をかき消したのです」とグリ警部。「首を消失させた理由や、殺人の動機についてはこれから少しずつ明らかになるでしょう。とにかくはっきりしていることは、博士を殺したのは彼女であるということです」

「わ、私は殺してません！」

リナが叫んだ。しかしグリ警部は動じることなく、さらに問いかける。

「では、蓄音機のことをどう説明するのです？」

「……それは……」

とうとう彼女は口ごもり、それ以上喋ろうとしなかった。鴉夜も反論しなかった。

決着だった。

警部が「連行しなさい」と命じ、マースともう一人の警官がリナの両脇を固める。

「マ、ママを連れていくな！」

しかしそのとき、咆哮《ほうこう》が轟いた。

おそらく昨夜も響いたのであろう〝ズゥン〟という音とともに手術台から下りると、人造人間は仁王立ちして警官たちを威嚇した。両腕を広げ、歯を剝き出し睨みつける。幼児めいた振る舞いから一転し、怪物の本領たる獰猛《どうもう》さがあらわになっていた。

マースの顔が今度は真っ白になり、さすがの警部も後ずさり、アニーは「ひっ」と引きつった声を上げてしまった。津軽はそんな少女記者の前に踏み出し、臨戦態勢を取るように身をかがめる――が、

「待って！」

意外にも、怪物を止めたのはリナ自身だった。

「やめて。近づかないで！　私は大丈夫だから、何もしないで。お願い」

「ママ……でも」

「私も博士も、人を傷つけるためにあなたを造ったんじゃないの。すぐに戻ってくるから。少しいなくなるだけだから。ね？」

「…………」

必死で諭《さと》されると、怪物はまた決まり悪そうに座り込んだ。

その横を、額の汗を拭いつつ警官たちが通り抜ける。怪物はもう睨もうとはせず、リナの顔を見ることもなかった。初めて叱られた赤ん坊のように、ただ意気消沈していた。

「リナさん、あなた本当に博士を？」

彼らが研究室を出る直前、鴉夜が鳥籠の中から声を投げた。

「信じて……私は殺してないの」

彼女は振り返り、苦痛に耐えるような顔でそう言い残すと、警官たちと一緒に階段を上がっていった。

＊

「話を聞いた限りですと、そのリナという方が犯人で間違いなさそうですが」

「ああ。警部の心理洞察は完璧だったし、蓄音機の証拠も動かしようがない」

「でも輪堂さん、やっぱり納得できませんよ」

「そうは言ってもあれ以上の結論はあるまい。あれが真実。事件は解決だ」

「…………」

氷菓の冷気にやるせなさが加わった、寒々しい空気が部屋を包んだ。静句は黙って残りのアイスをすくい、アニーはテーブルに頬杖をつく。

鴉夜は最後の一匙《ひとさじ》を口に入れてから、「ごちそうさま」と唱えて食事を終えた。

「津軽、ソファーに戻してくれ」

「もういいんですか。まだカップはいっぱいありますけど」

「腹八分目というからな」

「師匠には八分目もクソもないでしょ」

そう言いつつも津軽は鴉夜の頭部を持ち上げ、ガーゼで首の下を一拭きしてからソファーの上に移動させてやる。静句は空になったカップを戻そうと、ファンシーなアイス屋の箱へ手を伸ばす。

「あ、静句さん。残ったアイス、あたくしも一つもらっていいですか」

津軽が声をかけると、静句はテーブルの上からチェリーの盛られたカップを一つ取り、彼の背後に回り込み、襟の後ろを引っ張ってアイスクリームを突っ込んで最後に服の上からバシリと叩いた。

「冷たい！　二つの意味で！」

ソファーの後ろにもんどり打つ津軽。

「そういえば婆さん呼ばわりされた仕置きがまだだったな。静句、踏みつけていいぞ」

「かしこまりました」

「かしこまらないでください！　あ、やだちょっと待」

ンギュ、という鶏が縊《くび》り殺されるような声がし、それきり津軽は喋らなくなった。……ソファーの裏で何が起きたかはあまり想像したくない。

「アニー様、納得できないこととおっしゃいますと？」

こちら側へ戻ってきてから、メイドはさらりと話題を戻した。

「あ、はい……。輪堂さんが言ったように蓄音機の録音方法もはっきりしませんし、そもそも首切りの理由が謎のままです」

「理由、か」

「そうです。博士を殺すだけなら、単に心臓を刺したり首を絞めたりで充分じゃないですか。でもわざわざ首を消失させたのだとすれば、当然殺意以外の理由があったはずです。

少しずつ解体するなんて回りくどい方法を取ったとしたら、なおさら……」

「確かにそこは気になるが、理由なんていくらでも考えられるさ」

鴉夜は、年季の入った物言いで少女記者をはね返した。

「捜査をかく乱させたかった。憎すぎて首をバラさなきゃ気がすまなかった。もしくは不可能犯罪を演出したかった。特に意味はなくなんとなく、というのだってありえる――人の行動原理なんて考えるだけ無駄だ。私は九百六十二年の間、頭のぶっ飛んだ連中を腐るほど見てきたからな。そういえばつい最近も何人かいたぞ。勝手に他人の首から下を持っていく奴とか、寿命が縮むと知っていながらとんでもない理由で見世物小屋の舞台に立ち続ける奴とか」

「はて、誰のことやら」

首の後ろをさすりながら、ひょこりと津軽が起き上がる。

「しかし師匠、あたくしもアニーさんに賛成ですね。どうもあの助手さんが犯人だとは思えません」

「おまえ、最初はリナが怪しいと言っていたじゃないか」

「心変わりしました。だって見たでしょう、あの最後にあたくしたちに訴えたときの顔。ありゃ人殺しの顔じゃありませんよ。彼女無実です」

「なんだおまえ、恋でもしたか？」

「いえいえ、あたくし美人には困ってませんから……あ、いや冗談です冗談」

静句の手の中でねじ曲がったスプーンを見て、津軽はブンブンと青髪を振る。

「まあそれはともかく、この終わり方じゃあどうにも寝覚めが悪い。アニーさんの言うように首切りの理由ってのも釈然としません。きっとこの事件は、まだ何か裏がありますよ」

「そりゃただの勘だろう」

「勘じゃあありません」

津軽は指先を自分のこめかみに当て、

「あたくしの青色の脳細胞が、そう囁いているのです」

舞台俳優のように台詞を決めると、アイスまみれの背中を押さえながら浴室へすっ飛んでいった。

「……脳細胞が青色って、腐っているだけではないでしょうか」

アイスの箱を閉じながら、静句が冷静にぼやいた。

8

昨日自分がぶち破った入口から研究室の中へ入ると、暗がりにはまだ怪物の姿があった。

背を丸めて座り込み、胸の前で膝小僧をくっつけ、そこに両手を載せている。縫いあとだらけの醜い体は相変わらずだが、こちらへ向けられた二つの目には昨夜のような虚ろな危うさはなく、はっきりと焦点が定まっているように見えた。〝知性の輝き〟ってやつかもしれないな、とヴァン・スローンは思った。

近づいていっても怪物は怯えなかった。くぐもった呼吸音とともに口が開かれる。

「母さんが……リナが捕まった」

「知ってるよ」

だから様子を見に来たのだ。

玄関の前には「立入禁止」の札がぶらさがっているだけで、警官は一人もいなかった。つまりは捜査が終わり、事件が解決したということなのだろう。

ヴァンは机に寄りかかると、くたびれたシガレットを一本取り出し、マッチで火を点《つ》けた。窓から見える黄昏《たそがれ》どきの空へ向かって煙を吐き出す。その間怪物は何も言わず、じっと自らの節くれだった足元を眺めていた。

——怪物、か。

昨日はユスタンにそんな呼び方はよせと言ったが、これぱかりは奴のほうが正しかった。こいつを怪物と呼ばずして他になんと呼べというのだろうか。自分たちは言い逃れのしようもなく、確かに「怪物」を造り出したのだ。墓を掘り起こし、死体を横領し、切って集めてつなぎ合わせて……。

「おや、先客がありましたか」

　ふと、男の声が聞こえた。

　振り向くと、青い髪に当て布だらけのコートを着た妙な人物が立っていた。左手には何やらカラフルな箱を持ち、右手にはレースのかかった鳥籠を提げている。

「おやおや？　あなたひょっとしてヴァン・スローンさん？」

「そういうあんたは、どこの誰だ」

「あたくし〝鳥籠使い〟真打津軽と申します。こちらは師匠の」

「輪堂鴉夜だ」

　涼やかな少女の声が聞こえた。ヴァンは顔をしかめ、部屋を見回す。

「……腹話術師か？」

「探偵だそうだ」

　人造人間が答えた。

「鳥籠の中に、もう一人入ってる。不死身の化物」

　津軽と名乗った男が、にこりと笑って鳥籠の覆いをめくる。中から流れるような黒髪をした首だけの美少女が顔を出し、こちらへ妖艶な笑みを投げた。

　怪物だらけだな、と思っただけでヴァンは大して驚かなかった。その手の神経は昨日で一生分使い果たしている。

「しかし、ちょっと見ない間にずいぶんと世慣れした喋り方になったじゃないか」

　鴉夜と名乗った生首の少女は、人造人間のほうへ目を向ける。

「余計なお世話だ……また、捜査をしに来たのか？」

「いいえ。さっき空っぽの胃袋を見せつけられましたから、食べ物の差し入れをと思いまして。これ、つまらないものですが」

津軽は怪物の前にカラフルな箱を置くと、蓋を開いた。季節外れのアイスクリームが三つ、ちょこんと収まっていた。

相手の巨体からしてみれば本当につまらない差し入れだったが、怪物は文句も礼も言うことなく黙ってアイスのカップをつまみ取り、一口かじった。しばらく味わうように顎を動かしてから、さらにもう一口。

「美味いか？」と鴉夜。

「……ものを食べるのは初めてだ。美味いのかどうか、よくわからない」

「君という奴は、わからないことだらけだなあ」

生首の少女は愉快そうに言い、怪物のほうは陰鬱にうつむく。

「そうかもしれない……。おれは何もわからない。これからどうすればいいのかも、どうなるのかも」

「どうなるかなんて目に見えてるさ」

ヴァンは昨日と同じように、煙草を足で踏み消した。

「結局は全員刑務所行きだ。俺には墓を荒らした罪があるし、ユスタンには横流しの罪がある。おまえだって今はほっとかれてるが、倫理に反する存在なんだからいずれはどこかに幽閉されるか、殺されるか……」

「りんりに、反する？」

「不気味ってことさ。良識ある連中からしてみりゃ、死体を集めて造られた怪物なんてのは一刻も早く墓場ん中に戻したいだろ」

怪物はカラフルな小箱と、その中の白くかわいらしいアイスクリームを見つめ、それから自分の黒ずんだ手のひらへ目を移した。「不気味……」と、ヴァンの言葉を繰り返す。

「母さんを助けようとしたとき、母さんはおれを止めた。人を傷つけるためにおれを造ったんじゃないと言ってた。でも、それじゃあ、おれはいったいなんのために造られたんだ？　死体をつなぎ合わせて、こんな怖がられるような体で、どうして生まれてきたんだ？　おれは……おれはいったい、なんなんだ」

誰にともなく問いかけるような口調だった。答える者は誰もいなかった。

「生きる意味に悩むとは、若いな怪物君」

代わりに、不死の化物が微笑む。

「ま、昨日生まれたばかりなんだから若いのは当たり前か。だがどうせなら、もっと生産的なことに悩んでほしいところだな。たとえば、目覚めたときに見聞きした記憶とか」

「目覚めたとき……？」

「そうだ。君はさっきよりだいぶ頭が冴えてるようだ。手術台で目覚め、起き上がったとき見聞きした中で、何か思い出したことはないか？」

「なんです師匠、結局捜査続けてるじゃないですか」

「やかましい。確認だ確認。どうだ、怪物君？」

「……そういえば、声がもっと聞こえてたような気がする。『ついに完成する』だけじゃなくて、『その調子だ』とか、『起き上がるんだ』とか、もっといろいろ」

たどたどしく怪物が証言すると、鴉夜は紫色の瞳を輝かせた。

「確かか？」

「確かかどうかは自信がない。どこから聞こえるのかもわからなかったし……でも、『完成する！』っていう声と同じ声だったとは思う。それで、気がついたときには床に死体が」

「そうか……いや、だがこれはなかなか興味深い」

鴉夜は考え込むように顎を引き、

「蓄音機で再生された声には、『その調子だ』とか『起き上がるんだ』とかいった台詞はなかった。ということは……博士が生きていて、実際に肉声を発していた？　ひょっとすると津軽、おまえの言うとおり、リナは博士を殺していないのかもしれないぞ」

「どういうことです？」

「この部屋にあった死体が博士のものじゃないとしたらどうだ？　あらかじめどこかで首を切った別人の死体だとしたら？　首をこの家の中から跡形もなく消すのは難しい。だが首なしの死体を家に出現させるだけなら簡単だ。アルベール・ユスタンに運び込ませるか、もしくはもっと前から研究室の中に隠しておけばいい」

「するってえとなんですか？　博士は今もどこかで生きてると？」

「ああ。つまり、これは首なし死体を利用した入れ替わりトリックで……」

「残念ながら、それは無理だな」

ヒートアップしかけた探偵たちの議論に、ヴァンが冷水を浴びせた。自分のシャツの袖をまくって、左手首を指さしながら続ける。

「あれはボリス・クライヴの死体に間違いなかった。俺は警察に何度も確認させられたんだ。博士には手首に黒子《ほくろ》が一つあったんだが、死体にもちゃんと同じ場所に同じ大きさの黒子がついてた。体型も博士とまったく一緒だったし、あれが偽物だなんてありえねえよ」

「……家族や親戚になら、同じ身体的特徴を持つ者がいても不思議じゃない。たとえば、クライヴ博士には双子の弟がいたとか」

「博士は天涯孤独の身だった。双子どころか親も親戚も誰もいないし、そもそもボリス・クライヴってのも本名じゃないらしい。親しい人間だって、俺たち以外にはいなかったんじゃないかな」

「……ま、そんなに都合よくはいかんか」

推理が期待外れに終わった鴉夜は、小さくため息をついた。弟子が「残念でしたね」と軽く励ます。

「にしても、家族も友人もいないとは、まるで死ぬ間際のフランケンシュタインですね」

「なんだって？」

「ほら師匠、言ってたじゃありませんか。元祖人造人間に追われたフランケンシュタイン博士は、父親も親友も婚約者も全部いなくなったんでしょう？　それに似てるなあと」

「……フランケンシュタイン……」

その一言が、何かの琴線に触れたらしい。

鴉夜は眉を寄せ、ますます思索にふけるように沈黙した。

黄昏空が深いダークブルーに変わってきたころ、彼女はどこを見るともなく瞳を凍らせ、固まった。そして何かに思い至ったかのように、桜色の唇から声を漏らした。

「まさか」

9

ランプの頼りない火は部屋を明るくしてなどおらず、むしろ暗く見せていた。

オレンジ色の光に照らされた部分と、光の差さないそれ以外の部分とのコントラストが強調され、ただでさえ異様な地下室がより気味悪く変貌《へんぼう》している。壁に映る、今にもうねうねと動きだしそうなガラス管の影。ベッドと床との隙間にわだかまった闇。そして、巨大な怪物がうずくまる部屋の暗がり。

少女記者アニー・ケルベルは、視線をそんな室内と手に持った手帳との間で交互させながら、じっと来《きた》るべき時を待っていた。横には真打津軽が立っており、右手に提げられた鳥籠から覗くのは鴉夜の端整な横顔。その背後にそつなく控えているのは、槍のような得物を背負った馳井静句である。

陽はとうに暮れており、明かり取りの小窓からは薄ぼんやりした月夜が覗いていた。本当なら取材内容をまとめてパリへ電報を打たねばならぬ時間帯であるが、アニーはもう少しだけ遅刻する覚悟だった。ゴダール事件のときのように絶好のタイミングを逃すわけにはいかない。「速さと質なら質を取れ」と、我らが特派員室の長・ルールタビーユだって言うはずだ。いや、実際言うかどうかはわからないけど。

やがて階段を下りる音がし、三つの人影が部屋に入ってきた。

灰色の山高帽をかぶり、口髭の両端をピンとはねさせたグリ警部。生真面目な顔をしつつも目はうろたえまくりの部下マース。その間に挟まれるようにして連れられた女性は、勾留中のリナ・ランチェスターである。乱暴された様子はもちろんないが、顔には明らかな疲労が見て取れた。

「わざわざご足労おかけして申し訳ありません、警部」

鴉夜が言った。グリ警部は手術台の前まで進み出るとこちらを向き、「お気になさらず」と相変わらず穏やかに返す。

「署のデスクで、こっそりホットチョコレートを飲んでいたところだったんですがね。

『真相がわかりました』などと知らされれば来ないわけにはいきませんよ」

「ホットチョコレートとはうらやましい。私も飲んでみたいんですが弟子とメイドが許してくれなくて」

「虫歯になりますからね」

「こら津軽、真面目な場面だ。ふざけるな」

「すみません」

「あと私は虫歯にはならん。すぐ治るからな」

「そっちにつっこむんですか」

「ふふふふふ」

「ははははは」

ふざけるなと言いつつも二人は怪しく笑い合った。警部は動じることなく、

「しかしマドモアゼル、奇妙なお話です。真相はすでに暴かれているはずですが？　犯人もこうして捕らえられて……」

「残念ながらグリ警部、あなたの灰色の脳細胞は早とちりをしていたんですよ。リナ・ランチェスターはボリス・クライヴを殺していません」

はっきりと宣言され、小男は慎重に髭をなぞった。

「……なるほど、リナさんを連れてきてほしいと言ったのはそういうわけですか。しかし彼女でないとすれば、いったい誰が殺したのです？」

「誰も殺していません」

「自殺、ということですか？」

「自殺でもありません。彼は死んでいないのです」

「……矛盾しているようですが」

「矛盾しているのに正しいという出来事も、世の中にはたくさんあるのですよ。ムシュー」

自らも不条理の塊である探偵は、鳥籠の隙間からにこりと笑ってみせた。

「実をいうとあのあと、怪物君から新たな証言を得られたのです。彼は目覚めたとき、録音されていた『完成する！』という言葉のあとにも、『その調子だ』とか『起き上がるんだ』とか、いろいろな声を聞いたそうです。彼が殺人に関わっていないことは昼間の推理から明らかですから、この証言は信用に足ります」

「信用といっても、怪物の証言では……」

「昼間も申し上げたはずですよ。怪物にも論理は通用します――いいですか、『完成する！』という声が蓄音機から発せられたのはリナさんが部屋から出たあとのことです。これはヴァン・スローンという証人もいるので明らかですね。しかしそのあと、同じ声が他にも言葉を発している。ということはリナさんが部屋から出た時点で、博士はまだ生きていたことになります。リナさんはそれ以降、死体が発見されるまで研究室に入っていないわけですから、つまり論理的に考えて、彼女に殺人は不可能なのです」

「しかし、輪堂さん……」

「ええ、わかっていますとも《ジュ・クロワ・ビアン》。彼女が犯人でないとすると、蓄音機のトリックを仕掛けた説明がまったくつきません。リナさんが部屋から出るとき、博士は確かに死んでいたはず。しかしそのあと、人造人間が目覚める時点では生きており、完全に目覚め終えたときには床に死体が転がっていた」

「それもまた大きな矛盾ですな」

警部は辛抱強く言った。

「ですが警部、あの部屋の中において、これらの矛盾は矛盾しないのですよ。ポイントは首の行方です」

「……首？」

「首の行方についてもあなたは間違いを犯していました。博士の頭部は解体されて下水へ流されたのではありません。私は、そんな回りくどい方法よりもっとわかりやすい隠し場所に気づきました」

「どこです？」

「この部屋の中です。首はどこにも行っていないし、細切れにされてもいない。最初からずっと、堂々と、この研究室の中にあったんですよ」

警部とマースは、研究室の中をぐるりと見回した。アニーもそれにならったが、ホルマリン漬けの臓器や目玉は見受けられるものの、人間の頭部のようなものはどこにもない。

「……どこです？」

グリ警部は鳥籠へと目を戻した。

「あいにく私には指がないので、弟子に教えてもらいましょう」

自虐的に言ってから、鴉夜は「津軽」と呼びかけた。事前に指示を受けていたらしい津軽は「はいな」と応じてすっと左手を伸ばし、人造人間の頭を指さした。


——なんだ？

隅で探偵たちのやりとりを聞いていた怪物は、思わず背後を振り返った。

汚れた壁があるだけだ。前に向き直る。真打津軽は灰色の手袋をした指先で、確かにこちらを指し示している。

つまり——おれ自身を。

「考えてみれば当然のことでした。部屋の中にあったのは首のない死体と、死体を集めて造られた人造人間。ならば首は、人造人間の材料として使われたに決まっているじゃないですか」

鴉夜の声が彼の混乱を強める。なんだって？　何を言っているんだ？

「つまりこの事件は、2−1＝1ではないんです。0＋1＝1だったんですよ。最初からこの部屋にあった首の数は一つきりで、ただ場所がすげ替えられただけなんです」

「し、しかし……」

それまでずっと冷静だった警部も、今度ばかりはうろたえていた。

「ありえませんよ。そんな馬鹿げたことが……」

「馬鹿げてはいますが、それを裏付ける根拠はいくつもあります。まず人造人間の顔。博士とはまったく似ていないように思えますが、それは髪や髭や眉毛がすべて剃られ、一部色の違う皮膚を移植され、縫合痕によって顔が歪んでいるからです。クライヴ博士は眉が濃く、鼻から下がもじゃもじゃの髭に覆われていました。それをすべて落とすだけでも別人のように見えるであろうことは、同じ髭仲間のあなたなら容易に理解できますよね、警部?」

「た、確かに……ですが」

「二つ目の根拠は首です。体中縫い目だらけなので目立っていませんが、彼の首には明らかに大きな縫合痕がある。また、彼は腕も肩幅も巨大ですが、頭部だけは不思議と小さく、まるでそこだけは普通の人間の首をそのまま使ったかのようです。さらに、ヴァン・スローンやアルベール・ユスタンは研究の具体的な進展具合を知らず、したがって、造りかけの人造人間に首が用意されているかどうかもわからなかったはずです」

ぞわぞわと追いかけてくる何かから逃げるようにして、怪物は立ち上がった。ふと窓際を見ると、洗面台の鏡に自分の顔が映っていた。

傷だらけで醜い自分の顔。髪のない頭。不釣り合いに小さな頭部……。

「そして何より、この人造人間は人の死体の真に優れた部分のみを集めて造られています。スポーツ選手の筋肉、事故死した若者の健康な臓器——ならば、頭部には天才科学者の脳髄が使われてしかるべきではないですか」

これが、この頭が、ボリス・クライヴのもの？

だとしたら、自分はいったい……いや違う、そんなことはない。おれは目覚めるときに博士の声を聞いたじゃないか。だから、おれが博士だなんてことはありえない。ちゃんと、この耳で——

この耳で、聞いたのだろうか。

思い出す。声がどこから聞こえるかわからなかったことを。頭の中でじんじんと反響していたことを。

あれは——あの声は本当は、おれの頭の中から聞こえていたんじゃないか。

堰《せき》を切ったように記憶が混濁し始めた。痛みに強いはずの頭に、耐えがたい鈍痛が込み上げる。視界が揺れる。自分が誰だかわからなくなる。

よろめいたとき、リナと目が合った。怯えきった小鳥のような瞳が、丸眼鏡の奥からこちらを見ていた。あの目はどこかで見覚えがある。どこかで。どこだ？

「つまり、リナさんが博士の首を切り、それを人造人間に移植したということです。蓄音機に博士の声が違和感なく入っていたことから、それは博士も合意の上での犯行……というより、博士が主導の犯行であったと思われます。おそらく、博士とリナさんとの間ではこんなやりとりが行われたのではないでしょうか……」

探偵が発する声と重なって、目の前に昨晩の研究室が甦った——

＊

雷の光が、戦慄に震えるリナの表情を克明に照らした。

一拍遅れて轟いた雷鳴と同時に、彼女は口をわずかに動かす。「無理です」とつぶやいたようだ。

「無理です、クライヴ博士……そんなこと、私にはできません」

「いいや、やるのだ」

私はあくまで譲らず、リナに詰め寄った。

「人造人間を究極の生物とするには、まだ肝心要の脳髄が欠けている。質が高く、かつ新鮮な最高の脳髄……つまりは私の脳だ！」

自分の頭を指で叩く。

「首を移植し、手順どおりに電気を流すだけだ。リナ、君にならできる。いや君にしかできないのだ。長年私の研究を手伝ってくれた君にしか」

「で、でも……」

「頼む。私の最後のわがままだ。完全無欠の人造人間を生み出すために、協力してくれ」

リナは私から目をそらし、手術台に寝かされた造りかけの人造人間を見た。骨格から神経、皮膚に至るまで体はすべて完成しているが、首から上には何もない。

彼女もこのアンバランスについては違和感を覚えていたはずだが、しかし私の首を移植するというのは予想外に過ぎたらしい。美しい瞳が明らかに動揺している。私は彼女の反対を恐れ、土壇場まで言いだせなかったことを少しだけ悔いた。

だが、ここまで来たらもう止まるわけにはいかないのだ。

「……は、博士の首を切ったら、私は殺人犯になります」

しばしの沈黙ののち、リナは言った。

「私が自ら望んで切られるのだ。君に罪はない」

「わかってます……でも、他の人はそうは思いません。博士がこの世から消えたら、私はきっと殺人罪で逮捕されます」

「大丈夫だ。無論そこについては考えてある」

髭で覆われた口をにやりと歪ませ、私は机の下から機械を取り出した。小さな茶色い木箱。側面にはハンドルがつき、上部にはくすんだ色のホーンが突き出ている。

「蓄音機だ。旧型の蠟管式だが音質は保証できるし、分銅仕掛けによって自動でハンドルが回る。君はこれを使うんだ」

私は一つ一つ丁寧に、彼女のために立てた犯罪計画を話してやった。

――まず首を切ったら、移植の前に水道で私の髪と髭を剃りなさい。皮膚も一部、棚にあるものを使って他の色と替え、顔にはわざと縫い傷をつけるんだ。それで誰も私の顔だとはわからなくなる。声帯を適度に潰すことも忘れてはいけないよ。そして施術を終えたら、蓄音機を作動させて研究室を出るんだ。私に追い出されたような演技をしてな。一階に上がってから数秒後に私の声が聞こえるはずだから、それをヴァン・スローンに証言させればいい。その時点で君のアリバイは完璧になる。

アリバイ工作がうまくいったら、君は疲れたと言って、スローンと一緒に玄関ホールを離れるんだ。しばらく二階にいて、そのあとまた地下室に戻り、私の死体と目覚めた人造人間を発見する。スローンほどの男でも、生きて動く人造人間を見ればパニックになるだろう。君はその隙に乗じて、証拠となる蓄音機を破壊するんだ。

玄関の鍵は私が事前に壊しておいたから、外から侵入した誰かが私を殺して首を持ち去ったのだと思われるはずだ。なに、殺人の動機？　動機はもちろん、私の持っているフランケンシュタインの手記さ。あれは今朝燃やしたよ。これから彼を超える私にはもう必要のないものだ。だが警察は、犯人が盗んでいったと決めつけるだろう。

「これで君に嫌疑がかかることはなくなる。安心したまえ」

「で、ですが博士、そんなことをしたら、逆に大事件に……」

「それが私の狙いだよ。ボリス・クライヴ殺人事件は、人造人間の誕生を世に知らしめるための起爆剤となるのだ。最初は倫理に反した研究だと批判されるかもしれない。だがいつか必ず理解されるはずだ。そしてそのときこそ、我々は名実ともに生命の神秘を窮めるのだ」

伏せた顔から、リナが揺らいでいることがわかった。私は最後に「頼む」と、もう一言だけつけ加えた。

雨音が激しくなる。背後でまた雷が鳴る。

やがて、リナは決心したように顔を上げた。

まばたきもせぬままふらふらと私の横を通り、手術道具を収めた棚の前へ行く。そして、震える手で死体切断用のノコギリを選び取った。

「おお……リナ、ありがとう！」

私は心の底から感謝を捧《ささ》げた。その言葉に嘘がないことを示そうと、自ら床に仰向けになって寝転がる。

「おっと、白衣を羽織《はお》ることを忘れるな。君の服が血まみれでは怪しまれる……そう、その一番汚れているやつなら血もごまかせるだろう」

リナは言われるがまま、長年の研究で血の染みついた白衣を羽織った。またふらふらとこちらへ近づき、ノコギリを両手で握ったまま私を見下ろす。

「君につらい役目を任せてしまい、申し訳なく思うよ……だが安心したまえ、私は死にはしない。生まれ変わるだけだ。首を切られれば私という命は終わり、自我と記憶は消えるだろう。しかし存在そのものは消えない。人造人間として転生し、生き続けるのだ」

「人造、人間……」

「そう——究極の生物を造るのだ。我々の手で」

一瞬だけ、リナの瞳に混じり気のない情熱が宿ったのが確かに見えた。探究心のない小物どもが〝狂気〟と畏《おそ》れる情熱だ。

彼女の手から震えが止まった。

少しずつ、ノコギリの刃が迫ってくる。私は歓喜した。用意しておいた猿ぐつわ代わりの布を噛むと準備万端とばかりに手足を投げ出し、そのまま息だけで笑い声を上げた。

次に意識を取り戻したとき、私は究極の生物の一部となっているだろう。そしてわずかに残った自我でもって、自分自身にこう囁きかけるだろう。

目を覚ませ、目を覚ませ——と。

＊

「博士の計画は実によくできていました。本来ならリナさんは嫌疑から外れ、首の行方も調べようがなく、事件は迷宮入りするはずでした。ただ一つの計算違いは、雨によって庭がぬかるみ、足跡が残るようになってしまったことです。そのせいで推理の幅が制限され、犯人は関係者の中にいるのではないか、首はどこに消えたのかという謎が生まれてしまったわけです」

呆然とする怪物の前で、鴉夜は淡々と解説を続けた。

「フランケンシュタインという名は、しばしば彼が造った怪物そのものの名前のようにも使われます。それは彼が造った怪物に名前がなかったせいでしょうが、だとすればボリス・クライヴの生み出した名無しの人造人間もまた、ボリス・クライヴと呼ぶべきなのでは……ふと、こう考えたのがきっかけでした。そして、考えれば考えるほど、それ以外ありえないと思えたのです」

探偵は最後に「どうです？」と警部へ意見を仰ぐ。灰色の紳士は低く喉を鳴らした。

「クライヴ博士は、自分の首を人造人間の材料に？」

「そうです」

「信じがたい……狂っている」

「ですがこの狂った真相なら、あなたの推理のネックになっていた蓄音機の録音方法と、首切りの理由にも説明がつきます」

「首切りなだけにネックですか」

「津軽……真面目な場面なんだ」

「すみません」

「失礼、警部……とにかく、これが私の導き出した結論です。首を切りたがったのはボリス・クライヴ自身。それを手伝ったのがリナ・ランチェスター。しかし博士は厳密にいえば殺されておらず、死んですらおらず、人造人間の頭部として生まれ変わった。物的証拠はありませんが——しいていえば、彼女のリアクションが証拠でしょうか」

鴉夜はリナのほうへ目を向けた。

彼女は嫌疑をかけられたとき以上に狼狽しており、今にも床に膝をつきそうだった。美しい顔を悲嘆に歪め、目はこちらを見つめたままで。

「母さん」

静かに、怪物は尋ねた。

「おれは、ボリス・クライヴの生まれ変わりなのか」

「……そうよ」

消え入るような声で母は認めた。

生まれ変わり——だが、怪物にその自覚はなかった。記憶も自我もとうに消えているのだ。自分は自分でなくなってしまった。かといってボリス・クライヴでもない。

それじゃあ、おれという存在はいったい。

「おれは、誰なんだ」

「………………」

今度は、答えてもらえなかった。

「なんのために造られたんだ……」

生命の神秘。科学の結晶。完全無欠の生物。

だからなんだというのだ。そんな名目のもとで死体に命を与えて、何をしようというのだ。こんな醜い体で、こんな大きすぎる体で、自分が誰なのかもわからずに、一人の仲間もおらずに――

「どうしておれを造った！」

ドン！

怪物は叫び、拳を壁に叩きつけた。

たったそれだけで天井までひびが走り、ぶらさがっていたガラス管は床に落ち、棚に並んでいた標本も根こそぎ倒れる。ビリビリと家全体が震え、漆喰《しっくい》の欠片《かけら》が降り注いだ。

「く、崩れる……！」

マースの頰を汗が伝った。リナは何か言いたげに唇を震わせる。

「そ、そんな……私は、そんなつもりじゃ……」

「とにかく逃げましょう。早く外へ」

グリ警部は最も幼い少女記者の腕をつかむと、階段のほうへと急いだ。制帽を押さえたマースも続く。

リナはまだ怪物のほうを見続けていたが、マースに「急いで！」と腕を引かれると踵を返し、彼らと一緒に階段を上っていった。

母にすら見放されたように、怪物には思えた。

「……ウアアアアアア！」

渦巻いていた感情が爆発した。

咆哮する。窓が震える。ランプの火が消えて月明かりだけが部屋を満たす。いくら叫んでも叫び足りない。この世のすべてが憎く思え、自分のすべてが虚しく思えた。壊したい、壊したい、壊したい。部屋も人も街も、自分にまつわる何もかもを壊したかった。

「人造人間の宿命かな」

と、少女の声。

「君も世界を恨むのか、怪物君」

壁際にはまだ、逃げずに残った者が二人——いや、三人いた。

鳥籠の中の生首と、それを持った男と、後ろに控えるメイドの女。

「津軽」

「はい師匠」

「こいつを止められるか」

「お安いご用で」

軽くうなずき、津軽は鳥籠をメイドの女に手渡した。女はすぐに部屋を出ていく。怪物と二人きりになった津軽は、腰を落として低く構えた。

激情に流されるまま、怪物は血走った目で津軽を睨んだ。相手も青く淀《よど》んだ目でこちらを睨み返してきた。井戸の底のような視線。天井の軋み。風の音。沈黙。

ほんの数秒の間ののち、

ズシリ。

怪物は一歩踏み出した。同時に津軽も駆けだす！

二人は部屋の両端から同じ速さで接近し、中央の手術台の上でぶつかろうとする――

が、津軽の足が手術台を踏む瞬間、怪物は台の側面を蹴り足場を前へと押し出してい
た。数百キロある石の塊も人造人間の前には空箱《からばこ》同然だ。手術台は数センチ宙に浮き、壁
に向かって飛んでいく。必然的に津軽の足もそれに引きずられる形となる。

「をっ……」

勢いよくこけた津軽の体を、怪物の左腕が空中で捉えた。

ドッ！……ガシャン！

手術台が壁にめりこむ音に、津軽の体が吹き飛ばされる音が重なった。

昼間の蝿を追い払うような一撃とは大違いだった。津軽は壁から壁へと跳ね返り、上下
逆さまの状態で手術台の上に落下する。即死か？　いやまだ生きている。「いったあ」と
ひどく呑気なうめき声。

拳に残った手ごたえだけでは、怪物の怒りと釣り合うには程遠い。

「なぜおれを生んだあああ！」

憎しみに突き動かされ、世界に怨嗟《えんさ》をぶちまけながら、怪物は津軽に襲いかかった。右
手を振りかぶり、手術台ごと粉砕しようと思いきり殴る――

「なぜだどうしてだと、まだるっこしい野郎で」

しかし、腕が伸びきる直前に相手の体が消えた。足で壁を押し移動したのだ。

「生まれちまったもんに意味なんか……」

ぬらり、と音がするような動きで手術台の上を滑った津軽は、怪物の懐《ふところ》に潜り込み、

「あるわけないでしょうが！」

胸板にえぐるような蹴りを突き刺した。

10

アニーたちが玄関ホールを抜けて屋外へ出る間も、地下からは激しい音が続けざまに聞こえていた。家具や壁が壊れたのか、それとも人が叩きつけられたのか。

庭の外まで走り、ひとまず壊れかけの塀の裏に身を隠す。顔を突き出して研究所のほうを見ると、屋根の先まで振動が伝わっており、本当に家全体が崩れ落ちそうだった。

「し、真打さん、大丈夫なんですか？」

「さあな」

心配するアニーと裏腹に、鴉夜はあっけらかんとしていた。

「さ、さあなって……」

ズズズズズズ！

一行の目の前で、突如として研究所が崩壊した。窓が割れ屋根が落ち、周囲が厚く埃に包まれる。その中から瓦礫の合間を縫うようにして人影が飛び出し、また瓦礫をはねのけ

るようにして巨体が姿を現した。

津軽と人造人間だ。

無事だった！　とほっとするのも束《つか》の間《ま》、津軽は突進してくる怪物へと向き直った。手近な瓦礫を蹴り上げ、自身も走りだす。

怪物は太い腕を顔にかざし瓦礫をガード。津軽はその隙に横から間を詰め、首元めがけて回し蹴りを放つ——が、空振りに終わった。怪物が一瞬のうちに身をかがめたのだ。さらにはマンホールの蓋ほどもある巨大な手で、無防備になった津軽の蹴り脚をつかむ。

アニーは昼間、彼が鳥籠を奪ったときの俊敏性を思い出した。体は大きいがパワーだけではないのだ。

——死体の真に優れた部分をつなぎ合わせて造られた、人造人間。

空中でぎょっと顔を固まらせた津軽は、おもちゃみたく瓦礫の中に叩きつけられた。すぐさま背面へ跳ね起きるが、そこに怪物が追撃をかけ防戦一方となってしまう。津軽が拳をかわすたび、巨大な芝刈り機にかけられたかのように家の瓦礫が砕けて飛び散る。

猛攻と粉塵をかいくぐりながら、津軽は必死の形相でじりじりと後退し続け……やがてその背は、隣家との間を隔てる塀にぶつかった。

「げっ」

完全に予想外だったらしく、間抜けな声が漏れ聞こえた。逃げ道がない。そこに巨体の右拳！

肩を打ち抜かれた津軽は、きりもみ回転して隣家の窓へ頭から突っ込んだ。

「ウオオオオ！」

咆哮とともに、怪物も隣家の壁をぶち破った。続けてさらに物が壊れる音、音、音！

視界からは隠れたが、家の中で二人の戦闘はさらに激化したようだ。早くも半壊し始めた隣家を前に、アニーはここが空き家ばかりのゴーストタウンであることを神に感謝した。

「……あっ」

事切れるような声を上げ、リナが道に倒れ込んだ。マースが抱き起こすも、すでに気絶している。

「リナさん！　け、警部、どうすれば……警部？」

マースは上司の判断を仰いだが、グリ警部は聞こえてすらいない様子で、轟音の鳴り響く隣家を見つめていた。目尻の小皺が消えるほどにまぶたが大きく開かれている。

警部は部下に言葉を返す代わりに、「輪堂さん」と呼びかけた。

「気のせいでしょうか。あの怪物、今、泣いているように見えましたが……」

「存在理由《レゾンデートル》に苦悩しているんですよ。まあ若者にはよくあることです。私も昔はああでした。昔といっても九百年ほど前の話ですけど」

「存在理由……怪物も、そんな人間的な悩みを持つのですか」

「そ、そんなこと言ってる場合じゃないですよ」

アニーは慌てて鳥籠の前に割り込む。

「真打さん、このままじゃやられちゃうんじゃないですか?」

「ぜひそうなってほしいものですが」

「心配ない、あいつはそう簡単には負けんさ」

冷酷に言う静句と、気楽に断じる鴉夜。

「何せあいつも怪物だからな」

「か、怪物ったって……確かに鬼とは混ざってるでしょうけど」

「体の話じゃない、頭の話だ。人造人間は人間の範疇でものを考えている。だが津軽は違う、あいつの思考は人外だ。人間と人外が戦えば後者が勝つに決まっている」

「……?」

破壊音が一瞬だけ高まり、今度は二軒先の家から分厚い土埃が舞い上がった。人造人間の猛攻は隣家を突き抜け、その隣にまで及んだようだ。

「今でもはっきり覚えてるよ。私が奴と初めて会ったときのことだ」

鴉夜は、バルコニー席から退屈なオペラでも観劇するかのようにそれを眺めつつ、ぽつりぽつりと語った。

「奴は小汚い見世物小屋に雇われていたんだがな……」

＊

「ところで〝鬼殺し〟」

「芸名で呼ぶのは大仰ですからよしてくださいよ。小っ恥ずかしいです」

「では、本名はなんという」

「真打津軽と申します」

「真打い？」

前座みたいな若造のくせして、そちらのほうが大仰だな――静句に抱えられた風呂敷の中で揺れながら、輪堂鴉夜はそう思った。

布の隙間からは機嫌よく歩く青髪の男と、静まり返った貧民街の街並みが見えている。死体のような月の下、情緒も何もありゃしない、奇妙な夜の散歩道。

「まあいい。では津軽」

「はいなんでしょう」

「一つ気になっていたことがあるんだが、おまえは半人半鬼になってからずっとあの見世物小屋にいたのか」

「そうですね。ついさっき辞めましたが」

正確には「辞めた」ではなく「逃げ出した」だ。津軽の両手にはどでかい大割れ鞄が一つずつぶらさげられている。鴉夜との取引が成立した直後、この男は荷物をまとめてそそくさと楽屋をあとにしたのである。一番人気が蒸発したことを知った座長の顔は、それ自体さぞやいい見世物になるだろう。

「そこでずっと、鬼の力を使って化物を殺し続けていたわけか」

「そりゃもう、来る日も来る日も」

「混ぜられた鬼の濃度がかなり高いという自覚はあったんだな?」

「自分の体ですから」

「力を使えば使うほど、鬼に体を呑まれて理性を失う可能性が高まる……つまり、寿命が縮んでゆくということは知っていたか?」

「もちろんです」

「では、なぜだ?」

重ねて聞くと、津軽は口をへの字に曲げた。

「なぜって、なんです」

「なぜ見世物小屋にいた? なぜ力を使い続けていた? おまえ、あのままだとじきに死んでいたぞ」

そう。理解できないのはそこだった。

鬼の細胞はとにかく強い。一度同じ体に混ぜられれば、同居している人間のほうの細胞をじりじりと侵食してゆく。やがては鬼と完全に同化することになり、人としての心身は失われる。

それがわかっていたのに、なぜこの男は、今の今まであの一座を抜けなかったのか。

「最初は、座長に恩義があったり芸人の中に恋人がいたり、何か離れられぬ理由があるのだろうと思った。しかしおまえはこのとおり、夜逃げ同然で私たちについてきている。そんな簡単に切れるしがらみなら、なぜもっと早く切らなかった？　なぜ自殺行為だと知りながら芸を続けた？　納得がいかん」

「……ずいぶんと、理屈でものを考える方のようだ」

「九百過ぎの年寄りだからな、頭が固いのさ」

言い返してやると津軽は嬉しそうににやけ、顔を静句のほうへ向ける。

「あなた、こんなご主人に仕えてると苦労しません？」

「日々充実しています」

「あなたも面白い人だなあ」

「こら、静句をからかうな……で、どうしてだ？」

「もちろんあたくしにだって理屈はあります」

声の調子を少しだけ低め、青髪の男は言った。

「おっしゃるとおり、あのまま見世物小屋に居続ければ、あたくしはいつか鬼に呑まれて正気を失い暴れ回った末どっかの憲兵に撃ち殺されて死んでいたでしょう。でもそれでいいんです。それがあたくしの狙いでしたから」

「……おまえも死にたがっていたわけか」

このまま死んだらどうのこうの言っていたくせに、結局は私と同じ自殺志願じゃない

か。まあ、お互いこんな体なら無理もないか——と思ったのだが、

津軽は「いいえ」と答えた。

「死ぬことが目的じゃありません。そもそも死にたいだけなら、あなたと違ってそのへんで首を吊りゃあ済みますからね」

「……じゃ、おまえの目的は？」

隙間から見える背景が古びた欄干に変わった。かすかな水の流れも耳に届く。橋の上に差しかかったらしい。

タントンタン、とリズミカルに木の橋板を踏みながら、津軽は喋る。

「あたくしが力を使いすぎて鬼に呑まれるとしたら、そいつは十中八九、怪物と闘っていて興奮状態のときに起こるでしょう。つまりは見世物の真っ最中だ。そのときあたくしの周りにいるのははるばる〝鬼殺し〟を眺めに来た下衆で低俗で悪趣味な血みどろ好きの客たちと、そいつら相手に商売をする人の風上にも置けぬ座長ども。というこたあ鬼に呑まれたあたくしが最初に襲うのもそいつらです。逃げ惑う人間たちが絶叫の渦に叩き込まれ、金網・鉄扉《てっぴ》もなんのその、場末の小劇場街に憲兵が駆けつけるまではたして何人殺すことやら、四十や五十はくだりますまい、おそらく観客も座長も皆殺しでしょう。怪物同士の殺し合いを肴《さかな》にしながら、自分だけは安全と高みの見物を決め込んでいた阿呆どもが、まさしく舞台の上と同じ地獄を味わうわけです。……ねえどうです、面白いとは思いませんか？」

「…………」

「あたくし余命いくばくもないとわかったとき、どうせ死ぬなら愉快に死にたい、どういう死に方をしたら一番面白いかと考えました。最終的に思いついたのがこれです。ちょっとした世直しになるうえ芸としても一級品だ。そこでわざと座長に拾ってもらったんです」

——死の淵《ふち》に立たされたとき、どう死んだら面白いかを考えて、その〝一芸〟にすべてをかける。

それは英雄的な死への覚悟とは明らかに違い、またありがちな復讐譚ともずれており、なんというか、あまりにも後ろ向きに前向きで。酔いも醒《さ》めるほどに酔狂で。

「もっとたくさん客を集めるまでは呑まれずにおこうと、氷水をかぶったりしてごまかしごまかしやっていたんですが……ま、寿命を延ばしてくれるとあなたが言うんで、もうその計画もやめました。助かりましたよ」

足元を流れる川みたく、津軽はさらりと礼を述べた。その口ぶりに、死なずにすんで安堵するような響きは微塵もなかった。

——おかしな奴だ。

風呂敷の裏に声を隠して、鴉夜はつぶやく。

「おまえにとっては、自分の命も冗談のタネか」

「怪物を面白おかしく殺すのがあたくしの芸です。なら、自分のことも、、、そうやって殺すのが筋ってもんじゃありませんか」

ぶらぶらと数歩前へ出た津軽は首だけひねってこちらを向き、青い髪をきらめかせ、噺にオチをつけるかのように笑ってみせた。

「何せ、あたくしも怪物ですから」

＊

「じゃ、真打さんはその無茶苦茶な死に方のために、見世物小屋にずっといたんですか」

「そういうことだ」

鳥籠の中で鴉夜はうなずいた。

「私は千年近く生きて世の中の大抵の出来事は笑い飛ばせるようになったが、あのときばかりは顔が固まった。まったくあいつの冗談の笑えなさは天下一品だよ。頭がおかしい。まともじゃない。狂人だ。救いようのない阿呆だ。ああいうのは人間とは呼ばん、怪物と呼ぶ。鬼と混ざるまでもなく、奴は生まれながらの人外なのさ」

次から次へと、ずいぶんひどい物言いをする。

確かに今述べられた津軽の行動原理は、理解しがたいうえに化物じみていた。だがアニーの目には、次々と崩壊してゆくゴーストタウンを横目にそんな話を楽しげに語る鴉夜自身も、充分まともじゃない存在に思えるのだった。

紫色の宝石のような瞳は、いつになくきらきらと輝いている。そこ湛えられた光は弟子への厚い信頼の証《あかし》か、それとも他の何かか――

「輪堂さん、一つ気になったことが」

横で話を聞いていた警部が、口を出した。

「なんでしょう?」

「あなたは、異形に蝕《むしば》まれつつあった真打さんの寿命を延ばしたと言いましたね? どうやって延ばしたのです?」

「ああ、そこですか。別に大した方法は使ってません。私の体の一部を定期的に喰わせているだけです」

「……体の、一部?」

きょとんとしたグリ警部に、鴉夜は満足げな微笑みを投げた。

「津軽も同じように聞き返してきましたよ」

＊

「そう。体の一部だ。それでおまえの命は助かる」

「どういうことです?」

「不死の細胞は、不死なだけあってとにかく抵抗力が強い。それをおまえの体に取り込めば、基礎である人間のほうの免疫がぐんと高まる。結果、鬼化の進行を遅らせることができるわけだ」

「ははあ、なるほど……いやでも、喰わせるったって」

「わかってる。何も私だっておまえに眼や耳や脳みそを喰わせるつもりは毛頭ない。もっとなくしても困らん部分を使う」

「と言いますと」

「まあ一番妥当なのは、日常的に分泌する体液のたぐいだな。涙、鼻水、汗、もしくは……」

＊

「唾液です」

その一言で警部はますますきょとんとし、アニーも目が点になった。

「え、えーと、それってつまり……」

ガシャン！

アニーが続けようとしたとき。道の端にある家の玄関が壊れ、津軽が背中から飛び出してきた。いや、今度の場合は投げ飛ばされたというべきか。

靴裏でブレーキをかけながら石畳の上を滑り、アニーたちの目の前で恰好よく止まったかと思いきや、力尽きたようにパタリと倒れてしまう。青色の髪は埃にまみれ、顔からはだらだら赤い血が垂れていた。

「…………」

「…………」

「……輪堂さん、さっき『あいつはそう簡単には負けんさ』って言ってましたよね」

「言ったっけな」

「負けてるじゃないですか！」

「そのようだな」

「そのようだなじゃなくて！」

「わかったわかった」

アニーの焦りは依然として通じなかった。マイペースを保ったまま、鴉夜は津軽に声をかける。

「おかえり津軽。調子はどうだ？」

「これがよさそうに見えますか」

津軽は身を起こすとあぐらをかき、髪の毛をくしゃくしゃと揉んだ。見た目ほどダメージは深くないようだ。額の血を拭い、飛び出してきた家のほうへしかめっ面を向ける。

家の中からは、建物全体がうがいしているような騒々しい音が聞こえ続けていた。怪物はまだ暴れているらしい。

「いや、参りました。怪力もさることながら痛みに鈍いってのがやっかいです。脚を払って投げたところでけろりとして立ちやがる。左腕の腱《けん》を切ってやりましたが、それも動きを鈍らせただけでこれっぽっちも効いちゃいません」

「殴ったり蹴ったりじゃ止められんということか」

「止められんというか、止まりませんね。首を一気に絞め落としでもしなけりゃ……」

アニーは、自分が怪物を絞め落とす想像をしてみた。巨体の肩によじ登り、首に手を回してヘッドロックをかける。怪物はまるで意に介さず、逆に大きな手で自分の頭をつかみ、簡単に引きはがして――もういいや、やめよう。

「絞め落とせるのか？」と鴉夜。

「勝算はありますが一人じゃ難儀です」

「まったく未熟な助手め」

楽しそうに息をつくと、鴉夜はもう一人の従者へ呼びかけた。

「静句」

「はい」

馳井静句は短く応え、「少しの間よろしくお願いします」とアニーの手に鳥籠を預けた。背中の得物に片手をかけ、津軽の前に歩み出る。エプロンドレスの裾が風に揺れた。

「え、静句さん手伝ってくださるんですか？　やった！　こいつは千人力だ」

「命ぜられたので手伝うだけです。本当はあなたが死ぬまで出たくなかったのですが」

「つ、冷たい。そしてつれない……」

ズウン！

怪物が端の家から勢いよく現れ、エルゼ通りに降り立った。怒りは冷めやらぬと見える。

アニーは鳥籠をきゅっと胸に抱きしめた。津軽はコートと手袋を脱ぎ、腕まくりをして低く身構える。静句は槍めいた武器を、エプロンの結び目から音もなく抜き取った。

「で、私は何をすれば？」

「隙を作りますから、右手首の継ぎ目を軽く斬ってください。あとはあたくしが」

包帯のように巻かれていた布を先端部分だけ剝《は》ぎ取《と》ると、彼女は長い得物の中間あたりを握って下段に構えた。

「……かしこまりました」

銀色の刀の切っ先が顔を出し、月明かりを反射して、ぎらりと冷たい輝きを見せた。


壁も扉も人の体も、腕を振るうだけで簡単に砕ける。蹴り上げるだけで、なんの抵抗もなく軽々と飛んでゆく。分厚い皮と硬質な肉で造られた体は傷つかず、傷ついたとしてもほとんど痛みを感じなかった。暴れれば暴れるほどに怪物は他の生き物との違いを自覚し、理不尽な創造に怒り、同時に虚しさを強めて、それを否定したくてまた暴れた。

見知らぬ空き家の破壊をやめ、サイズの合わないドア枠を乱暴にひん曲げて外へ出る。

月明かりの下で見る自分の体はやはり粗暴で、ひどく不気味に思えた。不気味ということ、それは倫理に反しているということ。ヴァン・スローンの言葉が甦る。ならいいさ、と怪物は思った。反しているというなら、そのとおりに壊してやる。何もかもを、気の静まるまで……。

ふと気づくと、前方に一組の男女が立ちはだかっていた。

吊りズボンにシャツという軽装になった青髪の男と、長い武器を構えたメイドの女。

「でかいってこたあ、つまりは相撲取りと同じです」

何かぼそりとつぶやいたあと、津軽は地面とすれるほどの低い姿勢を取り、全速力でこちらへ駆けてきた。

怪物は足元に転がっていた分厚いドアを持ち上げた。振りかぶる動作もなしに放り投げる——外れた。ドアは石畳に当たって砕け散った。津軽は左右に動きながらも近づいてくる。

右拳を突き出したが、それも軽いフットワークでかわされた。また懐に潜り込まれる。

間近で目と目が合う。何をする気だ、と思った次の瞬間、

パチン！

目の前で音が弾けた。

な、なんだ⁉ 怪物は思わず目をつぶった。それが日本では〝ねこだまし〟と呼ばれる極めて陳腐《ちんぷ》な奇襲戦法であることなど、知るよしもなく。

次いで突き出した右手首に冷たい感覚が走った。目を開けると、無表情のメイド女が横を駆け抜けてゆくのが見えた。武器の先端には紫色の血が付着している。一瞬のうちに手首の肉を削《そ》がれたらしい。

だが傷は浅い。腱を切られた左と違い、右はまだ動く。

この、と腕を引き戻してメイド女のほうへ伸ばそうとしたとき。

同じく右手に体重がかかり、また目の前が暗くなった。今度は目をつぶったのではない。津軽が怪物の太腕を使った三角跳びで、頭に覆いかぶさってきたのだ。首を絞める気か！

怪物は伸ばしかけていた右手をうなじへ回した。津軽は間一髪それをよけ、前方へ着地。小馬鹿にするようなステップで後ずさる。

「……くそっ」

ちょこまかと！

しかし相手は距離の取り方が甘い。怪物は津軽とやり合う中で自分のリーチの長さを学んでいた。まだ射程範囲だ、伸ばせば当たる。

通りの端まで殴り飛ばしてやろうと肩に力を込め、また思いきり右拳を突き出し——

そのとたん、意識がブラックアウトした。

11

「この巨体を一気に絞め落とすにゃ、必要なものが二つあります。とんでもない怪力と、首絞め用の紐。都合よく、どっちとも怪物君自身が持ってました。これを逃す手はないってんでありがたく使わせていただきました」

コートを羽織り直す津軽の後ろから、アニーはおそるおそる倒れた人造人間を覗き込んだ。パンチを打つと同時になんの前触れもなく気絶してしまったように見えたが、その理由が一目でわかった。

右手首につけられた傷から、腕のパーツをつなぎとめていた縫合糸が伸び、怪物の太い首に一巻きしてある。

津軽が隙を作り、静句が右手の接合部を裂く。津軽はそこから糸を引っ張り出し——アニーは昼間怪物が自分の腹を裂いたとき、縫合糸が長く伸びていたことを思い出した——怪物の首回りにくるりと巻き、飛びすさる。怪物は当然津軽を攻撃しようとするだろうが、左腕は肩が外れていて動かない。そこで首と糸でつながった右手を思いきり伸ばす。リーチの長い右手を。何もかも壊すほどの、怪力で。

「文字どおり、自分で自分の首を絞めたわけか」

胸に抱えた鳥籠の中で、鴉夜がつぶやく。

「そういうわけですね。普通なら腕を伸ばしきる前に違和感に気づくでしょうが、何せ怪物君は痛みに鈍い」

「なるほど……にしても、ねこだましには拍子抜けしたぞ。よくあんなもんが通じたな」

「怪物君はまだ生後一日でしょ。この手の奇襲にゃ慣れてないだろうと思ったんですよ」

「不満です」

その隣で、刃に布を巻き直しながら静句が言った。

「私の『タチカゲ』をこんな馬鹿らしい戦法に使うことになるとは……」

「だったら、最初から静句さんが一人で殺してりゃよかったじゃないですか」

「そうですね。あなたを」

「なんであたくしを殺すんですか！」

「……この怪物、死んだのですか？」

アニーのさらに後ろから、グリ警部が慎重に尋ねた。津軽は「いえ」と返す。

「首をちぎれりゃよかったんですが、そこまでうまくはいかなかったようで」

その言葉に反応するかのように、怪物のまぶたがぴくりと動いた。

唇からうめきが漏れ、つぎはぎ顔がしかめられる。頭がこちらを向くと同時に、薄く目が開かれた。

「あ、あわわわわわ……」

「落ち着け」

パニックになりかけたアニーを、鴉夜が止めた。

「もう戦意はないさ」

――確かに彼の目からは、血走った怒りが引いているように見えた。

怪物はむくりと身を起こした。右手を動かしたところで首に巻かれた糸に気づき、自分で外す。

「気分はどうだ、怪物君？」

「最悪だ」

「それは重畳《ちょうじょう》」

ちぐはぐな答えを返す鴉夜。

怪物は手首から垂れた糸を見て、自分がどうして気絶したのか察したらしく、ふうっと深く息を吐いた。それから、津軽のほうへ話しかける。

「おまえ、生まれてきたことに意味などないと言ったか」

「ええ」

「なぜだ」

「あったとしても死ねば無意味です。なら最初からないのと同じだ」

「……無意味、か」

乾ききったその単語を噛みしめ、怪物は月の浮かぶ空を見上げた。照らされた彼の横顔に、アニーは思慮深い科学者の面影を確かに見た。

怪物は立ち上がった。ダメージはほとんどないようだった。探偵たちへ背を向け、何も言わずに歩きだす。

「どこへ行く気だ、怪物君」

「わからない……だが、ここにはもういたくない」

怪物は首を巡らして、自分が破壊したゴーストタウンの家々を眺めた。

「おれはどうやら、生まれてこないほうがよかったようだ。街を離れて、どこか死に場所を探すよ」

「待って！」

悲鳴にも似た声がかかった。アニーが振り向くと、リナが起き上がっていた。マースが押さえようとするのもかまわず訴えかける。

「行かないで。行ってはだめ！　あなたが生まれたことにはちゃんと意味があるわ。あなたはここにいてもいいの！　私と一緒に……」

「もう、無理はしなくていい」

諭すように、怪物はそれを遮った。

「あんたはただ一人の味方だったが、心の底ではおれを怖がっていた。おれはずっと、それを感じていた」

アニーの脳裏に、いくつかの光景が甦る。

怪物が喋れるとわかったとき、口元を手で覆ったリナ。怪物を落ち着かせるとき、控えめに背中を撫でていたリナ。腹部を縫っているとき、怪物から話しかけられて無理な笑顔を作ったリナ。逮捕を止めようとした怪物に、「近づかないで！」と叫んだリナ――

「ち、違うわ。私はそんなつもりじゃ……」

「腹を直してくれたことには感謝するよ。おかげで、アイスクリームが食べられた」

怪物は前に向き直ろうとした。リナはますます慌て、引き止めようとする。

「い、行かないで！　待って！　待っ……」

「ほら、それが証拠だ」

「え？」

「あんたはおれの名前を呼べない――おれに名前さえ与えてくれなかったから」

怪物は無慈悲に言い捨てた。それが訣別《けつべつ》の言葉だった。呆然とする母へ背を向けると、彼はまた歩きだした。

その巨体が夜の闇に溶けきるまで、怪物が振り返ることはもうなかった。

12

「いやはや、刺激的な一日でした」

山高帽をデスクに投げ出し、ステッキをその脇に立てかけると、グリ警部は椅子に深く腰かけた。襟元のボウタイを緩め、締めつけから解放されたチャーミングな二重顎を一撫でする。

警察署内の彼の個室は、狭いながらもところどころ妙な個性が光っていた。書類棚が病的なほど几帳面《きちょうめん》にラベリングされている一方で、壁のボードには捜査資料に交ざって古い切手シートと子供向けの世界地図が貼ってある。デスクの端にはカボチャの形の置き物がいくつも並び、ガス灯がそれを照らしていた。まるで季節外れのハロウィンだ。

「お口に合いましたかな?」

警部は、アニーたちに尋ねた。丸椅子に座ってホットチョコレートの香り高い甘さを味わっていたアニーは、「おいしいです!」と素直に返す。アイスのときと同じく、バケツの上で弟子とメイドに支えられていた鴉夜もマグカップから口を離し、

「最高です。この場で小躍りできないでしょ」

「師匠は小躍りできないでしょ」

「……すばらしいです。このままチョコレートで溺れ死んでもいいくらいです」

「師匠は溺れても死なないでしょ」

「……おいしいです」

結局、アニーと同じ感想に落ち着いた。

「でも、なんだかすみません。私までいただいちゃって……」

アニーが遠慮すると、警部は「いえいえ」と気さくに首を振る。

「いいのですよ。あんな事件のあとですからお疲れでしょう。それに、遠くから来た記者

さんにこの街の名物を味わっていただけるのは嬉しいことです。記事で、パリの皆さんにも美味しさを伝えていただけるとありがたいですね。余すところなく詳しく描写してください。そう、たとえば、事件について書き記すスペースがなくなるほどに」

……ああ、そういうわけか。

わざわざ警察署内に招いてまで無関係な記者を手厚くもてなしてくれたのには、「ベルギー警察の失態は記事に書くな」と念を押す意図があったらしい。アニーは内心でグリ警部の計算高さに舌を巻いた。やはりただの小男ではない。

「とはいえ、今回の事件はよい教訓になりました」

自らも湯気の立つマグカップを傾けながら、警部は言った。

「怪物も人間的な心理を持ち、また人間もときに怪物的な心理を持ちうるということを学びました。私の灰色の脳細胞も、まだまだ成長の余地があるようだ」

「大丈夫ですよ警部。あなたの人生はこれからです」

「これから？　私はもうすぐ五十ですよ」

「私は九百六十過ぎです」

「おお、そうでしたな。では私も前向きに考えるとしましょう」

警部は笑い、気恥ずかしそうに頭をかいた。

アニーはホットチョコレートの最後の一口を流し込んだ。裏の意思はともかく飲み物の温かさは本物で、喉に甘味が染みわたる。つい二時間前までゴーストタウンの崩壊に巻き込まれていたことなど、嘘のようだ。

「……結局、人造人間はどこに行っちゃったんでしょうね」

ふと、つぶやきがこぼれた。

あのあと。駆けつけた警官たちがエルゼ通りを封鎖し、リナは事情聴取のため再び連行されたが、グリ警部は怪物の行方を追おうとはしなかった。そもそも彼を追いかけて捕らえようとしたところで、拘束するすべなどどこにもないのだ。

「さあな」と鴉夜。「ま、親離れにも無事成功したようだし、彼は彼で自分の人生を歩むだろう。幼年期の終わりというやつだな」

「死に場所を探すって言ってましたけど」

「ならどこかで勝手に死ぬだろうさ。それもまた人生だ。どっちにしろ、もう二度と怪物君と会うことは……警部！　警部！　待ってください！」

飄々《ひょうひょう》とした口調を中断して、突如鴉夜は叫んだ。

津軽も静句もアニーも、そして呼びかけられた警部も、一斉に鳥籠に注目した。

「ど、どうしました？」

「そのステッキ……ステッキの刻印！」

「ステッキ？」

拍子抜けしたように、警部はデスクに立てかけられたステッキを見やった。

ずっと警部が握っていたせいでわからなかったが、ステッキの先にはくちばしのように突き出た握りがついている。どうやら石を加工したものらしく、端には「P」と金色の刻印が彫ってあった。

「ああ、このステッキですか。お目が高いですね、オーク製の高級品ですよ。イギリスに友人がいるのですが、彼がロンドンの老舗《しにせ》で注文して、私に送ってくれたのです。この刻印は私のファミリーネームで……」

「同じだ」

「え？」

「書体も色も大きさも、奴の杖の刻印と同じだ……」

「「なんですって!?」」

今度過剰反応したのは津軽と静句だった。津軽がぐいと鳥籠を持ち上げ、二人は顔を近づける。

「鴉夜様、奴といいますと」

「まさかあのじじいですか」

「ああ、そのじじいだ」

「……どのじじいです？」

自分も初老に属する警部は顔をしかめた。鴉夜は真剣な面持ちのまま、

「私たちが追っている阿呆のことです。警部、ロンドンの老舗と言いましたね？」

「え、ええ。イーストエンドにある隠れた名店だそうです。店名は確か、エドワード・ホ

ーンとかなんとか……」

「ロンドン……」

探偵たちが追っている男——津軽の体半分と、鴉夜の首から下すべてを奪った男。その男のステッキに刻まれていた刻印と、警部のステッキの刻印が同じ書体だった。ということは、その男もロンドンの同じ店でステッキを作ったのだろうか。

店は警部いわく「隠れた名店」。その店を知っていたのであれば、目的の男はロンドンの裏路地に詳しいということになる。つまり、ロンドンを根城にしている可能性が高い——のか？

アニーが推測を巡らす一方で、鴉夜は何も言わず、壁にかけられた世界地図の中心をじっと見つめていた。経度ゼロの太線が通るその都市を。豆粒ほどの点の中にひしめくビッグ・ベンや、タワーブリッジや、ロンドン塔を見透かすように。

「警部！　警部！」

そのとき。今しがたの鴉夜と似たような声を上げながら、ドアを開けてマースが入ってきた。部外者たちが休憩しているのもかまわぬ様子で、一直線にデスクへ駆け寄る。

「どうしたねマース、そんなに慌てて」

「ボリス・クライヴの素性を調べていたんですが、ちょっと妙なことがわかりまして……」

マースは数枚の書類を卓上に広げた。

「ボリスは出生不明で、偽名をいくつも使っていたようです。クライヴという姓も偽名です。ブリュッセルに来る前はアントワープでセジガーと名乗っていました。その前はオランダでラスボーンと。その前はハードウィック……でも、気になるのは一番古い記録に残っている名前で」

証明書や住民票のたぐいをめくっていき、ひときわ古びた一枚を上司に手渡す。

グリ警部は軽く目を通し、そこに記録されていた名を読み上げた。

「ボリス……ボリス・フランケンシュタイン」

数秒の間、誰もが言葉を失った。ガス灯の中で火が揺れる音だけが、ことさら大きくなって部屋を包んだ。

「……どういうことでしょう」

津軽が首をひねる。

「ひょっとしてボリス・クライヴ博士は、フランケンシュタインの末裔《まつえい》とか？」

「で、でも、そんなわけないですよ」とアニー。「だって、フランケンシュタインの一族は怪物に根絶やしにされたし、フランケンシュタイン自身も殺されたんでしょう？　末裔が生き残ってるなんて……」

「いや、案外本当かもしれないぞ」

冷静さを取り戻した鴉夜が言った。

「フランケンシュタインには、生き残った息子が一人だけいたじゃないか。彼が、造り出した人造人間だよ」

——人造人間。

フランケンシュタインの怪物は創造主を追いつめ、北極へ向かう船の中でとうとう彼を殺害した。その後、怪物は北極の海に消えてゆき、生死・消息ともに定かでない。

「クライヴ博士が持っていたというフランケンシュタインの手記だがな、あれはもともと、怪物がフランケンシュタインの手元から持ち出したといわれているんだ。怪物は創造主のもとを逃げ出したあと、それを使って知識を蓄えたそうだ」

怪物が持ち去ったはずのものを、ボリス・クライヴは持っていた。

そういえば、リナが言っていた。「彼の人造人間は、体つき以外は普通の人間と同じだったはず」だと。生殖能力も人間と同じようにあったとすれば。

「い、生き残ったフランケンシュタインの怪物がどこかで子供を作って、その子供が子供を作って……」

一世紀後、その末裔が新たな人造人間を生み出した——いや、生み出しただけではなく、新たな人造人間として生まれ変わった、としたら——

「笑えるな」

鳥籠の中の少女が、ため息をつくように、その場にそぐわぬ台詞を吐いた。

「まったくこれは、とんだ笑劇《ファルス》だ」

13

朝焼けに染まる丘陵地帯を、怪物は独り歩いていた。

風が吹くたび草木がざわめき、夜明けにふさわしい露の香りを運んでくる。山際から顔を出した朝日は大地の起伏を這って、芝生の緑を黄金色に変える。

しかし怪物はその景色に感動などせず、立ち止まることもしなかった。ただ「遠くへ行きたい」という空虚な思いだけが、彼の両足を動かしていた。

夜間は気づかなかったが、右側から空が白み始めたところを見ると、どうやら自分は北へ向かっているらしい。この北には何があるのだろう。怪物は深層意識下に残ったボリス・クライヴの知識から、めぼしい情報を引き出してゆく。ベルギー以北……オランダ。北海《ほっかい》。スカンディナヴィア。ノルウェー海……そして北極。

フランケンシュタインの造った怪物は北極の海に消えていったそうだ。ならば自分もそこを目指そうか、と怪物はぼんやり考えていた。氷の海でなら誰の迷惑にもならず、誰にも見つかることなく死ぬことができる。距離にして四千キロ以上。はるか彼方だが、幸い疲れも痛みも感じぬ体だ。時間もたっぷりとあるし――

「君、ちょっと待ちたまえ」

しわがれた声が怪物を引き止めた。

横を向くと、なだらかな丘の上に一台の箱馬車が停まっているのが見えた。

黒く塗られた車体。前後の車輪には金の縁取り。つながれた馬の毛並みも見事で、家の一軒すらないこの丘陵地帯にはまったくそぐわぬ高級馬車だ。馬車の前には朝日を背にして、三つの人影が伸びている。

日傘をさした女。椅子に座った老人。その後ろで、執事のように直立する赤毛の男。

無視を決めてもよかったのだが、やり過ごすにはあまりに奇妙な取り合わせに思えた。加えて彼らの発する、そこだけ夜のままのような雰囲気が怪物の気を引いた。

道を外れ、ゆっくりと丘を登っていく。

「ボリス・クライヴが人造人間を造ったというから来てみたが……この程度で〝究極の生物〟とは、冗談もいいところだな」

近づく怪物の姿を眺めながら、老人は大して面白くもなさそうに言った。

黒いトップハットに丈長のコート。猫背でひどく瘦せており、くぼんだ不吉な目をしている。真っ黒な杖の上に両手を載せ、地面に突き立てていた。

「本当に醜いですわね。造った奴のセンスを疑うわ」

老人の隣で、日傘をさした女があきれるように首を振った。焦げ茶色の長髪をきらめかせ、体のラインが浮き出たタイトなドレスを身にまとっている。肌は真っ白で、顔立ちはどう見ても十八歳かそこらだが、こちらに注がれる眼差しからはどこか人間離れした淫らな妖しさが感じられた。まるで、輪堂鴉夜のような。

「どうせ人を造るなら、もっとかわいらしい女の子にすればよかったのに」

「僕は醜いの大好きだけどなあ。こっちのほうが断然ムードあるじゃないですか、怪物らしくて」

御者台から、ひょこりともう一人の男が顔を出した。髪を肩まで伸ばしたハンサムな若者だ。顎先には短い山羊髭《やぎひげ》が蓄えられている。

「ねえ、そう思いません?」

「……そういう思想もある」

話しかけられ、赤毛の男がぼそりと答えた。こちらも年齢は若そうだ。臙脂《えんじ》色の襟つきベストを身に着け、両腕を背中に回しており――

待て。

なんだ、こいつは。

その男に目を留めたとたん、怪物は一歩後ずさっていた。

威圧か恐怖か超然か、体験したことのない混沌とした殺気を感じ取った。なんと呼ぶべきかわからない。何がそう思わせるのかもわからない。一つだけいえるのは、怪物の目から見ても、その男はどこか異常だった。

燃えるような赤い巻き毛を目元まで伸ばしており、顔立ちは判然としない。ただ右の頰に、血の涙を流したような筋がすうっと一本通っている。真打津軽とよく似た赤い直線だ。

見た目自体はごく普通の人間に思えた。自分の巨体よりもはるかに小さく、明らかに細く、間違いなくもろい。だが怪物としての本能が、もと科学者としての冷静な判断力が、頭の中で必死に警鐘を鳴らしていた。もしこの男に殴りかかれば、ものの数秒で肉を裂かれ骨を砕かれ、物言わぬ死体へと逆戻りする。そんな確信があった。

怪物は、汗ばんでいる自分の手に気づいた。そして思う。

おれは今、死に怯えたのか。

死ぬ場所を探していたはずなのに、死ぬことに怯えた——

「だがまあ、性能自体はそう悪くなさそうだ」

老人が再度口を開いた。

「腕と手首を傷めているようだが、あとで直せば問題あるまい。ついでに顔と骨格も、もう少し見てくれがいいように改造してやろう。その姿で都市部を動き回るのはさすがに目立つだろうからな」

「……なんの話だ」

「我々と一緒に来ないか、という話さ」

真一文字に結ばれていた彼の唇が、にやりと歪んだ。

「君は行くあてがなく、生きるあてもない。生まれてきたことを憂い、世の理不尽を痛感したが、まだ死を望むほど絶望したわけではない。詰まるところ君の悩みの本質はただ一つ、〝孤独〟だ」

「…………」

「気持ちはよくわかる。私も昔は孤独だった。仲間などいらず、自分の頭脳さえあればなんでもできると思っていた……だが、ある男に滝から落とされて、考えが変わった」

老人は骨ばった手で右脚を撫でる。

「ワンマンの組織には限界がある。私には仲間が必要だ。ただの手下じゃない、信頼できる少数精鋭の部下が。絶対に折れず絶対に曲がらない、研ぎ澄まされた刃のような同志が。怪物的な強さを持つ仲間が必要なんだ……たとえば、君のような」

T字形の杖の握りが怪物に向けられた。端に「M」と金色の飾り文字が彫ってあるのが見えた。

「孤独な君に、居場所と友人を与えてやろう。おいで、ヴィクター」

「ヴィクター？」

「君の名前だよ。君はもう名無しの人造人間じゃない。今日からヴィクターだ」

――名前。

フランケンシュタインの怪物も持ちえなかった名前。リナも警察も、探偵たちも与えてくれなかった、おれの名前。

ヴィクター。

「……おまえたちの名前はなんだ。なんと呼べばいい」

誘いを受ける代わりに、怪物――ヴィクターは尋ねた。

「カーミラ」

日傘をさした女が答え、

「アレイスター」

御者台の男が軽快に名乗り、

「ジャック」

姿勢を崩さぬまま、赤毛の男が言った。

最後にヴィクターが老人のほうへ目を戻すと、彼は杖をついて立ち上がり、握手を求めるかのように手を差し出した。

「私のことは〝教授〟と呼びたまえ」

本書は書き下ろしです。

講談社
タイガ

〈著者紹介〉

青崎有吾（あおさき・ゆうご）

2012年『体育館の殺人』（東京創元社）で第22回鮎川哲也賞を受賞しデビュー。平成のクイーンと呼ばれる端正かつ流麗なロジックと、魅力的なキャラクターが持ち味で、新時代の本格ミステリ作家として注目される。

アンデッドガール・マーダーファルス　1

2015年12月16日　第1刷発行　　定価はカバーに表示してあります
2021年 8 月17日　第8刷発行

著者…………………………青《あお》崎《さき》有《ゆう》吾《ご》

発行者…………………………鈴木章一
発行所…………………………株式会社 講談社
〒112-8001 東京都文京区音羽2-12-21
編集03-5395-3510
販売03-5395-5817
業務03-5395-3615

KODANSHA

本文データ制作…………講談社デジタル製作
本文印刷・製本…………株式会社講談社
表紙印刷……………………豊国印刷株式会社
カバー印刷…………………株式会社新藤慶昌堂
装丁フォーマット………ムシカゴグラフィクス
本文フォーマット………next door design

ISBN978-4-06-294009-2　N.D.C.913　318p　15㎝

講談社タイガ

アンデッドガールシリーズ

青崎有吾

アンデッドガール・マーダーファルス　2

イラスト
大暮維人

1899年、ロンドンは大ニュースに沸いていた。怪盗アルセーヌ・ルパンが、フォッグ邸のダイヤを狙《ねら》うという予告状を出したのだ。

警備を依頼されたのは怪物専門の探偵〝鳥籠使い〟一行と、世界一の探偵シャーロック・ホームズ！　さらにはロイズ保険機構のエージェントに、鴉夜《あや》たちが追う〝教授〟一派も動きだし……？　探偵・怪盗・怪物だらけの宝石争奪戦を制し、最後に笑うのは!?